CAIXA 19

CLAIRE-LOUISE BENNETT

Caixa 19

Tradução
Ana Guadalupe

Copyright © 2021 by Claire-Louise Bennett

Grafia atualizada segundo o Acordo Ortográfico da Língua Portuguesa de 1990, que entrou em vigor no Brasil em 2009.

Título original
Checkout 19

Capa
Violaine Cadinot

Imagem de capa
Sem título, de Amy Sillman, 2007. Guache e lápis sobre gravura, 66 × 50,8 cm. Cortesia da artista.

Preparação
Silvia Massimini Felix

Revisão
Gabriele Fernandes
Valquíria Della Pozza

Dados Internacionais de Catalogação na Publicação (CIP)
(Câmara Brasileira do Livro, SP, Brasil)

Bennett, Claire-Louise
  Caixa 19 / Claire-Louise Bennett ; tradução Ana Guadalupe.
— 1ª ed. — São Paulo : Companhia das Letras, 2025.

  Título original : Checkout 19.
  ISBN 978-85-359-3744-2

  1. Ficção inglesa I. Título.

24-203440   CDD-823

Índice para catálogo sistemático:
1. Ficção : Literatura inglesa   823

Cibele Maria Dias – Bibliotecária – CRB-8/9427

Todos os direitos desta edição reservados à
EDITORA SCHWARCZ S.A.
Rua Bandeira Paulista, 702, cj. 32
04532-002 — São Paulo — SP
Telefone: (11) 3707-3500
www.companhiadasletras.com.br
www.blogdacompanhia.com.br
facebook.com/companhiadasletras
instagram.com/companhiadasletras
x.com/cialetras

Acredite, expressão é insanidade, ela surge a partir da nossa insanidade. Também se trata de virar páginas, de caçar alguma coisa entre uma página e outra, de um voo, de uma cumplicidade com um fluxo descontrolado, absurdo, de um transbordamento perverso de versos, de proteger a vida com uma só frase, e com as frases, por sua vez, buscando proteção na vida.

Malina, Ingeborg Bachmann, 1971

Há momentos em que pode haver certa magia na identidade de posição; é uma das coisas que nos fez pensar em amizade eterna. Ela moveu os cotovelos antes de dizer: "Eu me comportei de maneira ridícula".

Uma janela para o amor, E. M. Forster, 1908

I. Uma grande bobagem

> *É impossível ver o futuro de algo que foi aprendido.*
> A *Girl's Story*, Annie Ernaux

Depois a gente passou a andar quase sempre com um livro. Depois. Quando a gente enfim cresceu um pouco, embora ainda faltasse muito pra ser como os outros, levávamos livros por aí. Um monte de livros. E a gente sentava com os livros na grama perto da árvore. Um livro só, na verdade. Pois é, só um. Uma pilha de livros, um de cada vez. Isso, um de cada vez. No fim das contas a gente não gostava de tantos livros assim, né. Não, não muito, e continua não gostando. A gente gosta de um livro só. É, a gente gosta de um livro só hoje e gostava de um livro só naquela época. A gente ia à biblioteca, por exemplo, e logo perdeu o costume, né, de emprestar aquele monte de livro. É. É. Pois é. No começo é claro que a gente emprestou todos os livros que podia. O que no caso deviam ser uns oito. Eram sempre seis livros ou oito livros ou doze livros. A não ser que fosse uma coleção especial, aí só podiam ser quatro. E pra começar a gente emprestou o máximo que podia. Pois é. A gente vai pegar esse e esse e esse, e aquele também. E por aí vai. Sim. Numa pilha no balcão pra cabeça do Noddy carimbar. E a gente não leu sequer um deles até o fim. Era simplesmente impossível. A gente não conseguia se envolver com a leitura. Qualquer que fosse o livro que tinha em mãos, a gente achava impossível não ficar se perguntando que tipo de palavras, exatamente, havia dentro dos outros livros. A gente não conseguia se segurar, conseguia? A gente não conseguia não pensar nos outros livros e nas palavras diferentes que havia em cada um deles, e quando pegava um dos outros livros pra poder descobrir acontecia a mesma coisa. Era sempre a mesma coisa, qualquer que fosse o livro que a gente escolhesse. Enquanto houvesse outros livros, pensávamos sem parar nas palavras que eles poderiam conter, de forma que era impossível nos envolver justo com o livro que tínhamos nas mãos. Justo esse livro. Uma grande bobagem. Sim, era uma grande bobagem. Deixando um livro de lado e pegando outro e devolvendo esse e pegando mais outro e assim por diante e chegando a lugar nenhum. A lugar nenhum. E fazendo isso mil vezes. E a gente continuou assim por um bom tempo, né, até que entendemos que não era porque podia pegar seis livros oito livros doze livros quatro livros que a gente tinha que fazê-lo.

Não, claro que não. Aí começamos a pegar um livro só. E é claro que isso incomodou muita gente. Sim. Sim. Pois é. E muito. É só isso que você vai emprestar?, eles perguntavam. Vai lá e pega mais. Só um? Amanhã você já vai ter terminado esse, eles diziam. E a gente não volta mais esta semana. E daí. Como se a única coisa que você pudesse fazer com livros fosse lê-los. Pois é. A gente podia ficar por um bom tempo, né, com um livro do lado sem nem chegar a abri-lo. Podia mesmo. E era muito interessante. Disso não havia dúvida. Era totalmente possível a gente percebeu absorver muita coisa de um livro sem chegar a abri-lo. Só ter o livro ao nosso lado por um tempão já era bastante especial, na verdade. E isso acontecia porque a gente conseguia imaginar, não conseguia?, o tipo de palavras que ele continha sem precisar entrar num estado ridículo. Com um livro só na grama ao nosso lado a gente ficava ali imaginando que tipo de palavras ele continha de um jeito muito tranquilo e expansivo que inclusive permitia que imagens nítidas surgissem sozinhas sabe-se lá de onde. Era legal. De verdade. As imagens quase nunca lembravam alguma coisa que a gente tivesse de fato visto, mas ao mesmo tempo não eram nem um pouco indefinidas ou forçadas. Nem um pouco. De vez em quando, talvez pra ter certeza de que as imagens que apareciam sozinhas não se afastavam muito dos temas e do tom e do período propostos pelo texto ao nosso lado, a gente pegava o livro e o abria onde nosso dedão acabasse parando, e lia uma ou duas palavras de qualquer linha da página em que nossos olhos calhassem de pousar, e essa palavra ou palavras já bastariam, né?, pra provocar o surgimento de mais imagens fascinantes.

Quando a gente abre um livro, nossos olhos quase sempre acabam indo pra página da esquerda. Pois é: a página da esquerda, por motivos sobre os quais nunca havíamos pensado antes, exerce uma atração muito mais forte sobre nós que a da direita. A gente sempre começa olhando a página da direita. Primeiro a página da direita, pois é. Mas as palavras na página da direita sempre parecem estar próximas demais. Próximas demais umas das outras e próximas demais do nosso rosto. As palavras na página da direita na verdade nos deixam estranhamente conscientes do nosso próprio rosto. É do nosso rosto? Será? Ou não? As palavras da direita parecem afoitas demais, autoritárias, e ao mesmo tempo dão a impressão de que querem nos bajular, de certa forma, e não demora muito pra que nossos olhos nervosos saiam da página da direita e busquem refúgio na da esquerda. A gente olha a página da direita de cima e a página da esquerda de baixo. É verdade. E quase sempre lemos a página da esquerda muito mais devagar que a da direita. Parece que demoramos mais tempo na página da esquerda. Sim. Sim. Parece, sim. Na página da esquerda tem mais espaço, parece, dos dois lados das palavras, e acima e abaixo de todas as frases. E a página da esquerda sempre tem palavras melhores, parece. Sim: palavras como "cintilante", e "criatura", e "champanhe", e "farrapo", e "caroço", por exemplo. Palavras que dispensam qualquer explicação, na verdade. Palavras que acontecem individualmente e não palavras que se juntam pra tentar te convencer de uma coisa que não está acontecendo. Mas não deve ser verdade, né, que essas operações distintas que as palavras estabelecem estejam distribuídas entre as páginas da esquerda e da direita de maneira tão exata. Não, provavelmente não. Deve ser mais provável que a gente tenha muito mais propensão de aceitar, na verdade, qualquer coisa que lê nas páginas da esquerda que o que lê nas da direita porque a gente olha a página da direita de cima e a da esquerda de baixo. Pois é. Pois é. E isso deve significar que o livro que a gente está lendo não fica parado na nossa mão. Deve significar que, sim, depois de virar a página da direita de forma que ela se torne a página da esquerda a gente inclina o livro só um pouco pra cima. É, pra cima.

A gente tem o costume, não tem?, de ler correndo as últimas frases da página da direita. Pois é. A gente gosta de virar as páginas de um livro e não há dúvida de que nossa vontade de fazer isso logo é bastante intensa e sabota nossa atenção a ponto de a gente não conseguir deixar de ler correndo as últimas frases da página da direita, provavelmente sem entender uma só palavra. Muitas vezes começamos a página da esquerda e nada faz muito sentido. Não. Não. Não mesmo. E é só aí, né, que a gente se dá conta, com certa resistência, de que não leu direito as últimas linhas da página anterior. Muitas vezes temos tanta dificuldade de admitir que isso faz diferença que seguimos com a leitura. Seguimos, pois é, mesmo sem conseguir entender bulhufas do que estamos lendo. Seguimos mesmo assim, porque temos uma vaga sensação de que, se seguirmos, com certeza a relação entre essas novas frases e todas as frases que já lemos vai, cedo ou tarde, se esclarecer de vez. A gente não chega muito longe. Não chega, não. A gente quase sempre volta um pouquinho. Pois é. E quase sempre se surpreende com a quantidade de detalhes cruciais que havia nas últimas linhas da página da direita anterior e se surpreende mais ainda com um pensamento muito compreensível que vem sabe-se lá de onde e que sugere que quem diagramou o livro foi bem irresponsável, porque deixou que frases tão importantes ficassem bem no final da página da direita. Com certeza a pessoa que diagramou o livro deve saber que muita gente sente um prazer imenso no ato de virar páginas virar páginas e por isso mesmo não se pode esperar que essas pessoas leiam as últimas linhas de todas as páginas da direita com perfeita disciplina. Você teria imaginado. Virando a página. Virando a página.

Virando a página e levantando um pouco mais o livro. E o motivo pelo qual a gente faz isso, agora que parou pra pensar no assunto, é que depois de virar a página sentimos certa vontade de levantar a cabeça e olhar pra cima. E o motivo pelo qual temos vontade de olhar pra cima é o fato de termos virado a página num sentido mais amplo. Pois é: virar a página. Viramos a página num sentido mais amplo e por isso nos sentimos automaticamente mais jovens, com a cabeça mais aberta, e é por isso que adotamos quase sem perceber essa postura ereta de aluna brilhante, mas só um pouco convencida toda vez que viramos a página. Viramos a página em todos os sentidos. Sim. Quando enfim chegamos ao final da página da direita já envelhecemos mais ou menos vinte anos. Já não estamos mais segurando o livro ergui-do. Não. Não. O livro caiu. Nossa cara caiu. A gente ficou com papada. Pois é. A gente ficou com queixo duplo. Isso mesmo. A gente se deixa levar. A gente se deixa levar. A gente se deixa levar pelo nosso queixo. A gente de fato envelheceu pelo menos vinte anos. Aí já não é à toa que não lemos tudo até o fim da página da direita. Não. Não. Não é à toa que não vemos a hora de chegar à outra. Não é nem um pouco à toa que temos uma vontade tão louca de virar a página. Como se de fato fosse uma questão de vi-da ou morte. Vida ou morte. Vida ou morte. De fato é uma ques-tão de vida ou morte. É. É. É, sim. Virando as páginas. Virando as páginas. Quando viramos a página nascemos de novo. Viver e morrer e viver e morrer e viver e morrer. De novo e de novo. E tem que ser assim mesmo. É assim que a leitura tem que ser. Sim. Sim. Virando as páginas. Virando as páginas. Como se a vi-da dependesse disso.

Daria pra dizer, não daria?, que a rigor não existem páginas da esquerda, só o outro lado das páginas da direita. Seria possível di-zer isso se a pessoa supõe que o livro esteja virado pra cima. Vi-rado pra cima. Sim. Virado pra cima na grama. Sim. Ali na gra-ma, um livro bem ao nosso lado. Virado pra cima. Virado pra cima no gramado ao lado da imensa árvore. Um livro só. Sim. E na verdade, até onde a gente sabe, ninguém mais tinha esse livro além da gente. Ninguém. Ninguém. Pessoa nenhuma no mun-do. Ninguém mais tinha o livro e, mais que isso, ninguém se-quer o tinha visto. Era só nosso. Todo nosso. A gente sabia mui-to bem que isso estava longe de ser verdade, mas mesmo assim a sensação era essa, e na verdade até hoje de vez em quando com certos livros essa exata sensação volta a aparecer. Volta mesmo. Falsa, mas comovente. Este livro é nosso e só nosso. Talvez esse ar de exclusividade tenha surgido porque não tínhamos muitos livros em casa e os poucos que havia ficavam escondidos dentro

de um armário de canto na sala de jantar junto das velas e porta-
-guardanapos e uma molheira que nossa mãe tinha passado a
odiar de repente. Escondidos e ironicamente presentes ao mesmo tempo. Perturbadoramente presentes. Onipresentes, na verdade. Mais presentes sim que fileiras e mais fileiras de livros cla-
ramente organizados em estantes pelas quais uma pessoa passa
incontáveis vezes por dia. E é claro que *Pequeno Claus e Grande
Claus* era muito presente porque a mamãe costumava subir a escada atrás da gente e entrar no banheiro lendo a história questio-
nável do Pequeno Claus e do Grande Claus, com seus estratage-
mas absurdos e suas traquinagens maldosas. Eia, meus cavalos!
Eia, meus cavalos! Pois é. A mamãe adorava isso. Ela quase morria de rir. Quase morria mesmo. E até quando a gente cresceu
ela subia a escada atrás da gente com *Pequeno Claus e Grande
Claus* bem aberto nas mãos. Eia, meus cavalos! Esse ficava guardado no primeiro andar numa prateleira com todos os nossos
outros livros lado a lado no quarto de hóspedes. O quarto dos
brinquedos. Sim. Enquanto os livros da mamãe reluziam como
segredos muito complexos no armário de canto. Pois é. Muito de
vez em quando a gente soltava devagar a pequena trava de bronze pra abrir em silêncio a porta do armário de canto e espiava
as lombadas despertas dos livros acomodados entre as velas e os
porta-guardanapos e a molheira renegada e mal conseguia respirar. A gente ficava nervosa. De verdade. Estávamos olhando coisas que não eram pro nosso bico. Coisas ilícitas. Sim. Sim. Coisas
ilícitas que retribuíam nosso olhar e viam alguma coisa. Isso
mesmo, alguma coisa que havia dentro da gente e que nem sa-
bíamos o que era. Os livros retribuíam nosso olhar e alguma coisa dentro da gente tremia. Sim. Um desses livros era *Switch Bitch*,
do Roald Dahl, e no andar de cima a gente tinha outros livros
dele, como *Danny, o campeão do mundo*, que era nosso livro
preferido do Roald Dahl, e a gente tinha lido todos, né?, mas

não tinha lido esse. Não, desse livro a gente não sabia nada. Nadinha. Mas mesmo assim era óbvio, não era?, que esse livro não era igual a nenhum dos livros do Roald Dahl que a gente tinha na estante do andar de cima, e não era escrito pra gente. Não era, não. Era um livro pra adultos. Pois é. A gente percebeu isso de cara. Havia uma foto do Roald Dahl na parte de dentro da sobrecapa, assim como havia uma foto do Roald Dahl na parte de dentro da sobrecapa de todos os nossos livros do Roald Dahl. E a foto estava mais ou menos no mesmíssimo lugar. Pois é. Mas ele estava completamente diferente dentro da sobrecapa do livro que nossa mãe deixava guardado no armário de canto junto das velas e dos porta-guardanapos e da molheira aposentada. Estava mesmo. Pra começar, ele não estava olhando pra câmera. Não estava, não. E também não estava sentado. Não, ele estava de pé. E estava ao ar livre. E ventava. E ventava, pois é. Dava pra ver que estava ventando onde ele estava porque seu cabelo ralo estava levantado. Chegou a passar pela nossa cabeça, não foi?, que devia haver um avião teco-teco ali por perto. Sim. Sim. E ele não estava olhando pra câmera. Não estava, não. E isso, mais que qualquer outra coisa, deixava claro que esse livro não tinha sido escrito pensando nos adultos. Pensando nos adultos, pois é. Isso e o título. O título, claro. *Switch Bitch*. Switch Bitch. Sempre que ouvia nossa mãe lendo *O BGA* pro nosso irmão caçula, a gente via uma mulher com um véu de redinha preto cobrindo os olhos e um narizinho perfeito e lábios cor de vinho carnudos e brilhosos balbuciando a palavra *bitch* pro seu próprio reflexo ligeiramente embaçado e isso era inquietante demais, embora a gente não entendesse direto por que e na verdade a inquietação que essa imagem despertava logo começou a nos perturbar devido à sua natureza inédita e rapidamente nos fez sentir culpa e solidão e medo e sabe-se lá o que mais. A gente não sabia. Não sabia, não. Mas mesmo assim a gente ficou com medo.

A *Start in Life* também estava lá. Pois é, A *Start in Life*, do Alan Sillitoe, não da Anita Brookner. A gente leu esse rapidinho num verão, no quintal dos fundos da casa. Tinha duas espreguiçadeiras no pátio do quintal, e num certo verão, quando deveríamos estar lendo os livros da lista de leituras obrigatórias, a gente deitava numa das espreguiçadeiras usando um biquíni preto frente única com um maço de Dunhill e lia A *Start in Life*, do Alan Sillitoe. Depois, quando voltava do trabalho na loja de departamentos, às dez pras duas, nossa mãe ia pro quintal com um frasco de protetor solar e se deitava na espreguiçadeira do nosso lado, com aquele biquíni tomara que caia amarelo-flúor, e a gente lia pra ela alguns trechos que já tinha lido e que a gente achava muito interessantes. Ela adorava. Ela gostava mesmo ela ria. Ela ria em quase todas as mesmas partes em que a gente tinha rido antes. O livro era muito bom. Ela ficava lá deitada fumando Benson and Hedges na espreguiçadeira ao nosso lado. Rindo. Rindo e batendo as cinzas no pátio. Isso faz muito tempo. Muito mesmo. Foi um dos últimos verões. A gente não consegue lembrar como era A *Start in Life*. A gente não faz a mínima ideia. Mas a gente consegue se lembrar da essência dessa parte que a gente adorava. Sim, a parte que a gente adorava e nossa mãe também era quando o narrador sugere que nem todo mundo serve pra passar o dia inteiro coçando o saco, e que, inclusive, em vez de menosprezar quem passa o dia inteiro de bobeira, era melhor valorizar essas pessoas, porque passar o dia inteiro sem fazer nada na verdade é muito mais difícil do que parece.

Na verdade o ócio é uma arte. Pois é, uma arte, e pouquíssimas pessoas nascem com a presença de espírito e a coragem necessárias pra pô-la em prática. Ler no quintal numa tarde de verão. Depois de semanas e mais semanas de dias de sol muito quentes, um atrás do outro. Não tem nada que se compare. Era o que a gente mais gostava de fazer. Podia acontecer de um besouro minúsculo todo manchado subir com dificuldade na capa do livro que estava virado pra cima, do nosso lado. O livro que até então nunca tinha sido manuseado ou visto por mais ninguém. Da grama desgrenhada direto pro quadro histórico que era a capa do quê — *Fedro*, de Platão, por exemplo. As colunas as travessas o estanho as folhas das videiras os receptáculos as canelas morenas os limões muito azedos o claro-escuro. A gente podia muito bem ter esmagado o bicho com uma pressão suave do polegar se quisesse. Sim. Sim. Podia, sim. Lá estava ele. Besourinho manchado. Parando e andando. Pra lá e pra cá. Dando voltas e mais voltas absurdas ao redor do quadro histórico por um tempão. Dando voltas e mais voltas. Muito sem saber como se infiltrar de fato na atmosfera sedutora e instigante daquela cena tão carregada. A gente não tinha o costume de esmagar besouros, fossem eles manchados ou não, né. Não, em geral não. Nem formigas. Não. Nem sequer aranhas. Receptáculos. Veículos. E de certa forma a gente não saberia dizer, né, se o besourinho era de agora ou daquela época. Não, na verdade não. Nem quando ele acabou caindo da capa e voltou a besourar na grama.

II. Centelha brilhante

Um dia o domesticaremos em humano, e poderemos desenhá--lo. Pois assim fizemos conosco e com Deus.

"Menino a bico de pena", Clarice Lispector

No fim do semestre, o departamento de inglês tentou recuperar todos os livros que, numa decisão ousada, haviam sido distribuídos a cada aluno no começo do semestre. Livros que praticamente nenhum dos alunos chegara a abrir nesse meio-tempo, mas que agora, no fim do semestre, ninguém tinha a mínima intenção de devolver. O departamento deve ter achado isso um acinte. Os alunos simplesmente não tinham interesse. Nem em ler livros nem em devolvê-los. O principal interesse deles, até o último sinal do dia, era interromper o fluxo de informação e ideias que os professores tentavam pôr em movimento a cada aula com toda sorte de travessuras infinitas. Ainda que na verdade seu repertório, apesar da insistência, não fosse especialmente amplo. A cada semestre os alunos ficavam obcecados por uma pegadinha específica e se divertiam muito em repeti-la do mesmo jeito todo santo dia por quase todo o semestre. Era bastante cruel. Como artistas vanguardistas, eles estavam atentos às formas como a repetição contínua gera variações sutis e absurdas que são tão fascinantes quanto subversivas. Em geral tais diabruras recorrentes aconteciam nos laboratórios de ciências, onde era mais fácil que as mãos incendiárias dos alunos encontrassem e combinassem uma gama de utensílios e substâncias que nunca falhavam em interagir umas com as outras de maneira palpável e razoavelmente previsível — embora a escala exata da reação posterior nem sempre pudesse ser estimada com tanta precisão. Saber o que ia acontecer sem saber com que intensidade aconteceria parecia fascinar os alunos, e um resultado decepcionante era algo que nem sequer existia — pelo contrário, os alunos ficavam muitíssimo satisfeitos quando uma operação fracassava. Havia algo no anticlímax que lhes parecia muito estimulante. Cabeça de Limão, o professor de química, achava essa reação positiva recorrente vergonhosa, de tão ridícula, e até perturbadora. Era idiota e, pior ainda, era incompreensível. Por que cargas-d'água o breve grito que subia rápido demais logo depois de uma explosão lindíssima parecia obediente demais e vazio, mas um rojão úmido provocava uma cacofonia de vivas e aplausos que era genuinamente alegre e só um pouquinho tétrica? Sem dúvida havia algo de sombrio naquilo. Será que era porque os alunos sabiam muito bem que nunca iam ser nada na vida? Sabiam que o sistema tinha sido criado pra que eles fracassassem, sentiam até nos ossos — ossos que também eram os ossos de suas mães e pais, e das mães e dos pais das mães, e das mães e dos pais dos pais, e daí por diante, uma longa fileira de ossos supurados, sabotados e explorados. E por isso mesmo os atuais e joviais proprietários desses ossos ao mesmo tempo expansivos e limitados tinham inventado um cenário controlado que de vez em quando culminava num estouro brilhante e dramático, mas que mais vezes ainda só se desfazia numa espuma patética, se drenava, gotejava, minguava. O fracasso era inevitável, não era?, então por que não transformá-lo numa espécie de coreografia perfeita e rir muitas e muitas vezes da cara séria do fracasso com um deboche festivo, quantas vezes fosse possível e com toda a intensidade que houvesse? O futuro deles já estava traçado no menor pedaço de papel do mundo. Assim como tinha acontecido com seus pais e os pais dos seus pais e os pais dos pais dos seus pais e daí por diante e daí por diante, e por que agora seria diferente? Não ia fazer a mínima diferença se eles fossem bem ou mal na escola. Essa coisa de ficar sentados com as costas eretas numa carteira nessa ou naquela sala de aula, entra dia, sai dia, absorvendo cada palavra e guardando tudo na memória, que completa perda de tempo, era uma farsa, e eles não precisavam colaborar com isso, né?, não precisavam ser obedientes, disciplinados e silenciosos como seus pais e os pais dos seus pais e os pais dos pais dos seus pais tinham sido, os professores já não tinham mais poder nenhum — arremessar um apagador pela sala pra acertar sua cabeça com tudo, te bater dez vezes na bunda com uma vara ou vinte vezes na sua mão erguida e corajosa com uma régua — a aplicação indiscriminada de castigos violentos como esses tinha sido proibida anos antes —, a única maneira, agora, de garantir a retidão contínua era induzir os alunos a policiar a si mesmos e se responsabilizar por ficar sentados e prestar atenção, e eles só iam fazer isso, não iam?, se pensassem que com isso chegariam a algum lugar, e portanto, por causa disso, não lhes tinham dito?, incontáveis vezes, que o céu era o limite, que eles podiam conquistar qualquer coisa caso se dedicassem, e repetiram tantas vezes, não foi?, que a própria cidade em que moravam era nada menos que a cidade que crescia mais rápido em toda a Europa, em toda a Europa, portanto as oportunidades a que eles tinham acesso eram reais e infinitas, sonhe mais alto, sonhe mais e mais alto, e é claro que um ou dois caíram sem titubear nessa conversa mole, e não se incomodaram nem um pouco em cultivar ideias fantasiosas e objetivos improváveis e consequentemente andaram na linha com o maior prazer, esses CDFs idiotas, e de qualquer forma já eram os poucos que moravam em casas geminadas em ruas sem saída cheias de cercas vivas no subúrbio. A maioria não era assim e não caiu nessa, de forma que muitas das aulas eram mais ou menos catastróficas do começo ao fim. Aos professores, portanto, não restava outra opção a não ser desenvolver um ou outro método pra usar na sala de aula nos momentos em que tudo saía do controle pra impedir o abandono intencional dos alunos e estimular alguma ordem, por mais fugaz que essa ordem sempre acabasse se revelando. Em geral esse método envolvia gritos, que muitas vezes eram acompanhados por golpes na mesa. O professor ou professora, preso ou presa às suas amarras, se levantava, é claro, pra gritar. E enquanto gritavam suas mãos buscavam, atávicas, alguma coisa na mesa que pudessem arremessar. Mas eles já não tinham permissão de arremessar apagadores ou qualquer outra coisa nos alunos, de forma que só lhes restava bater o que quer que tivessem encontrado na mesa, bater mais e mais vezes, mais e mais vezes, e só esse gesto já era bastante catártico e muitas vezes gerava um silêncio controlado e levemente constrangido que anunciava a chegada de uma breve e abençoada trégua.

Havia um professor que não gostava de gritar, talvez não conseguisse, nem todo mundo consegue. Ele era alto, tinha uma barba macia e olhos azuis com uma expressão gentil e muitas vezes usava blazers de tweed. Ele parecia suíço, ou quem sabe vitoriano. Isso pra dizer que ele parecia alguém que devia estar lá fora, liderando uma expedição animada e harmoniosa por uma belíssima cordilheira no mês de maio, parando aqui e ali pra fazer um comentário sobre essa ou aquela flor, borboleta e um montinho de líquen. Era assim que ele devia estar. Lá em cima, entre as edelvais em botão, não aqui embaixo numa sala de aula lotada de imbecis que corriam de um lado pro outro com fita adesiva na cabeça e os polegares pegando fogo. O nome dele era Aitken e seu método disciplinar consistia em levantar a mão, e só. Ele não dizia uma palavra, nem sequer se levantava. Continuava no mesmo lugar com os braços apoiados na mesa e simplesmente levantava a mão, em geral a esquerda, de forma que a palma da sua mão grande e bondosa ficasse de frente pra turma. Seus dedos ficavam juntos uns dos outros. Ele tinha dedos longos e proporcionais. Dedos mais finos nas pontas. Dedos ágeis. Dedos que nasceram pra soltar urzes dos arbustos e encontrar coisas no meio da grama. Os alunos caíam na gargalhada diante desse sinal completamente deslocado. Voltavam cambaleando pras carteiras, sentavam de pernas abertas e logo suas mãos se levantavam — "Como?", eles perguntavam, "Como?", sem parar com vozes graves e solenes e depois começavam os gritos de guerra, as mãos agora indo e voltando velozes das bocas sorridentes que não paravam de vaiar. E mesmo assim Aitken não dizia nada. Ele continuava ali sentado com aqueles blazers comportados, a mão aberta em pedido de paz e os olhos polimáticos cintilando com uma paciência suprema. Às vezes parecia que ele se divertia com aquelas baboseiras. Será que ele sentia que fazia parte daquilo? Afinal era seu gesto mínimo, mas constante, o motivo de tanta risada. A imitação pode ser cruel, mas pelo menos reconhece a presença do outro na cena. A dimensão cômica das travessuras autogeradas dos alunos, por outro lado, era tão enigmática que se tornava incompreensível e os risos, cada vez mais intensos, chocantes e francamente desagradáveis — pelo menos assim o professor fazia parte da brincadeira. De fato, às vezes parecia que ele estava sorrindo atrás daquela barba macia.

Ou será que na verdade estava fazendo careta, fingindo que estava tudo bem? Ou será que ele estava perdendo as estribeiras? As mesmíssimas estribeiras que Frau Floyd tinha perdido. Frau Floyd. Onde mesmo ela havia ido parar? Um dia ela estava lá, como sempre tinha estado todos os dias por anos e anos com seus der, die e das tão solidários, e no outro ela sumiu. Nunca mais foi vista. Frau Floyd. Era austera e desprovida de humor e tinha seios de vedete — e era alemã, claro. Os alunos ganharam uma excursão. Aqueles merdinhas. Aqueles pirralhos. Devolvam os livros de uma vez! Mas os alunos não iam devolver os livros por conta própria. Era preciso molhar suas mãos desobedientes de alguma maneira. E foi assim que no fim do semestre o departamento de inglês tentou recuperar todos os livros que, numa decisão ousada, haviam sido distribuídos a cada aluno no começo do semestre oferecendo um chocolate até que bom em troca de cada livro devolvido. Demorou um pouco pra essa tática ganhar tração — no começo os alunos ficaram desconfiados, pensando que devia haver algum truque, mas logo seus receios foram dissipados pela visão de grupos de alunos nem um pouco preocupados jogando barras de Twix na parede durante o intervalo. A partir daí, claro, os bostinhas começaram a devolver os livros com a maior rapidez. No horário de almoço de uma quarta-feira, digamos, cinco ou seis meninas se reuniram numa sala do térreo do bloco de inglês pra começar a trabalhar numa apresentação que iam fazer pra classe na semana seguinte. Elas juntaram duas mesas e sentaram em círculo ao redor delas e uma dessas meninas era eu. E o que eu sei, afinal, sobre ela, essa menina na mesa que calhou de ser eu? Eu sei que ela teria preferido fazer a apresentação sozinha. Ela talvez até tenha perguntado ao professor se podia trabalhar sozinha. Às vezes o sr. Burton deixava que ela fizesse isso, que trabalhasse sozinha, mas não podia permitir todas as vezes, mesmo que ela reclamasse muito, mesmo que ela soubesse que ia fazer alguma coisa memorável sem precisar de mais ninguém, mesmo que ele soubesse que ela sabia, ele não podia fazer nada — eu tenho que escrever no relatório, ele dizia, que você consegue trabalhar em grupo. Mas eu não conseguia trabalhar em grupo. Pra trabalhar em grupo eu precisava ficar de boca fechada, a não ser que tivesse algo totalmente irrelevante a dizer. Se eu ousasse fazer uma sugestão válida, na mesma hora encontrava a resistência do grupo, porque na verdade eu não chegava nem perto de ser tão inteligente quanto pensava e o grupo sempre fazia muita questão de deixar isso claro. Era estranho estar na sala de aula sem o resto da turma. Sem o sr. Burton. Estávamos à deriva. A sala era só um monte de móveis frios e reflexos estagnados, era difícil imaginar alguma coisa. Eu queria ir embora logo. Não estávamos conseguindo fazer muita coisa, de qualquer forma. Ninguém parecia estar com vontade de falar muito. As sugestões que elas faziam pareciam duvidosas e discrepantes, a discussão não chegava a lugar nenhum, de forma que não havia nada que prendesse nossa atenção. Em pouco tempo nós todas ficamos inquietas, e de fato pareceu que a situação podia acabar ficando desagradável. Eu sentia dois ou três pares de olhos implorando que eu dissesse alguma coisa, e ainda que eu tivesse muitas ideias fiquei de boca fechada, não valia a pena tentar. Provavelmente tive só uma ideia, na verdade, uma espécie de visão desinteressada de como a apresentação devia ser — o clima, o tom, a conclusão e daí por diante. Houve diversas ocasiões em que eu tinha tentado transmitir o que eu reconhecia como sendo os mecanismos das minhas várias visões, o beabá, digamos, mas eles não pareciam fazer muito sentido quando eu os dizia em voz alta, e me lembro de uma menina específica me olhando com raiva enquanto eu tentava expressar em palavras o que estava acontecendo dentro da minha cabeça, uma atitude que não me ajudava em nada. Às vezes me pergunto se minha tendência a ideias abstrusas não é, na verdade, um comportamento passivo-agressivo. Havia uma grande janela que cobria um dos lados da sala e ia do chão ao teto, de forma que você conseguia ver do lado de um pátio de concreto outro edifício no qual ficavam os vestiários, o salão principal e o refeitório. Havia umas poucas árvores magras perto da janela, à esquerda. Sempre que penso nelas, estão sem folhas. Eu muitas vezes sentia calafrios na escola. Uma vez minha menstruação vazou no banco durante uma aula de ciências, enquanto o professor demonstrava o funcionamento de um gerador de Van de Graaff. Havia um buraco bem no meio do assento de madeira envernizada que em teoria era feito pra carregar o banco e o sangue se espalhou pela superfície com uma rapidez alarmante e começou a pingar no chão. Era uma das primeiras vezes que eu menstruava e eu tinha acabado de começar a usar absorvente interno, e obviamente havia esquecido de trocar aquele. Em voz muito baixa, eu disse à menina que estava ao meu lado que minha menstruação tinha vazado e sem tirar os olhos da cúpula do gerador, que era capaz de arrepiar cabelos, ela tirou uma coisa da sua bolsa e me entregou e na mesma hora eu a amassei e a escondi na manga da minha blusa. Em seguida levantei a mão, a mão em cuja manga não havia nada escondido, e perguntei ao professor se eu podia ir ao banheiro. Ele me olhou por cima dos óculos e fez que sim com o mesmo mau humor com que sempre sacudia a cabeça que, embora fosse imensa, parecia fácil de espremer. Foi um alívio vê-lo fazendo que sim com seu mau humor de sempre porque isso sem dúvida queria dizer que tudo continuava normal. Que, exceto pela menina ao meu lado, ninguém na sala sabia ou desconfiava que havia uma pocinha de sangue no chão, morna e humana, exatamente embaixo do meu banco de madeira.

Parei na frente de uma das pias brancas e imaculadas e levantei a saia sob a água fria da torneira, vendo o fluxo de sangue sair do tecido plissado e girar ao redor do ralo metálico em lindos arabescos que se expandiam. Sempre gostei de ficar no banheiro feminino em horário de aula. Achava bom ficar sozinha e ver meu rosto no espelho com nada além de azulejos brancos e limpos ao meu redor. Existe banheiro em todo lugar faz séculos, então eu não sentia que estava na escola nem que era inglesa. Eu me sentia segura e muito distanciada, e assim sendo tinha vontade de cantar. Eu queria saber como minha voz era de verdade. Quem sabia o que ia sair da minha boca estando fora do tempo? Talvez eu seja uma freira no norte da Itália enxaguando meadas e mais meadas de bandagens e lá fora entre as árvores homens cansados e imundos avançam e atiram uns nos outros por detrás de árvores molhadas e quem sabe todos eles parem de fazer qualquer merda que estejam fazendo na hora em que me ouvirem cantar. Você logo aprende que a água fria consegue tirar sangue de tecidos. Dá muito certo se o sangue ainda estiver úmido e vermelho e ainda não tiver virado uma mancha meio marrom e difícil. Não sei quantas vezes tive que lavar manchas de sangue de calcinhas, calças jeans, parte de trás de vestidos, trajes formais, lençóis, almofadas, bancos de carro. Pelo menos uma vez a cada mês nos doze meses do ano por vinte e sete anos, e imagino que se fosse boa em matemática eu poderia calcular exatamente quantas vezes isso daria. E por aí vai. Duas semanas atrás eu tive que tirar minha pantalona e lavá-la na pia da cozinha. Depois sacudi e olhei a calça, a parte da frente e a parte de trás, já que não sabia qual era qual, e a estendi no parapeito da varanda. Nem sinal! Além do mais era uma tarde ensolarada, então a calça secou rapidinho. Mesmo assim fiquei irritada comigo mesma. Você menstrua há tantos anos e ainda consegue sujar tudo de sangue? A essa altura você já devia saber como funciona. Teve uma fase dos meus vinte anos em que me dava uma satisfação imensa andar por aí pingando sangue. Eu sou uma criatura que sangra, porra, olha como eu sangro sem parar, olha esse sangue todo que sai de mim e vai escorrendo e grudando nos meus tornozelos, no chão, na rua, no seu sapato chique. Vivo como rubi, escuro como granada. Ela tinha me dado uma calcinha dela. Estava dobrada com muito capricho ao redor do absorvente que eu sabia ter colocado dentro da manga da minha blusa. Mas eu não sabia que tinha uma calcinha e fiquei maravilhada em tê-la na mão. Olhei a etiqueta pra ver de que tamanho era e de onde era. Ela usava um tamanho maior que o meu. Era uma calcinha bonita, branca imagino com florzinhas ou balõezinhos ou bassês estampados, e estava muito limpa. Não tinha nada grudado no tecido, como lascas de lápis, então ela devia guardar a calcinha separada, dentro de um bolsinho de emergência especial com um fecho de pressão, pelo que eu imaginava, na mochila. Foi emocionante, estar ali no banheiro das meninas em horário de aula completamente sozinha e cercada de pequenos azulejos brancos e brilhantes com sangue quase seco na parte interna das coxas e uma calcinha limpa de outra menina nas mãos. Isso me fez pensar na Primeira Guerra Mundial, mas muitas coisas me faziam pensar na Primeira Guerra Mundial. Andando de bicicleta na banguela no verão, passando por todas as sebes e aquela casona marrom da chaminé alta perto de Purton — isso quase sempre me fazia pensar na Primeira Guerra Mundial. E corvos nos campos vazios nos domingos de novembro — eu não conseguia não pensar na Primeira Guerra Mundial nesses momentos, mas de outro jeito, porque eu ficava parada por um tempo com as mãos nos bolsos olhando os corvos que iam e vinham pelos campos lavrados, e é óbvio que os pensamentos que você tem sobre a Primeira Guerra Mundial enquanto fica assim imóvel no frio cortante são de uma natureza muito diferente das ideias sobre o mesmo tema que passam pela sua cabeça enquanto você avança sob o sol por ruazinhas estreitas da zona rural numa bicicleta em julho. Fazendo uma torrada na fogueira no inverno e olhando de canto de olho minha mãe ler um livro e fumar um cigarro à noite no sofá verde e dourado. Levantando pra ir à escola quando ainda estava escuro. O barulho da água quente nos canos quando ainda estava escuro e o espelho do banheiro no escuro e o armário do banheiro se abrindo e fechando com um clique exato e gostoso de ouvir, tudo isso sempre me fazia pensar na Primeira Guerra Mundial. E as garrafas de leite vazias na cozinha da mãe da minha mãe, ainda que nunca as da nossa cozinha, provavelmente porque as nossas eram tão, tão limpas que quase brilhavam, enquanto as da cozinha da minha vó pareciam ter neblina dentro. Nosso grupo inteiro fazendo trilha no inverno. Correndo no meio de toda aquela chuva e lama nas tardes de quinta de todas as semanas até chegar o Natal. Toda a lama e a chuva espirrando nas nossas pernas nuas, e todos os nossos tênis, pares e mais pares, pendurados e todos misturados na parede do vestiário, todos cobertos de lama. Todos completamente cobertos de lama. E a lama, é claro, sempre me fez pensar na Primeira Guerra Mundial. Tinha muito barro no chão perto de onde a gente morava. Era cinza e tinha cheiro de limpo e era ótimo de cavar e apertar. Barro é completamente diferente de lama e nunca me fez pensar na Primeira Guerra Mundial. Pelo contrário, me fazia pensar em vasos e cumbucas de argila mal-acabados e em aranhas ariscas nos cantos de janelas com a madeira descascando e caminhos de jardim muito estreitos e cheios de ervas daninhas cercados por mariposas imensas que andam em zigue-zague e cardigãs no espaldar de cadeiras e vidros de geleia cheios de água morna da chuva, e essas são coisas que eu sempre associei com os anos entreguerras. Calçados de qualquer tipo misturados e empilhados com os cadarços espalhados e as línguas amarrotadas pra fora me fazem pensar na Segunda Guerra Mundial, e quando digo isso na verdade me refiro aos campos de concentração. Roupas amontoadas e pertences pessoais, em especial relógios e guarda-chuvas, sempre me fazem pensar nos campos de concentração, e da primeira vez que fui com minha avó a um bazar do centro comunitário a imagem de todos aqueles casacos puídos e cachecóis de nylon e sapatos furados amontoados sobre mesas de cavalete que ocupavam o corredor do começo ao fim me deixou sem fôlego pensando em todas as centenas de milhares de mulheres e homens e seus filhos que semana após semana eram levados de toda a Europa como gado naqueles vagões lotados e terríveis direto pro centro brutal e inescapável dos campos de concentração. A melhor coisa a fazer logo depois de chegar a um desses bazares, pelo que logo percebi, era me aproximar e ficar em pé por um tempinho perto de onde as duas senhoras de blusa de gola alta azul e rosa estavam vendendo folhados de maçã e bolinhos. E então, depois de ouvi-las conversando sobre os Vigilantes do Peso e reumatismo e rododendros e por aí vai, eu saía de perto de repente e ia pra perto da minha avó, que estava diante de uma das mesas, onde eu também começava a remexer cuidadosamente os montes e mais montes de doações. Procurando alguma coisa com botões bem bacanas, imagino. (Como os prisioneiros que trabalhavam nos depósitos de Auschwitz e tinham olho bom pra achar mercadoria.)

Comecei a usar absorvente interno assim que comecei a menstruar porque, em primeiro lugar, menstruei muito depois de todo mundo, então não dava pra perder tempo usando absorvente comum. Ninguém achava legal usar absorvente comum quando comecei a menstruar, e o interno era um sucesso porque você podia seguir sua vida normal, já que na sua calcinha só ficava um cordãozinho branco que dificilmente ia atrapalhar todas as atividades que as garotas apareciam fazendo nas propagandas, como sair rodopiando de patins, saltar no ar pra pegar frisbees rosa-choque, atravessar praias de areias douradas sobre um cavalo branco e daí por diante. Era tudo propaganda enganosa, isso sim. Na realidade seguir a vida normal era mais como: nem pense em faltar à aula de educação física ou ir embora mais cedo; não fique deitada e muda no meio do dia; não fique reclamando e grunhindo a qualquer hora do dia — não espere que você vai poder sair da mesa do jantar e não ajudar a secar a louça — compareça, participe, produza — não decepcione as pessoas, não perca nenhum momento. Por outro lado, todo mundo parecia concordar que usar absorvente comum atrapalhava tudo. Era que nem ficar com uma ovelha no meio das pernas, todo mundo dizia. Só meninas bizarras que já não tinham amigas nem nada pra fazer não achavam ruim passar o dia inteiro andando por aí com uma ovelha fedida enfiada no meio das coxas. Mais tarde, depois de muitos anos usando diferentes tamanhos de absorvente interno todos os meses, mas sem conseguir de fato conter o fluxo, eu me vi preferindo o absorvente comum. Comecei a me dar conta de que não vou menstruar pra sempre — em algum momento minha menstruação vai chegar ao auge, depois ficar irregular, depois parar de vez. É melhor eu aproveitar enquanto ela ainda é regular e intensa, e não fazer isso com ela. O sangue tem que fluir, não é uma ferida, afinal, não é preciso estancar nada. É estranho como você pode fazer uma coisa de um jeito sem nem pensar por anos e anos e depois, quando para e começa a fazer de outro jeito, você pensa no jeito que fez por tanto tempo e mal consegue acreditar — em como você acabou comprando uma visão clichê, uma visão enviesada de uma coisa que faz parte integral da sua intimidade. Mergulhando. Pulando. Rodopiando. Um monte de baboseira que querem enfiar na sua cabeça. Não perca nenhum momento! Eu nunca parava pra pensar, na verdade, eu só fazia o que mandavam sem pensar duas vezes. Até que uma tarde, quando estava no banheiro e olhei meu sangue e meu muco cervical num pedaço de papel, pensei "Vou sentir falta disso quando não tiver mais" e me dei conta de que não queria mais que aquilo congelasse e sumisse dentro de mim. Mas os absorventes comuns também não são essa moleza toda. Parece que eu nunca ponho no lugar certo — eu ainda consigo, quase toda vez, dar um jeito de pôr o negócio muito atrás.

No primeiro dia a cor é linda — é um tom de vermelho que eu procuro num batom desde sempre. Nem muito claro nem muito escuro. Nem muito rosa nem muito marrom nem muito laranja. Mais de uma vez pensei em levar o papel manchado de sangue a uma loja de departamentos, ao balcão da Chanel, ao balcão da Dior, ao balcão da Lancôme, e dizer: "Olha, é esse vermelho, é esse aqui, esse é o vermelho mais perfeito do mundo. Me mostra um batom de longa duração nesse tom perfeito de vermelho". Nem preciso dizer que nunca fiz isso. Todos os meses eu deixo o tom mais perfeito de vermelho cair na privada e dou descarga com ar de tristeza. Quel dommage. Eu costumo pensar que a Marilyn Monroe ficava na cama quando menstruava e deixava os lençóis todos cheios de sangue, e não sei direito de onde veio essa ideia. Ela existe na minha cabeça desde que eu tenho uns dez anos. Minha avó adorava as estrelas de Hollywood e tinha um carinho especial pela Vivien Leigh e pela Marilyn Monroe, então eu posso ter herdado isso dela. Mas não consigo imaginar minha avó me dizendo uma coisa assim. Talvez ela tenha dito isso pra minha tia e eu ouvi — eu não era bisbilhoteira, mas tinha ouvidos atentos, isso sim. Minha família adorava contar histórias macabras, mas eu geralmente só escutava uma parte delas — um pedaço que, separado do corpo da história, muitas vezes se tornava mais perturbador e visceral, ganhando uma vida própria especialmente duradoura e perversa. Jamais esquecerei a imagem horripilante que invadiu minha imaginação quando entreouvi, por exemplo, minha outra avó dizendo ao seu filho, meu pai, "e ela tinha arrancado toda a pele dos dedos com os dentes. Imagina… comer as próprias mãos". Eu repetia essas frases pra mim mesma feito uma idiota, palavra por palavra, sem parar. Meu costume de levar tudo que ouvia ao pé da letra muitas vezes me fazia, paradoxalmente, entender muita coisa errado no meu dia a dia — e com certeza eu tinha entendido errado essa conversa —, com certeza a menina, quem quer que ela fosse, não tinha comido as próprias mãos, né. Cheguei a cogitar que eu não tinha entendido o que minha avó dissera, que suas palavras significavam outra coisa, uma coisa totalmente inofensiva — mas em vez de deixar isso pra lá me ocorreu que talvez se eu repetisse aquela frase terrível vezes suficientes o verdadeiro e inofensivo significado que certamente estava dentro delas mais cedo ou mais tarde viria à tona em toda sua normalidade esquecível, e a aparição macabra da menina mastigando com gosto as próprias mãos, e o sangue que escorria pelos seus braços e caía dos seus cotovelos em pingos grossos, iria embora de uma vez. Não foi isso que aconteceu. Pelo contrário, um novo terror me invadiu — despertado, ironicamente, pela palavra mais corriqueira de todas. Depois de muitas repetições, a palavra "e" entalou na minha garganta e se expandiu com tanta violência que quase engasguei: *e*?! *E* ela tinha arrancado toda a pele dos dedos com os dentes?? Então ela tinha feito alguma outra coisa antes de comer a pele das próprias mãos, e essa coisa devia ser muito pior. Será que minha avó ia contar a pior parte antes? Era provável. (A avó paterna era muito dramática e gostava de causar o máximo impacto quando te contava uma história, enquanto a mãe da minha mãe dava notícias chocantes de um jeito meio confuso, se perdendo toda hora porque não tinha certeza das coisas e porque dava muita importância a detalhes irrelevantes. Possíveis defeitos — conta logo, desembucha — que muitas vezes acabaram ajudando a plantar uma estranha e sólida semente.)

O que a menina tinha feito, exatamente, antes de morder a pele dos dedos? Nesse momento minha imaginação fugia à regra e parecia querer poupar meu coração covarde, e em vez de invocar o pior cenário possível instalava depressa uma imagem relativamente amena da menina arrancando seus cabelos loiros e lambidos, impedindo assim o surgimento de algo bem medonho que de fato ia me assustar demais. De qualquer forma, parecia fazer sentido que ela arrancasse os cabelos: "Ela arrancava uns tufos enormes de cabelo e tinha arrancado toda a pele dos dedos com os dentes. Imagina... Comer suas próprias mãos". Sim, fazia sentido. Certamente minha avó queria que meu pai ficasse pensando na parte de comer a mão, então era muito provável que a ação diabólica anterior não fosse nada pior que isso. E, inclusive, agora que a parte de comer a mão vinha precedida de outro terrível ato de automutilação, ela quase não me dava mais medo. Na verdade, ela me fazia rir.

Não sei se a Marilyn Monroe ficava na cama menstruando nos lençóis, mas se isso fosse verdade eu não a julgaria. Ainda mais porque ela tinha endometriose, e provavelmente sofria de dor pélvica intensa e cólicas gravíssimas durante a menstruação. Também é provável que ter relações sexuais com homens fosse muito doloroso. Minha avó certamente não me diria nada disso, mas ela me disse que a Marilyn Monroe gostava de ler. "Olhando pra ela você não imagina, mas ela vivia com um livro na mão. Igual você." Minha avó sempre dizia "Olhando pra ela você não imagina" sobre essa ou aquela mulher. Eu tinha a impressão de que ela sentia um imenso prazer em pensar em mulheres fazendo coisas e se comportamento de maneiras que pareciam estar em dissonância com sua aparência. Ela raramente, ou nunca, falava isso de um homem. Ela não falava muito de homens. Eu tinha a impressão de que ela achava que, em se tratando de homens, só de olhar pra eles já dava pra saber o que estavam aprontando. Quando eu nasci, minha avó já estava divorciada havia muitos anos e em pouco tempo voltaria a morar sozinha, já que no fim do meu primeiro ano no mundo o homem que era mais novo que ela e com quem ela tinha passado um tempo de merecida felicidade morreu de leucemia logo depois do Natal. Ela continuou morando sozinha até morrer, mais ou menos quarenta anos depois, momento em que espero que seu sonho de reencontrar esse homem, de quem ela nunca deixou de sentir falta, tenha se realizado. Não era comum que uma mulher da sua geração morasse sozinha assim, por tantos anos, embora eu nunca tenha achado isso especialmente estranho quando era criança. Nós a víamos sempre porque ela morava perto, e eu gostava de ir sozinha visitá-la, primeiro porque ela fazia um bolo inglês que tinha gosto de geleia e cigarro. Ele ficava lá, já cortado em quadrados grandes, dentro do plástico vermelho e bege que ficava à direita quando você entrava na cozinha — ou não ficava porque ela não tinha feito e isso era uma decepção, mesmo que ela te oferecesse alguma outra coisa. Fosse o que fosse, não ia ter gosto de fumaça e laranja. Enquanto eu ficava sentada comendo bolo, ou carne curada com beterraba e um ovo cozido, ela tirava tudo o que tinha nos bolsos do casaco e colocava sobre a mesa da cozinha. Vivia pegando coisas da rua. E se você a visse na rua, ela dizia "Acho que deixei cair uma coisa debaixo daquele banco, será que você não pode dar uma olhada pra vovó?". Ela não tinha deixado nada cair, claro — eu era mais ágil que ela e conseguia levar meus olhos a lugares que os dela não podiam investigar. "Procura direitinho", ela falava enquanto eu fuçava embaixo do banco, sem nunca dizer o que exatamente eu deveria procurar. Não deixe pedra sobre pedra. Não. Não. Quando fiquei mais velha, eu trabalhei de caixa num supermercado da cidade aos fins de semana e ela muitas vezes ia até lá e ficava me olhando com uma admiração distraída enquanto eu passava vegetais congelados e alimentos enlatados pelo leitor de código de barras. "Você fica com uma cara de inteligente com esse uniforme!", ela me dizia. Alguns anos depois, fui morar em outro país e passei a ver minha avó com menos frequência. De vez em quando trocávamos cartas. Nas suas, ela quase sempre dizia que a moça da vendinha onde ela comprava cigarro tinha perguntado de mim. Quando eu voltava e ia visitá-la, a gente tomava chá e comia bolo inglês, e fumava a marca de cigarro mentolado que ela estivesse fumando na época, e depois, quando chegava a hora de eu seguir meu caminho, como a gente sempre falava, ela começava a ir e voltar pelo corredor sem nenhuma pressa pra me oferecer uma variedade de coisas que ela limpava com a barra do casaco de lã antes de me mostrar: telefones, toalhas de chá, chinelos, ferros de passar, pães doces, guarda-chuvas, velas, aromatizadores de ambiente, álbuns de fotografias, luvas, meias-calças bege fio quinze, agulhas de tricô, kits de manicure — e todas as vezes eu explicava que ia voltar de avião e que infelizmente não podia levar muita coisa. "Você é desapegada", ela dizia. "E eu te entendo, minha querida. É melhor assim." Seu apartamento era um baú do tesouro cheio de objetos que não tinham nenhuma conexão entre si. Alguns eram misteriosos, outros, ordinários, outros não serviam pra nada — a maioria dos adultos da minha família, conforme notei, parecia achar que ela precisava fazer "uma bela faxina". Mas eu desconfiava que o conde de Lautréamont, poeta mórbido e queridinho dos surrealistas, teria se oposto a esses conselhos descontraídos e inclusive teria se sentido em casa no apartamento da minha avó exatamente como ele era, já que, se dependesse da opinião dele, uma máquina de costura e um guarda-chuva dispostos sobre uma mesa cirúrgica eram uma obra do acaso que continha uma beleza inegável. Ele também teria achado a coleção de livros da minha avó muito inspiradora. Além de biografias cafonas de atores e atrizes de Hollywood, minha avó tinha uma coleção impressionante de livros de capa dura que continham registros fotográficos dos mais violentos assassinatos da Era Vitoriana — o tipo de idiossincrasia que, quando você é criança, transforma uma sala que até então era normal num espaço muito interessante. Ficar sentada perto daqueles corpos cortados e mutilados, retratados num preto e branco delicado, fazia meu coração subir até a garganta tal qual um troll aleijado e imundo escalando uma fonte sem desejos com a única mão que lhe restava, também infestada de larvas. Eu engolia em seco inúmeras vezes até sentir a pressão nos ouvidos, tentando fazer meu coração voltar pro lugar dele.

Eu não duro muito nesse mundo.

Eu não duro muito nesse mundo.

Essa era uma frase que me acostumei a ouvir minha avó repetir enquanto esperava, por exemplo, a água ferver. Sabe-se lá por que o chiado infinito da água trêmula virando vapor era capaz de provocar nela essa súbita vontade de ir pro céu. Ou talvez depois, sentada. Enquanto ela punha açúcar no chá e eu juntava migalhas de bolo no pratinho que tinha no colo com a ponta distraída do meu dedo médio. Um dia ela disse isso enquanto estávamos as duas esperando a sobremesa na sala da casa da minha tia, perto do riacho, e minha tia saiu voando da cozinha segurando uma colher grande e fumegante e disse muito brava: "Mamãe! Não fala essas coisas na frente dela". Mas eu não me incomodei, eu não me incomodei nem um pouco. Na verdade eu até que gostei quando ela disse isso e depois disse a mesma coisa sozinha quando cheguei em casa e estava sentada na beira da minha cama. Eu não duro muito nesse mundo. Eu não duro muito nesse mundo. Nessa época eu já estava começando a sentir que estava fora do mundo, olhando tudo de fora, e os sentimentos que essa consciência despertava eram principalmente de desamparo e angústia. Sentada no meu edredom com estampa de rosas, repetindo o mantra da minha avó, porém, eu me senti imponente, misteriosa e independente. Como se eu estivesse só de visita neste mundo e tivesse um outro lugar mil vezes melhor ao qual voltar. Eu não duro muito nesse mundo. Eu não duro muito nesse mundo.

Em cima de um dos armários que ficavam encostados na parede da sala de aula naquele horário de almoço desanimado de quarta--feira havia uma caixa e dentro da caixa havia muitas cópias do mesmo livro. O mesmíssimo livro que o departamento vinha tirando dos alunos na marra por meio do infalível estímulo de um belo chocolate. Meus olhos, sempre curiosos, ainda mais naquela época, já que meu olho da mente tinha ficado todo embaçado, pousaram sobre a caixa e não puderam não ficar estimulados pela sua importância. Minha boca se abriu e meu dedo se esticou. Sim, a boca era minha. Sim, o dedo era mesmo meu. Num piscar de olhos, a menina que sempre dava um jeito de encontrar um motivo ou outro pra me olhar feio tinha subido na mesa que ficava ao lado do armário e estava arrancando os livros da caixa e os entregando às outras meninas que estavam diante dos seus pés, com as mãos dobradas abanando o ar quando esticavam o braço pra pegar um deles. Eu me levantei sem sair do lugar e vi tudo. A menina desceu num pulo e a mesa balançou. Vi a saia dela se inflar e a mesa chacoalhar, e enquanto eu tentava lidar com essa perturbação repentina da caixa e da mesa e do ar que havia ao redor de ambas, alguém empurrou um livro no meu peito com tanta força que o pouco ar que havia dentro de mim se foi, e ali, de repente, surgiu um par de olhos escuros e debochados, exatamente na frente dos meus. Olhei um deles e vi ao redor da íris algo ainda mais perturbador que o ódio, algo como um ouroboros coberto por uma corrente luminosa de pequenos espelhos de obsidiana. Alguma coisa no meu próprio olho direito se contorceu, e com violência. Era uma coisa que não mordia a própria cauda, fosse o que fosse. A ponta inquieta e não engolida se sacudiu de novo e minha pálpebra se fechou inteira e continuou fechada. "Foi ideia sua", ela disse, empurrando o livro encapado com celofane contra o pouco peito que eu tinha. Eu tinha muitas ideias e a maior parte ficava quieta no lugar delas, e nada me dava mais prazer do que ficar sentada na grama revisitando minhas ideias muitas e muitas vezes. Virando as ideias assim e assado, lustrando cada uma com as franjas da minha imaginação emaranhada. Eu jamais sonharia em tirá-las dali — como foi que essa escapou? Estava muito em cima. As únicas partes de mim que tinham se envolvido nisso foram primeiro meus olhos e minha boca e depois meu dedo. Extremidades! Ou será que tinha sido o dedo e depois a boca? Sim, claro que tinha sido meu dedo e depois minha boca — eu dificilmente teria dito "Olha" antes de apontar com o dedo. "Olha", eu disse, a boca alcançando o dedo que estava apontando na direção da caixa que os olhos tinham visto no alto do armário encostado na parede. Os olhos, o dedo e a boca, sim, e seu enunciado, em último lugar. Olha. E eu só disse isso, nem uma palavra mais. Mas se isso não chega a constituir uma ideia eu sabia muito bem aonde demonstrações como essa costumavam levar — nenhuma criança fala "Olha" sem a intenção de que algo aconteça. Os olhos de uma criança vivem procurando de maneira instintiva e infinita alguma coisinha no meio de tudo que vire o resto de cabeça pra baixo. Continuei olhando pra ela com um só olho bem aberto. Nesse momento me pareceu impressionante como era fácil fazer isso por muito, muito tempo enquanto continuava com minha pálpebra direita fechada bem firme e heroicamente imóvel. Eu me senti mítica e indestrutível — no limiar de alguma coisa. Era óbvio que eu não estava piscando pra ela — aquilo não tinha nada a ver com uma piscadinha. Ela sabia disso. Ela sabia que havia algo que eu não estava deixando que ela visse. Fosse o que fosse, a criatura que estava prestes a dar o bote dentro do meu olho direito não dizia respeito a ela.

Todos os pensamentos relacionados à apresentação inexistente saíram pela janela e foram confraternizar tristemente com os escassos galhos das árvores que balançam, ali à esquerda do pátio de cimento vazio.

As outras saem todas correndo pelo corredor, indo na direção da diretoria do departamento, e quem assumiu o controle bate na porta com impaciência, com insistência, com expectativa, muitas vezes. Chega a ser chocante como essa batida se impõe.

A porta se abre, nada é dito.

Os livros são entregues, uma pessoa de estatura baixa joga os chocolates sem perguntar nada nem agradecer, e logo eles se vão de novo.

Desse jeito.

Voltando correndo pelo corredor na direção da luz clara e cinza do sol.

Onde estou? Quase não me mexi. Fiquei com metade do corpo pra fora da sala olhando as costas dela à medida que corriam, todas segurando um livro, pelo corredor na direção da porta da sala. Eu estou segurando um livro? Provavelmente não. Não sei o que fiz com ele. Não subi na mesa e o devolvi à caixa. Isso teria sido ridículo. Impossível. Não tinha como voltar. O que seria possível fazer com ele? Talvez eu o tenha deixado sobre a mesa. Sim, claro. Sim. Eu o deixei sobre a mesa. Pois é: exatamente no lugar onde eu me sento em todas as aulas. Depois me levantei, de mãos vazias, um pé no corredor, o outro ainda na sala de aula, e as vi correndo na direção da porta. Vi a porta se abrir. Vi a claridade da sala atrás da porta. Quem quer que tenha aberto a porta era só uma silhueta, uma silhueta baixa e atarracada. Não ouvi nada, nada foi dito. A porta se fechou e a luz se foi. Não demorou pra todo o corredor voltar a ficar frio e escuro e as meninas voltarem saltitando, as mãos agora segurando chocolates gratuitos e não livros pelos quais elas não tinham nenhum interesse. Desse jeito. A essa altura eu já era extrínseca, invisível. Meio pra lá, meio pra cá. Elas passaram por mim. Só o ouroboros lampejou rápido na minha direção. Lá na frente, a luz cinza de fora lançou um estranho brilho granulado que transformou todas elas em bolhas pretas gelatinosas — manchas de tinta ou girinos — e depois as absorveu por completo. Sem olhar pra esquerda nem pra direita, avancei pelo corredor e entrei nos banheiros. Olhei direto no espelho e nele vi a única menina no mundo inteiro. Que carinha de preocupação! Minhas mãos seguraram bem firme os dois lados da pia fria como gelo e isso era uma coisa que eu nunca tinha feito. Mas pareceu que eu vinha segurando a pia bem firme daquele jeito desde sempre, e que ia continuar segurando a pia com aquela mesma força no mínimo pelo resto da minha vida. Minha boca tinha gosto de elástico e pepino. Não tive nenhuma vontade de cantar.

Todos eles adoravam o sr. Burton, era o professor preferido de todo mundo, de longe. Ele era muito diferente dos outros professores e suas aulas não eram como as outras, ele era divertido e suas aulas eram divertidas e animadas e engraçadas. Ele era muito engraçado. Os meninos achavam isso o máximo. Os meninos gostavam de pensar que eram engraçados e alguns deles eram mesmo, mas ele, em geral, era muito mais engraçado sem fazer nenhum esforço. Parecia ser algo muito natural, e é claro que sempre estava à frente dos alunos, e eles sabiam disso, claro, eles sentiam, por isso mesmo era tão empolgante. De certa forma era uma espécie de esporte, essa luta que acontecia, ele sempre estando alguns passos à frente, a não ser nas ocasiões em que uma parte ou outra esquecia seu lugar e ia longe demais. Era uma linha tênue e eles a tinham ultrapassado. Eles percebiam tarde demais que tinham ido longe demais, longe demais na direção errada, talvez, será que havia uma direção, será que tudo isso levava a algum lugar, vai saber, mas agora tínhamos chegado a um limite e a aula tinha recomeçado, e não tinha problema. Às vezes parecia ocupar tempo demais, essa disputa toda, alguns passos pra frente, alguns passos pra trás, e pra começo de conversa, sim, era muito estimulante, nos primeiros meses ela, como todos os outros, tinha achado aquilo tudo muitíssimo divertido, afinal fazia toda a diferença, essa leveza toda — ninguém nunca sentia frio naquela sala, pelo contrário —, até que deixou de ser novidade. Ela começou a ficar irritada. Ela começou a se perguntar, inclusive, se ele não estava virando uma caricatura de si mesmo. Ela sentia, como todo mundo, que ele estava sempre alguns passos adiante, mas nem por isso ela deixava de sentir que ele estava se rebaixando pra se igualar aos alunos. Alguns passos adiante, sim, mas adiante no mesmo nível que eles, quando na verdade deveria estar num nível completamente diferente, não deveria? Ela não conseguia não sentir que ele estava se diminuindo e isso o fazia parecer um bobo e ela sentia vergonha alheia, ela se aborrecia de verdade, ela não gostava de pensar que ele era um bobo, então decidiu que não ia mais entrar na brincadeira. Ela parou de rir com os outros alunos porque inclusive não era nada tão engraçado assim, e eles repetiam tantas vezes, qual era a graça, e não paravam, ela já estava cansada, estava cansada do fato de ele ser tão popular, pra ela ser popular não tinha valor nenhum, na verdade, nem ser a pessoa de que todo mundo gostava, ela não entendia qual era o apelo. Quando gostavam de você, as pessoas tinham o costume de ficar te rodeando, e com certa frequência elas apareciam comendo alguma coisa com muito cheiro de vinagre, e com mais frequência ainda traziam outra pessoa junto, alguma outra pessoa de que gostavam, embora não tanto quanto gostavam de você, e, como era de esperar, essa pessoa, quem quer que fosse, não ia gostar muito de você, porque o amigo ou amiga dela preferia você, e você não ia gostar de nenhuma das duas. Mas as duas pessoas iam continuar ali, uma delas comendo batatinha frita em forma de invasores do espaço e mastigando muito alto, provavelmente oferecendo pra vocês — provavelmente primeiro pra você porque ela preferia você, e você jamais pensaria em enfiar a mão naquele pacote nojento, cheio, você sabia, de migalhas oleosas horríveis — e você ia perceber, mesmo tendo olhado pro outro lado, que a outra não via a hora de enfiar a mão ali dentro, e em seguida a mão dela estaria ali enfiada até o fundo, revirando aquele saco asqueroso, ruidosa e avidamente, as costas da mão ficando todas cobertas daquelas migalhas alaranjadas tenebrosas, e depois as duas iam ficar paradas ali, mastigando aquela batatinha fedorenta de um jeito irritante, e você ia ficar ali, de certa forma presa entre as duas, ainda que não tivesse dito sequer uma palavra pra nenhuma delas. Esse era exatamente o tipo de situação desconfortável na qual você se encontraria se fosse uma pessoa popular, ela sabia disso muito bem — ela sabia que ser popular era se ver preso a cada esquina — não, ela não via nenhum apelo naquilo e não aguentava mais ver como esperavam que ele fosse engraçado todo santo dia só porque ele era popular. E se ele não estivesse com vontade? Será que ele tinha medo de decepcioná-los? Os meninos achavam que estavam abafando, achavam mesmo, era impressionante. Nunca cansavam de ouvir a própria voz, nem por um minuto, e o som de algumas das vozes era outro — as vozes estavam mudando, pelo jeito. Sempre que ouvia essa frase ela imaginava alguma coisa no fundo da garganta dos meninos rasgando, uma membrana rosa e fina, não muito diferente do hímen, talvez. Disso ela sabia, de como ele se rompia, todo mundo sabia disso, mas ela não sabia o que causava esse rompimento na voz de um menino. Talvez fosse por falar sem parar e por isso eles não calassem a boca nem por cinco minutos. Mas o Woody quase nunca falava nada e quando falava ficava claro que ele tinha a voz mais grave de todas, de forma que era impossível saber o que fazia aquele hímen rosa e fino na garganta de um menino quebrar pra que sua voz passe a sair de uma câmara mais profunda e ganhe um timbre aparentemente mais sério. A voz do homem se rompe, o hímen da mulher se rompe, e depois? Ela percebeu que os meninos cuja voz já tinha mudado não faziam mais tanta bagunça, tinham ficado maduros demais pra essas coisas. Pois é, eles tinham crescido e queriam que todo mundo soubesse disso, inclusive ele. Queriam que ele, especialmente, soubesse disso. Eles ainda gostavam de ouvir a própria voz, ela percebeu. Agora eles gostavam mais ainda, na verdade, porque estava mais grave e não havia dúvida de que uma voz mais grave parecia mais forte e mais masculina, e ela percebeu que isso significava que aqueles meninos achavam que já eram homens, e de vez em quando, ela percebeu, ele falava com eles de um jeito um pouco diferente. Ele fazia comentários só pra eles de vez em quando, e eles riam, eles riam juntos, cúmplices, e isso a deixava possessa — ela ficava revoltada com essas interações que os homens tinham num clima de camaradagem brega. Como era fácil pros meninos ser levados a sério, ser incluídos nas coisas — uma professora mulher teria dado uma bronca nela se ela tentasse fazer algo parecido. Professoras não queriam que você se aproximasse muito, cada hora elas reagiam de um jeito, na verdade — eram quase sempre frias, e sem mais nem menos, do nada, se mostravam calorosas, cálidas, deslumbrantes, perfumadas, depois davam as costas e voltavam a nos tratar com frieza. Geleira histórica. Como se ela tivesse convencido as alunas a baixar a guarda. Era impressionante. Todo mundo sabia que uma delas tinha uma cicatriz que parecia uma pena no pescoço, de fora a fora, que ela quase sempre cobria com um lenço e um dia não cobriu. Um dia ela ficou na frente da sala sem um lenço no pescoço e todos puderam ver a cicatriz igualzinha a uma pena, mas na verdade eram seus olhos que eram inesquecíveis. Seus olhos eram verde-claros. Ela devia ser menor de idade. Usava botas e saias longas e lenços compridos quase sempre. E depois, depois de a chamarem de sra. Hurly por dois anos, o nome dela mudou. Pois é, dali em diante era pra todos a chamarem de srta. Selby, nome que era muito mais bonito e que combinava mais com ela. Esse é o nome de solteira dela, alguém disse. O nome de solteira. Então não era à toa, né, que ele soava tão sedoso e sibilante e combinava tanto com ela. O nome dele nunca ia mudar, ia?, o nome dele sempre tinha sido esse, Burton, sempre Burton, desde que era criança, e com eles ia ser igual, não ia?, o nome deles nunca ia mudar. Os meninos sempre iam ter o nome que tinham agora, Robert Ellis, Liam Sykes, Paul Carter, Mark Kuklinski e daí por diante. Ela não suportava mais nenhum deles, nenhum, e estava extremamente irritada com o fato de que cada vez mais meninos começavam a se achar só porque suas vozes tinham de repente ficado mais grossas, como se isso fosse algo que tinham conquistado com sua própria inteligência e erudição. Ela ficava louca com isso. Será que ele era mesmo estúpido a ponto de pensar que só isso transformava aqueles meninos em homens que sabiam do que estavam falando?, porque de onde ela estava sentada eles estavam muito longe de parecer ou soar como homens que sabiam de alguma coisa. Não, ele não era estúpido, claro que não. Ele era muito inteligente, inclusive, e ela o ouvia dando bronca nos meninos de vez em quando, pois é, eles tinham passado do limite, então na verdade havia limites, ainda havia limites, e eles não sabiam onde ficavam esses limites, claro, eles nem percebiam quando alguma coisa não era pro bico deles. Ele sabia. Ele sabia! Era ele quem mandava, e de vez em quando ele perdia a paciência e nesse momento eles tomavam conhecimento disso, e ela ficava contente. Ela ficava contente quando ele punha os meninos no lugar deles. Às vezes ele era bastante incisivo, inclusive, e ela ficava muitíssimo satisfeita com isso. Aí eles ficavam lá se sentindo uns bobos, ela percebia, como eles estavam se sentindo bobos, como estavam chateados. Ela não ousava olhar. Se você olhasse pra eles num momento de humilhação, eles ficavam com muita raiva e mais tarde, depois da aula, eles faziam ou falavam alguma coisa no caminho de casa pra te humilhar de um jeito que você nunca mais conseguisse esquecer. Ela sabia disso, ela sabia muito bem, então mesmo que desse muita vontade de olhar bem na cara de tristeza de cada um, ela se segurava e não olhava sequer na direção deles quando o professor tinha posto um ou outro aluno no lugar dele.

Talvez não desse tanta vontade de rir da desgraça dos outros se houvesse algo do outro lado da janela que ela pudesse olhar e que a distraísse de tudo isso. Mas, exceto por aqueles galhos desiguais e precários que ficavam à esquerda, não havia nada pra olhar naquela imensa janela larga. Seu caderno ficava aberto sobre a mesa o tempo todo, é claro. Sim, lá estava o caderno, esperando que uma ou outra marca fosse deixada na sua superfície. Era insuportável, na verdade — pelo amor de deus, anda logo com isso. Não era nem um pouco surpreendente que ela muitas vezes pegasse a caneta e começasse a desenhar numa página mais pro fim. Era isso que ela queria estar fazendo, na verdade, registrando alguma coisa, fosse o que fosse, na página. Era sempre um alívio desenhar no final do caderno — só uns rabiscos pequenos e cheios de detalhes enquanto a algazarra não terminava. Se ela soubesse desenhar talvez tivesse desenhado coisas de verdade, talvez tivesse ficado ali desenhando as coisas que havia ao seu redor, estojos de lápis, a cara das pessoas, mas ela era incapaz de desenhar qualquer coisa que estivesse à sua frente. Ela às vezes se perguntava se a falta de interesse pelas coisas que estavam ao seu redor não vinha, de alguma forma, da sua incapacidade de retratá-las com precisão, ou talvez fosse o contrário: sua incapacidade de retratar com precisão as coisas ao seu redor era consequência da sua falta de interesse por elas. Mas ela se interessava por elas, ela se interessava demais por quase tudo, só que nem tanto pela aparência das coisas. Ela desconfiava das aparências, o que não chegava a ser nenhuma surpresa porque a mãe da sua mãe parecia achar que quase todo mundo era lobo em pele de cordeiro, uma perspectiva que só foi ficando mais confusa com a ajuda da mãe do seu pai, que nunca deixava de comentar que fulano de tal tinha comprado gato por lebre, e sua própria mãe não vivia repetindo que quem via cara não via coração?, e de fato acontecia inúmeras vezes de coisas que pareciam até que bela viola se revelarem, por dentro, pão bolorento, então não era nenhuma surpresa, né, que ela quisesse ver além da superfície das coisas, descobrir como elas eram de verdade, e era esse desejo, talvez, o de descobrir a essência das coisas, que se intrometia e fazia o lápis empacar. A representação resultante dificilmente apresentava qualquer semelhança com o objeto, e alcançar uma semelhança crível era algo que lhe parecia mais ou menos impossível, e precisar tentar mil vezes era algo que a incomodava muito. Qual era o propósito, exatamente, de reproduzir uma ilusão? Por pouco tempo ela tentou desenhar pássaros de memória. Até que era fácil desenhar o bico e os olhinhos brilhantes, depois um traço cuidadoso do outro lado pra fazer a cauda e pontinhos pra fazer os pés em algum lugar ali embaixo. Mas ela nunca conseguia juntar essas várias partes, e tentar fazê-lo parecia um exagero. Ela fazia formas, ela fazia símbolos, ela fazia padrões. Padrões e rabiscos não se intrometiam em nada que ela pudesse ver — eles davam forma a algo cuja presença ela sentia, mas não podia ver. Então, certa tarde, do nada, chegaram algumas palavras, algumas poucas palavras bem no final de um rosto. Um rosto, sim — o rosto dele, na verdade, embora não houvesse nem sinal dele. Não, ele não estava naquele dia, quem estava era um professor substituto, e isso era uma grande perda de tempo, porque ele era insubstituível. Todo mundo, inclusive o professor substituto, estava de mau humor, estava tudo uma bagunça, cadê ele, pelo amor de deus?, estava tudo uma bagunça. Não disseram aos alunos por que ele não tinha ido, disseram que isso não era problema deles, que ele ia voltar na semana seguinte, era só disso que eles precisavam saber — eles não gostaram, não gostaram nem um pouco. Ficaram todos sentados de braços cruzados num silêncio irritado, como se alguém os tivesse enganado. Como se ele não tivesse direito de estar em qualquer outro lugar que não fosse aqui. Logo ela descobriu que gostava do fato de ele não estar aqui, porque assim ela podia pensar nele e no lugar onde ele poderia estar e em como seria nesse lugar. Ela pensou que eles mereciam a ausência dele e ficou contente com o fato de ele estar em outro lugar. Ela o imaginou colocando uma jaqueta, uma jaqueta que ela nunca tinha visto. Ela o imaginou dirigindo um carro azul com a luz do sol avançando sobre o para-brisa, ela o imaginou atravessando uma rua depressa, ela o imaginou subindo a escada cinza e limpa de um edifício da prefeitura, ela o imaginou passando por outras pessoas, ela imaginou chaves no bolso da calça dele, ela imaginou outras pessoas no mundo olhando pra ele. Mulheres; ela imaginou mulheres olhando pra ele. Era excitante pensar nele desse jeito, pensar nele andando pelo mundo. Que pensamentos, ela se perguntava, ele teria no mundo, enquanto fechava os botões da jaqueta e atravessava ruas e esperava o semáforo abrir. Ela imaginou que estava com ele, no carro, na calçada, atravessando a rua — talvez eles pegassem um trem pra cidade vizinha, ou quem sabe iriam no carro azul dele e passariam por árvores e cercas vivas até chegar a um desses vilarejos charmosos pra lá dos subúrbios — talvez eles estivessem levando caixas ou um baú — talvez ela estivesse de chapéu — talvez eles ficassem parados no meio de uma pequena ponte velha e olhassem pra baixo, onde haveria um rio, e talvez ela deixasse alguma coisa cair no rio, como um graveto ou um ramo de flores e depois? — sem dúvida eles correriam pro outro lado — talvez eles tirassem os sapatos e ela visse os pés e os tornozelos dele — imagina só — os pés e os tornozelos nus dele. Ela percebeu que conseguia imaginá-lo muito bem quando ele não estava lá, e ela não queria parar. O rosto dele estava na mente dela, e ela conseguia ver pelo rosto dele que os pensamentos que passavam pela cabeça dele quando não estava lá não tinham nada a ver com os meninos, nem com a escola, nem com livros, nem com nada que fosse particularmente engraçado. Lá fora, no mundo, ele tinha vida própria. Ela o via, ela o via de verdade, agora que ele não estava aqui, e muito lentamente ela começou a desenhar o rosto dele na página à sua frente de forma que o rosto dele ficou bem onde estava, bem no centro da sua mente. Desenhá-lo fazia com que ele continuasse firme no centro da sua mente e o trazia mais pra perto ainda, borrando todo o resto. Ele não estava ausente — ela não estava se lembrando dele — ele estava aqui — ele estava bem aqui, se mexendo através da mente dela, aquecendo sua mente e tornando-a mais exuberante, e ele conseguia ver, claro, as muitas coisas que ela escondia ali, ainda que só de um ângulo oblíquo — ele não conseguia ver direito essas coisas que estavam espalhadas ao seu redor na mente dela, ainda não. Depois começou a dar tudo errado, claro, porque ela desenhava muito mal, e além do mais a caneta era toda errada, toda errada — a sensação que ela dava era toda errada. Uma caneta é um instrumento supérfluo e difícil de manusear que não oferece prazer algum a quem o empunha, e na sua mão inexperiente a caneta tornava ainda mais explícitas suas deficiências na ilustração. Um olho era muito maior que outro, ficaria muito à vontade numa criatura completamente diferente, e o cabelo, aquele belo cabelo ondulado que ele tinha, estava todo esparramado, todo disforme, e ela já estava vermelha de vergonha. Aquilo era vergonhoso — aquilo precisava ser destruído — não podia sobrar nem sinal daquilo. Ela riscou tudo, a caneta foi dando voltas e mais voltas, criando pequenas espirais de destruição, sem parar. Estranho, aliás, girar o punho daquele jeito — ele não parava. A caneta continuou ali sobre a página e o punho nervoso continuou passando a ponta da caneta no papel e criando uma linha curva que subia voando e dava voltas exuberantes, abandonando a firmeza das espirais firmes que eram uma espécie de palha de aço que destruía o rosto que estava ali embaixo e que era tão errado que chegava a ser desgraçado, e depois as voltas caíram de repente, agora mais calmas, é, mais calmas, ao que parecia, novamente uma linha, uma linha reta relaxando ao longo da página e a linha se dividiu em palavras, algumas poucas palavras, depois mais algumas palavras, e as palavras estabeleceram uma história, como se ela sempre tivesse estado ali. Em questão de minutos lá estava, uma história — pequena, completa e indestrutível. Ela fechou o caderno, virando-o com o lado direito pra cima, e pousou sua caneta esgotada sobre ele. Ela sentia um calor absurdo. Ninguém saberia só de olhar para aquele caderno o que havia dentro dele, ele parecia bastante comum, mas ela sabia sentada ali olhando o caderno que ele continha algo mais, algo que não precisava estar ali, algo espontâneo, saído do nada, algo secreto, algo pequeno que não obstante havia revelado a entrada de um reino fascinante e desconhecido. Venha por aqui, venha por aqui, não olhe pra trás. Ela não queria chocolate, não era isso que ela queria, ela mesma compraria chocolate se fosse isso que quisesse, ela fazia um bico de entregadora de jornal, dois, na verdade, um durante a semana e outro aos domingos, ela podia comprar o chocolate dela, se fosse isso que ela quisesse, mas não era isso, não era por isso que ela trabalhava, a ideia não era essa, não era nada disso que ela queria. Ela tinha visto lampejos dele, por momentos tinha visto algo sob a pele dele, entre os olhos dele, curiosos e inquietos, sem rumo. Ele não estava pronto, longe disso. Ela estava cansada de ouvir as desculpas dos outros, ela estava agitada, afoita — alguma coisa tinha que acontecer, longe da mesa dele, fora dessa sala de aula. Eles não viam problema nenhum, gargalhando sem parar, todos eles iam embora maravilhados e completamente satisfeitos consigo mesmos. Alguma coisa tinha que mudar. Ela queria desmascará-lo, por isso ela o traiu.

"Olha", eu disse.
Os olhos, o dedo e a boca,
sim,
e seu enunciado,
por fim.

Usar a calcinha de outra menina não era a coisa mais fácil do mundo. Meio que tomava conta de tudo, como um segredo que você tem que guardar, e mudava toda a textura do dia. Era difícil saber o que fazer com a calcinha quando você chegava em casa e podia correr pro seu quarto subindo a escada imediatamente e abrir uma gaveta cheia de calcinhas e colocar uma das suas calcinhas limpas. Algumas meninas não queriam a calcinha delas de volta e outras meninas achavam que se você não devolvesse era porque queria ficar com a calcinha, e se você quisesse guardar a calcinha de outra menina isso queria dizer que você era esquisita ou que colecionava coisas que os outros não queriam mais. Era um assunto bem complicado. Pra piorar, eu nunca gostei que minha mãe soubesse que eu tinha usado as calcinhas das outras meninas e se eu as enfiasse no cesto de roupa suja ela ia perceber na hora e ia querer saber de onde aquilo tinha vindo. Minha mãe sempre queria saber de onde as coisas vinham e não gostava muito quando alguma coisa aparecia do nada. "De onde é que veio isso?", ela perguntava, segurando com a ponta dos dedos uma calça com estampa do Garfield, por exemplo, na altura dos olhos e a um braço de distância do corpo. Minha mãe não gostava que as coisas dos outros se misturassem com as nossas e eu achava que devia haver um bom motivo pra isso então comecei a prestar muita atenção no que era nosso e no que era dos outros e sempre me impressionava quando via que os outros não pareciam prestar nenhuma atenção nas coisas deles — eram todos muito descuidados com as coisas e eu não conseguia não notar isso, visto que eu tinha sido ensinada a ser muito cuidadosa com as minhas. Graças a essa disparidade, as coisas das outras pessoas, que muitas vezes eram jogadas de qualquer jeito de um lado pro outro, de fato tinham uma aura completamente diferente das coisas que me pertenciam. As coisas dos outros pareciam mais baratas, mais descartáveis, e as minhas pareciam mais raras e mais valiosas, praticamente insubstituíveis, e o medo que eu tinha de perdê-las ou estragá-las era desconcertante. Dito isso, eu tinha o péssimo hábito de "deixar isso aqui e ir ali rapidinho". De tirar as coisas da bolsa e esquecê-las na grama, por exemplo. O que vem fácil vai fácil, como dizem. Como meu pai muitas vezes dizia no corredor enquanto eu subia a escada, com aquele tiquinho de sarcasmo que costuma permear os muitos comentários curtos e eloquentes do proletariado. O que vem fácil vai fácil, né. Esse meu suposto desprendimento deixava aquele homem tão batalhador visivelmente decepcionado, mas ao mesmo tempo um lado dele se iluminava e vibrava com a pouca importância que eu dava pra essa, aquela ou aquela outra coisa. Havia um conflito que nunca deixou de corroer meu pai por dentro — por um lado ele tinha um orgulho justificado das coisas que havia conquistado no seu trabalho e do conforto material top de linha que tinha conseguido oferecer à sua família por causa delas, mas por outro lado ele também se sentia meio babaca por entrar nessa — trabalhar e comprar, trabalhar e comprar — trabalhar mais e comprar melhor — era tudo um jogo, no fim das contas, não era?, ele percebia, e não era um jogo que ele estivesse destinado a ganhar, ele sabia disso, ele sabia disso e continuava em conflito, pra sempre. Às vezes acontecia, claro, de alguém ter alguma coisa ainda melhor do que algo que eu tinha, mas eu raramente sentia inveja porque numa questão de semanas o que quer que fosse que a pessoa tinha ia começar a parecer muito comum, ao passo que quando se tratava das minhas coisas, quanto mais o tempo passava mais preciosas elas se tornavam. Minha mãe conforme comecei a perceber de fato tinha um olho bom pras coisas boas da vida e fazia de tudo pra escolher coisas que estivessem acima da média pra todos nós. Eu não diria que ela era materialista ou sovina, mas ter coisas boas era importante pra ela. Provavelmente porque quando meus pais se casaram e eu nasci — os dois eventos aconteceram em rápida sucessão — eles não tinham nada. Nada mesmo, e até onde sei ninguém lhes deu nada. Nada que eles quisessem, pelo menos. Eles começaram do zero. Não foi à toa que ter coisas se tornou algo tão importante. Ajuda a fazer com que circunstâncias inesperadas pareçam planejadas ou até desejáveis. As coisas mantêm a vida nos trilhos. Como pedras sobre uma toalha na praia, elas não deixam a vida escapar ou sair voando na sua cara. Quando tem coisas boas, você sente que está cumprindo seu papel e cala a boca de todo mundo. Ninguém pode te dizer nada se você tiver coisas boas ao seu redor. Ninguém pode te fazer mal. E à medida que o tempo foi passando vieram cada vez mais coisas boas, coisas lindas. Uma jaqueta de algodão branco com lapela listrada e bolsos quadrados grandes e quando setembro chegou um casaco azul-marinho chique com duas fileiras de botões pequenos e uma gola arredondada de veludo. Vestidos de festa com laços na cintura. E sapatos de couro e meias xadrez e uma tigela e um jarro com rosas pintadas e croissants aos domingos e xampu de banana e plantas ornamentais e viagens pras Ilhas Canárias e torneiras de banheiro banhadas a ouro e pavlova e calças Levi's e quadros das fadas e óculos Wayfarers e picolés Feast e raquetes de tênis Slazenger e persianas romanas feitas sob medida e moletons da Betty Boop e jaquetas Barbour e leggings Pineapple e porcelana Wedgwood e móveis de madeira maciça Stag e papel de parede Laura Ashley e bicicletas Raleigh e sapatilhas de balé e Clinique e Volvo e ovos Thorntons Easter e peixe com fritas Chez Fred. Na minha cama eu tinha o mesmo edredom que a Helena Bonham Carter. Não consegui acreditar quando vi a foto na revista *Sunday Times*. Ela estava sentada na cama com seu cabelo imenso todo solto e a capa de edredom com estampa de rosas era exatamente a mesma capa de edredom com estampa de rosas sobre a qual eu estava sentada naquele exato momento. Eu teria gostado de arrancar a página e enfiá-la na minha fronha com estampa de rosas que era idêntica à fronha dela. Foi inebriante olhar uma foto da Helena Bonham Carter sentada numa cama igualzinha à minha. Aquilo me fez achar que não havia tanta diferença entre nós duas — olhando os cachos brilhantes da sua cabeleira romântica cheguei a sentir meu modesto ninho de rato crescendo lindamente. Ao lado do meu quarto ficava o banheiro e um dia não muito antes de eu sair de casa pra fazer faculdade em Londres um pato apareceu na parede do banheiro, um pouco acima da cisterna da privada. Eu não acreditei no que estava vendo — de onde aquilo tinha vindo? Minha mãe tinha pintado. "Gostou?", ela perguntou. "Achou bobo?" Ele apareceu do nada, sem mais nem menos, e trouxe consigo uma onda de má sorte. Pouco depois de ele chegar todas as coisas boas que meus pais tinham trabalhado tanto pra conseguir e tinham organizado com tanto cuidado foram levadas num só golpe da vida que eles vinham mantendo no lugar com tanta firmeza, foram embrulhadas em jornal e colocadas em caixas separadas, e algumas dessas caixas foram pra sabe-se lá onde e outras acabaram no apartamento da mãe do meu pai, e ninguém mais lembra o que havia dentro delas. Tanto tempo depois, eu me vejo apegada a certas coisas de que nem gosto tanto assim só porque as tive por muito tempo. Um motivo um tanto tautológico. A história continua. O sr. Burton ficou muito bravo. Os livros eram todos numerados, é claro, e os devolvidos eram ticados de uma lista e guardados em caixas. Quando ele entrou na sala, a porta se abriu violentamente e bateu na parede que ficava atrás dela. Ele andou até sua mesa depressa e com a cabeça baixa. Eu estava passando mal. Eu me tremia toda. Toda. Era muita emoção. Não lembro o que ele disse. Não levantou a cabeça enquanto falava. Ele estava de cabeça baixa, olhando pra mesa, e mexia nuns papéis e o que ele disse só fez sentido pra nossa mesa e as outras meninas não pareceram estar nem aí e mal prestaram atenção. A Olhos Maldosos tinha captado tudo, é claro. Ela sorriu pra mim com a máxima falsidade e balbuciou as palavras "bem feito". Eu não conseguia parar de olhar pra ele. Pro rosto dele. Como a pele se enrugava, se contorcia, de nervosismo. Eu me senti extremamente mal. E depois me senti mal, só mal. O que eu tinha feito? Ele não me olhava nos olhos. Ele passou a aula inteira sem me olhar nem uma vez. Talvez ele nunca mais fosse me olhar. Se houvesse algum lugar onde eu pudesse chorar eu teria ido pra lá na mesma hora e chorado copiosamente e nunca mais voltado, mas não havia lugar nenhum, então eu não podia chorar, só podia passar o resto do dia andando de um lado pro outro sentindo vontade de vomitar de tanta lágrima que tinha dentro de mim. Talvez elas acabassem me afogando. Talvez eu merecesse isso. Talvez fosse melhor assim — e se ele nunca mais olhasse pra mim? Eu não ia suportar, então a única coisa que me restava era falar com ele e eu não sabia desde o início desde o momento em que apontei o dedo que eu estava dando início a uma situação em que a única coisa que me restaria no final seria ir falar com ele? Era uma sexta. As sextas sempre eram diferentes, de qualquer forma. Ainda mais as tardes de sexta. Todo mundo sentia, tanto os alunos quanto os professores. Você podia se permitir mais numa tarde de sexta, porque ninguém estava presente de verdade. Todo mundo estava numa espécie de limiar e muitas vezes fazia e dizia coisas anômalas sob o acordo tácito de que na luz do dia da próxima segunda o que quer que se dissesse ou fizesse no último horário da sexta pertencia a um mundo completamente diferente e era algo que não merecia sequer ser mencionado nem reconhecido, agora que estávamos todos tão firmemente instalados nesse outro mundo tão conhecido e tedioso. A sala dos professores ficava no térreo do bloco de inglês, no fim do corredor. Digo corredor como se fosse uma passagem estreita — não era, era bem larga. Não me lembro de haver nenhuma passagem estreita em nenhum dos edifícios a não ser onde ficavam as salas da administração, é claro, mas ninguém nunca ia até esse corredor, ainda que ele ligasse o bloco de idiomas ao corredor principal — o único motivo pra alguém ir até esse corredor era pra esperar, fosse pela enfermeira ou pelo diretor. Não sei do que era feito o piso do bloco de inglês, mas, quando penso nele, ele sempre é escuro e resinoso, e sempre há uma luz que o atravessa, e reflexos, sombras, tudo ao mesmo tempo. Ele é mais presente que as portas, está ali em todos os lados, levando às salas de aula, à sala dos professores. Bati à porta da sala dos professores e a porta se abriu na hora então sim eu tinha mesmo batido na porta. Ele estava dentro da sala dos professores e eu estava parada do lado de fora olhando pra ele e depois estava atrás dele. A sala estava em silêncio. Não havia mais ninguém. Consegui ver toda a sala e vi que havia uma janela que ia do chão ao teto, igualzinha à da sala de aula. A vista dava pra alguns arbustos que eram altos e cheios e tinham folhas grossas, o que criava um espaço que era inacessível, privado. Quando os professores estavam lá dentro eles não queriam nos ver e isso era compreensível. Era estranho vê-los sem ser numa aula, de qualquer maneira, incômodo, até — mas ainda assim eu tinha desejado vê-lo em algum outro lugar, a sala de aula já não podia mais conter a ideia que eu tinha dele, ela tinha extrapolado a sala, tinha extrapolado. Eu entrei na sala dos professores e ele fechou a porta atrás de mim e agora eu estava numa sala com ele, só com ele e mais ninguém. A sala não era muito grande. Tudo parecia muito imóvel e alerta. Havia estantes de livros por todos os lados e cadeiras encostadas nelas e as cadeiras tinham assentos de espuma e braços de madeira clara. Algumas das cadeiras eram azul-claras e outras tinham cor de pêssego. Vejo meu casaco numa das cadeiras. Às vezes vejo um casaco verde e às vezes vejo um roxo. Eu me lembro de ambos os casacos, os dois tinham ombreiras e botões cobertos com tecido. Um deles tinha sido da minha mãe, o outro eu tinha comprado numa promoção da McIlroy's. Ficava enorme em mim. Fosse qual fosse, eu devia estar com ele nas mãos se ele tinha acabado sobre uma cadeira. Eu certamente não o teria tirado. Por que não continuei segurando o casaco?, não era pesado. Ele devia ter me falado pra deixar o casaco na cadeira. Talvez ele mesmo o tenha tirado das minhas mãos e o colocado na cadeira. E por que ele faria isso? Porque eu estava chorando, enfim pondo tudo pra fora, e talvez me ver agarrando esse casaco de adulto enquanto punha tudo pra fora fosse uma cena lamentável demais. Talvez o casaco estivesse no caminho, ainda que não fosse pesado. Alguma coisa, sim, foi tirada, levada, deixada de lado, quando o casaco foi colocado sobre uma cadeira. Um casaco verde ou roxo sobre uma cadeira cor de pêssego ou cinza. Não lembro sequer uma palavra do que eu disse. Eu lembro que a cabeça dele estava abaixada porque ele era bastante alto e eu era muito baixa e ele estava olhando pra baixo e nós nunca tínhamos estado tão perto um do outro quanto nesse momento. As sobrancelhas dele estavam erguidas numa expressão de surpresa e acho que ele falou alguma coisa sobre o tanto de lágrimas que estavam saindo de uma menina tão pequena e provavelmente isso me fez chorar mais ainda porque era uma coisa tão fofa e engraçada pra dizer e eu devo ter ficado tão aliviada em vê-lo falando comigo desse jeito, porque quando ele não olhou pra mim o mundo inteiro pareceu ter ficado completamente sem graça e irrelevante e interminável e eu me senti tão horrível. Devo ter pedido desculpa e ele deve ter dito que sabia que não tinha sido ideia minha e eu sem dúvida fiquei indignada e lhe disse que tinha sido ideia minha, tudo ideia minha, e não sei por que eu fazia tanta questão de deixar isso claro. Pra acabar com qualquer ilusão que ele pudesse ter de que eu era uma menina boa, provavelmente. Pra mostrar que eu era muito mais do que meu tamanho reduzido. Que eu era estudiosa e aplicada, sim, mas que isso não impedia que eu tivesse pensamentos inesperados e ilimitados. Aí ele minimizou a situação, eu imagino, disse que não era a pior coisa do mundo, algo nessa linha, que todo mundo às vezes faz coisas de que não se orgulha, que errar é humano — ele mesmo tinha uma confissão a fazer, ele disse. Ele tinha olhado as últimas folhas do meu caderno, ele disse. Sim, eu me lembro disso. É claro que eu me lembro disso, porque foi um choque. Como assim? Os professores nunca ficavam olhando o que havia nas últimas folhas do seu caderno, só deus sabia o que ele tinha ido procurar ali, nas últimas folhas do meu caderno. Era muito estranho. Mas na verdade não foi a confissão dele que me surpreendeu, foi a voz que ele usou. Tão delicada, vulnerável, quase suplicante — tão meiga que era quase insuportável. Ninguém nunca tinha falado comigo com uma voz daquelas. Eu quis levantar os braços e segurar o rosto dele. Ele tinha ido aonde não devia ir e tinha encontrado uma coisa curiosa lá. Uma historinha curiosa, ele disse, e me perguntou se eu tinha inventado sozinha e eu disse que sim que tinha e ele me perguntou se eu tinha outras histórias e eu disse que sim que tinha e aí o que ele disse? "Posso ler?" "Quer que eu leia?" Não sei exatamente o que ele falou. Foi um momento muito bonito. Foi bonito naquela época e agora olhando pra trás talvez seja ainda mais. É precioso. Um momento precioso. Ele tinha estado num lugar em que não deveria e queria voltar lá — foi isso que me pareceu. Tá bom, eu disse, vou trazer umas pra você olhar, e foi isso que eu fiz. Eu escrevi histórias e as levei pra ele todas as sextas-feiras. Com o passar dos anos, de tempos em tempos sinto uma necessidade de relembrar esse momento e os acontecimentos que o precederam. Não só pra relembrá-lo, mas pra escrevê-lo, de novo. De novo. Escrever de novo que ele tinha descoberto uma coisa secreta nas últimas folhas do meu caderno e me perguntado se eu tinha mais. Ele queria mais de uma coisa que eu criei, que eu tinha, que eu era — eu não conseguia separar essas coisas — é a atenção do homem ou da mulher que desejo que borra os limites entre uma e outra. De novo e de novo eu relembro como eu escrevia histórias em folhas de sulfite A4 que meu pai pegava no trabalho e levava pra casa. Eu usava letra cursiva, como uso agora, mas minha caligrafia era muito mais bonita, suponho. Eu grampeava as folhas e nem sempre ficava bom da primeira vez — nunca fui muito boa mexendo com grampeadores nem com máquinas de xerox. E depois eu entregava minha nova história pra ele numa sexta. Como eram as histórias que eu escrevia? Eram coisinhas. Uma que dizia que os pontos de ônibus eram uma espécie de galeria de arte viva por causa de tudo o que escreviam e desenhavam em cima das outras coisas nas paredes.

Outra sobre um menino com aids sentado na biblioteca olhando pela janela que dava pro parquinho e vendo as bocas abertas gritando gritando sem conseguir escutar nada. Um gato que não era bem-vindo e perturbava a paz e a satisfação de uma tarde de verão dedicada à leitura no jardim dos fundos da casa. A menina concentrada de bata branca ouve uma freada repentina e um guincho e acha que alguém matou o gato e por isso faz uma dancinha de comemoração maldosa, sentada na espreguiçadeira, entrando mais fundo no livro. Por que tanta raiva desse gato? O gato ressurge, pisa no pires de leite e entra sapateando na casa, rabo no ar, deixando marcas brancas de patas por todos os lados, como se quisesse dizer eu estou aqui, eu estou aqui, eu estou aqui e aqui, eu não vou pra lado nenhum. Eu lhe entregava as histórias às sextas, então elas ficavam na casa dele por três noites e dois dias. Largadas em algum lugar da casa dele. Absorvendo aquele ambiente no qual eu nunca estaria. Os sábados dele. Os domingos dele. Quem ele era naqueles dias? Que roupas ele usava? Onde ele sentava? Onde ele lia minhas histórias? Perto de uma janela comprida, sozinho, é claro. Numa poltrona, mas não muito grande nem muito mole, algum modelo elegante e virado na direção da janela que poderia ser uma porta e o jardim mais adiante quase uma selva, cheio de trepadeiras e amoras, rosa-mosqueta e sabugueiro, pequenos pássaros, maçãs, peras, árvores antigas e samambaias impressionantes. Eu estava com ele, eu tinha conseguido, eu tinha cruzado a linha. Eu estava num lugar em que não deveria estar. Eu estava com ele — e ele estava comigo. Eu passava todo o fim de semana sentindo a presença dele, aonde quer que eu fosse, todos os dias e noites. A presença dele ficava mais forte quando eu estava deitada no escuro, era quase como se eu fosse feita dele. A escrita tinha esse poder. Ali estava uma maneira de se aproximar de alguém, de estar com alguém, quando você não estava e nunca estaria. Esse foi o lugar onde nos encontramos. Era ali que a diferença que havia entre nós deixava de existir. Quando ele devolvia minha história na terça-feira seguinte, o papel estava coberto dele — tocar o papel era como tocar sua pele. Aos poucos meus dedos iam se espalhando pelas páginas inteiras. Aqui e ali ele deixava comentários escritos a lápis, sempre breves e elogiosos. Eu não dava nenhuma importância pra esses comentários, mas gostava de ver a letra dele ao lado da minha, às vezes passando por cima da minha. Eram folhas sem pauta. Eu escrevia com uma caneta-tinteiro. Escrevo até hoje.

III. Será que você poderia trazer as aves para dentro?

Pois livros não são coisas mortas; eles contêm em si a potência vital para ser tão ativos quanto a alma de que são prole; mais que isso, eles preservam, como num frasco, a pura eficácia e extração daquele intelecto vivo que os gerou.

Areopagítica, John Milton

No começo dos meus vinte anos, comecei a escrever uma história sobre um homem chamado Tarquin Superbus. Tarquin Superbus era um homem muito elegante que morava numa cidade muito elegante da Europa em algum momento de um século anterior. No conto, eu não dizia em que século se davam os acontecimentos narrados, só escrevia "Há muito tempo" no começo e parava por aí porque eu mesma não sabia ao certo o tempo exato ou o lugar exato em que a história se desenrolava. Na verdade, minha percepção de tempo e espaço oscilava muito, ia de um século a outro, de um país europeu a outro. Às vezes, enquanto escrevia, me parecia que minha maneira de retratar o personagem

Tarquin Superbus e o apartamento e a cidade onde ele morava estava em sintonia com os anos 1880. Em outros momentos, achava que o clima daquilo que eu estava escrevendo mostrava os costumes de um tempo muito anterior, por volta do início do século XIV. Fazia sentido, principalmente no aspecto temático, situar esse conto específico na época em que a Europa estava no limiar da modernidade, mas sempre que Tarquin Superbus abria a boca e conversava com o Doutor, por exemplo, nenhum dos dois falava como se falava naquela época — a maneira de falar de ambos tinha muito mais a ver com o jeito que eu imaginava cavalheiros da metade dos anos 1800 falando: uma fala bizantina, cômica e eloquente. Além da fala, também havia a questão dos trajes e do apartamento onde Tarquin Superbus morava. A imagem que eu tinha dele ia mudando. Às vezes ele vinha como uma falsificação de uma figura da *commedia dell'arte*, no minuto seguinte aparece fagueiro com um tricórnio arrebitado, em outros momentos surge embelezado por babados, às vezes andava por aí com uma meia-calça branca perolada — lá vem ele, andando a passos leves com suas estranhas meias amarradas em zigue-zague a la Malvólio. Com frequência ele empunhava e girava uma bengala com um castão de prata e às vezes esse castão de prata tinha o formato de uma corujinha estilo Goya com asas bem abertas e outras vezes era a máscara cônica e severa de Il Dottore, e outras vezes também podia ser uma ratazana intrépida. Mas, fosse qual fosse o enfeite que adornava suas roupas, Superbus estava quase sempre envolto numa capa ou num manto. Geralmente era um manto volumoso que balançava à medida que ele passava por mais e mais lanternas quase apagadas nessa ou naquela passagem escura. Às vezes parecia que poderia muito bem haver um punhal ou outro dispositivo igualmente desprezível bem escondido em suas dobras escuras. Vários acessórios me vinham à cabeça, um atrás do outro, como saídos da

cartola de um mágico, e eu tinha a impressão de que a maravilhosa miscelânia de trajes de gala e equipamentos clandestinos que
me vinha à mente sempre que eu pensava no Tarquin Superbus
ia acabar minando a credibilidade da minha história se eu usasse
todos, mas eu os usava mesmo assim, anacronismo em cima de
anacronismo, primeiro porque era extremamente prazeroso e segundo porque — a despeito de incoerências históricas — me parecia que esses detalhes imbuíam o conto de uma atmosfera e
um mistério sem iguais. Há muito tempo, há muito, muito tempo. E não é justamente nessa época que todos os contos de fada
se passam — era uma vez, mas ninguém sabe direito quando?
Quando se tratava do seu apartamento, a imagem que mais me
vinha à mente era a de uma berinjela.

Sempre tive um verdadeiro fascínio pelas berinjelas, pela escuridão brilhante e impenetrável que as envolve com tanta firmeza. Quando era uma estudante sofrida em Londres, pensei
muitas vezes em pendurar várias berinjelas no teto quadrado do
meu quarto modesto de moça. Imagine como seria deitar-se sob
tal lustre vacilante de trêmula penumbra — imagine os reflexos
comoventes deslizando pelas suas peles herméticas e lisas, as
sombras relaxantes que projetariam à medida que a degradação
as levasse a revoluções lentas e imponentes, os sussurros, os sussurros, os suspiros, o brilho melancólico. Eu ficava deitada pensando nisso com certa frequência, mas não podia realizar meu
sonho, é claro, porque berinjelas eram caras e eu ia precisar de
pelo menos noventa. Eu havia nutrido ideias bastante fantasiosas sobre minha decisão de estudar literatura na universidade e
suas implicações. Os ambientes agradáveis pelos quais eu ia circular, as paisagens que ia encontrar, a luz crepuscular, o silêncio
cheio de vida, a pátina furtiva e a recorrente flor de lis, as biciclé-
tas e pequenas pontes, tudo em processo de transformação, e,
acima de tudo, as pessoas perspicazes e fascinantes que eu ia co-

64

nhecer. Na verdade, como eu viria a descobrir mais tarde, muitas delas gostavam mesmo era de ficar na cama em plena luz do dia, assistindo a novelas australianas com as pernas cruzadas e a porta escancarada. "Quer um chá?", elas às vezes perguntariam quando eu calhasse de me apoiar no batente da porta e olhar pra dentro do quarto com uma careta. "Não", eu invariavelmente responderia, seguindo meu caminho pelo corredor com a intenção de tomar um banho quente bem demorado quando chegasse ao final. O banheiro comunitário que ficava no corredor era básico, austero e frio. Os espelhos não tinham moldura e eram finos, os azulejos eram brancos e o rejunte entre eles, preto, e se desfazia como solo de cemitério, e as torneiras severas, obstinadas e estridentes. A água que saía se contorcendo, no entanto, era transparente e silenciosa como vidro recém-soprado. Havia chuveiros, é claro, mas eu quase nunca os usava porque chuveiros comunitários quase sempre me faziam lembrar de campos de concentração, então eu preferia tomar banho de banheira e havia duas, acho, mas pode ser que fosse apenas uma. Com certeza havia uma. Num espaço pequeno com um teto inclinado. Pois é. E uma cadeira de madeira meio torta ao lado. Era uma banheira de laca muito profunda, com a cor um pouco apagada, e a água saía escaldante da torneira. Era na banheira que eu me sentia a sós e absolutamente distante de tudo e de todos e talvez eu inventasse algumas mentiras estando dentro dela. Talvez eu fizesse de conta que estava num hospital psiquiátrico, enfim, sem nada pra fazer e sem que ninguém esperasse nada de mim. Ou talvez eu imaginasse que era criada de uma casa imensa e estava fazendo minhas abluções numa noite lúgubre de domingo antes de um encontro rápido e ligeiramente violento com o patrão no meio da escadaria mais escondida da casa. Nos meus aposentos, eu muitas vezes arremessava móveis e quebrava coisas. Um cara que conheço desde essa época sempre faz questão de repetir que uma vez eu arremessei uma cômoda só com dois dedos e ela foi parar do outro lado do quarto. "Não exagera", eu sempre digo. "Dois", ele sempre responde, levantando dois dedos no ar — ele está fazendo um juramento ou me mostrando como são dois dedos? Eu tomava muito chá lapsang souchong naquela época e deixava canecas com um restinho por todos os lados, e isso queria dizer que quando um móvel tombava na vertical várias canecas iam junto, lançando com elas tapeçarias perfeitamente redondas de mofo aveludado. Até que se agitavam e aterrissavam, como panos de prato macabros, cada uma numa parte da estante de livros bagunçada. E eu desenhava nas paredes, nada assustador, quase sempre ondas, com um toco de giz azul que eu tinha roubado da mesa de sinuca do King's Head certa noite quando ninguém estava olhando. Não havia dúvida de que as paredes do apartamento de Tarquin Superbus eram cor de berinjela, assim como as cortinas longas e pesadas e o piso de madeira. Havia coisas brancas aqui e ali e essas coisas brancas pareciam flutuar, luvas que viravam pombas que viravam crânios, suspensas como estavam nessa escuridão fechada e brilhante.

E onde exatamente ficava esse apartamento? Estocolmo, Malmö, Basel, Stuttgart, Lyon, Madri, Turim, Trieste. Nunca na Inglaterra. Jamais na Inglaterra. Era quase sempre em Viena ou Veneza, na verdade. Sempre que Tarquin Superbus estava muito satisfeito com alguma coisa, feliz da vida com algum cacareco de filigrana ou inflado de contentamento amoroso graças a uma distração erótica, quiçá, ele certamente estava em Viena. Também é em Viena que Tarquin Superbus está escarafunchando seus ovos de codorna com caviar com uma colherinha de prata muito elegante, sentado diante de uma pequena mesa redonda que abriga a toalha mais branca que já existiu ao lado de uma veneziana aberta pela qual ele consegue ver a jiboia e o jasmim estrelado que dão voltas e mais voltas ao redor dos arabescos e folhas em ferro forjado e que decoram as elegantes grades da varanda. Também é em Viena que Tarquin Superbus se empanturra de bolo. Um bolo pequeno, saboroso e intensamente perfumado do Leste que fica grudado no seu indicador e polegar. Se Tarquin Superbus está lambendo os indicadores e os polegares é muito provável que ele esteja em Viena. Também é em Viena que Tarquin e o Doutor estão sentados de um jeito bastante relaxado, discutindo amigavelmente alguma novidade do conservatório, quem sabe. Se há vários ovos de galinha chapinhando numa frigideira com óleo sobre um pequeno fogão por outro lado então Tarquin Superbus sem dúvida nenhuma está em Veneza. Ovos fritos sempre foram uma fonte de conforto pra Tarquin e se Tarquin Superbus precisa de conforto ele com certeza está em Veneza. Se Tarquin Superbus está de mau humor ele está em Veneza. Se está amuado e se sentindo injustiçado, ele está em Veneza. Se é noite e ele passa a noite toda sem conseguir dormir, ele está em Veneza. Se o fogo já quase apagado se agita de vez em quando na lareira. Se ele enche taças e mais taças de vinho até a boca. Se está especialmente febril. Se a paranoia o consome. Se ele não consegue lembrar onde deixou os chinelos. Se as conversas com o Doutor são erráticas, cabalísticas, ardilosas. Se sua noção da realidade anda um pouco abalada, pra dizer o mínimo, Tarquin Superbus está em Veneza, porque, afinal de contas, que realidade se pode encontrar em Veneza? É um lugar que vive pregando peças na gente. Você volta pelo caminho de onde veio, você jura que foi por ali, você reconhece aquele relógio, aquele mendigo que só tem uma perna, aquele corrimão, aquela placa — olha, não foi ali que você tomou café uma ou duas horas atrás? Você volta correndo, correndo, correndo pras suas acomodações, mas a cada passo hesitante você na verdade está se afastando cada vez mais e com mais eficiência do lugar de onde saiu. O fato é que Tarquin Superbus é feito de bobo com frequência. Não é uma tarefa difícil e ele se entrega a uma raiva tão deslumbrante — é muitíssimo engraçado — ele caiu na pegadinha mais uma vez! Tarquin Superbus é um boboca mimado que sai por aí torrando a imensa fortuna da família em modismos esotéricos e projetos gastronômicos e não é de surpreender que seja constantemente enganado por esse ou aquele falso empreendedor, pois estes, é claro, existem aos montes.

Seu único aliado é o Doutor, que deve conhecer Tarquin Superbus desde o dia do seu nascimento e deve ter feito algum tipo de promessa à diáfana mãe de Tarquin pouco antes do seu falecimento repentino e trágico, que ocorreu, é claro, quando Tarquin Superbus era apenas uma criança, e ah, que anjinho era esse menino, tão quietinho! No conto que escrevi muitos anos atrás, eu dei um nome ao Doutor, desconfio que talvez tenha sido um nome alemão. Lembro que havia alguma coisa estranha a respeito do Doutor e, embora eu não consiga precisar a natureza exata da sua anomalia, pensar nisso agora me provoca certa inquietação localizada nas costelas. Não acho que ele fosse uma pessoa desagradável. Talvez ele tivesse trezentos anos. Com certeza ele era muito pálido, seus longos dedos eram praticamente brancos e sua face era tão branca que brilhava. Talvez a estranheza fosse esta: ele era um médico que parecia a Morte. Não havia nada dentro dele, ele era nebuloso, vazio como um holograma, ele se movia não através dos mecanismos do seu corpo, mas porque consistia numa substância mais leve que o ar: a Morte. Ele flutuava, ele pairava, ele arabesqueava, ele vazava, ele desaparecia. Então ele era um fantasma? Não, não acho que fosse um fantasma nem um vampiro. Mas talvez fosse. Talvez ele fosse, no fim, e eu não soubesse. Talvez não tivesse me dado conta até agora, que parei pra pensar nisso. Fantasmagórico. Pairando. Consigo ouvi-lo dizer: "Não tenho pressa nenhuma… Pelo contrário, tenho todo o tempo do mundo". E quantas vezes por dia ele dizia isso? E por quantos dias ele vinha dizendo isso? Superbus tinha adquirido uma biblioteca — esse era o principal acontecimento da história. Ele queria desesperadamente que o levassem a sério, e todo mundo sabe que se você tem uma porção de bons livros espalhados pela casa as pessoas vão concluir automaticamente que você é uma pessoa séria que analisa muito bem as coisas e considera que aprofundar seu conhecimento a respeito de tudo que aconteceu no mundo e que continua acontecendo em todos os seus territórios turbulentos é uma maneira muito proveitosa de passar o tempo. Tarquin queria que as pessoas pensassem esse tipo de coisa a seu respeito, então resolveu comprar uma biblioteca cheia de livros e esses livros chegaram em caixotes de madeira e sua origem exata era um verdadeiro mistério. Consigo ver esses caixotes de madeira em detalhes. Também consigo ver o longo aparato de metal usado pra abrir as ripas largas dos caixotes, embora, por mais estranho que seja, não consiga ver a pessoa que o maneja. As rodas de uma carruagem também estão muito visíveis. Vejo a carruagem inteira, mas as rodas são a parte mais nítida, os raios das rodas principalmente. Têm cor de creme e estão exageradamente limpos. Também consigo ver um chicote fino estalando no ar como a língua de uma víbora — mas, de novo, não chego a ver o lunático bem-disposto que o brande. Só a ponta do seu capuz ensebado. A carruagem começa a correr demais, as rodas imensas lançam muita poeira no ar, a estrada ziguezagueia, a estrada ziguezagueia como um rio, como o desenho de um rio. Nada mais foi desenhado — nem montes de grama crescida aqui e ali, nem marcos íngremes, nem uma pousada com paredes de enxaimel, nem pedrinhas, nem nuvens cumulus, nada além disso. Imagino que muitas muitas carruagens transportaram os livros de Tarquin Superbus, devem ter sido muitas, mas vejo só uma nessa estrada rústica e sinuosa. O que me parece é que esses caixotes virados de cabeça pra baixo também passaram algum tempo balançando num casco de navio durante a noite. Consigo ver os caixotes sendo retirados do navio logo antes do dia amanhecer e consigo ver a água contida na doca — escura, brilhante, agitada. Há a metade de baixo das pernas de um homem, ele está parado com as pernas bem abertas. Vejo suas mãos, ali dos dois lados do caixote, mas não consigo ver seu rosto. Não consigo ver seu rosto, mas mesmo assim sei que seu cabelo é castanho-escuro e muitas vezes cai nos seus olhos, ainda que neste exato momento esteja grudado na sua testa e sei que as rugas ao redor dos seus olhos estão cobertas de óleo de motor.

Caixas, caixas e mais caixas. Era um momento importante. Todo mundo estava segurando lenços com as duas mãos e lançando olhares apreensivos quando elas chegaram e foram sendo descarregadas uma por uma na frente da magnífica residência de Tarquin Superbus. Pássaros foram correndo pra ponta dos seus galhos preferidos pra ver melhor aquela cena. Tarquin estava muito empolgado e saltitava de um lado pro outro, ele próprio parecendo um pássaro de peito inflado. Sem ter muito que fazer, ele bateu sua bengala com castão de prata na lateral de um caixote com ares de proprietário e se deliciou ao descobrir que tal gesto o fazia se sentir muito sagaz e espirituoso, então ele continuou, correndo pra lá e pra cá, batendo a bengala com castão de prata na lateral de todos os caixotes. Claro que ele tinha reunido alguns desocupados da cidade e os colocado para trabalhar descarregando os caixotes e organizando os milhares de calhamaços importantíssimos nas prateleiras de seu ateneu de ébano feito sob medida. É, pois é, prateleiras negras e lustrosas que iam do chão ao teto. Incrustadas de opalas, pérolas do Taiti e marfim. Cobre e ouro. Rubis birmaneses e lápis-lazúli. Uma câmara hexagonal sem janelas que emanava um brilho sombrio bem no meio do seu quarto, na qual Superbus passou a dar um pulinho de vez em quando pra ficar dando batidinhas com seus dedos gorduchos nas lombadas de couro tão macias dos livros da sua prestigiosa coleção. E então, menos de quinze dias depois, os boatos começaram a circular, e a postura de deferência tão palpável e gratificante que os moradores da cidade tinham assumido depois da nobre aquisição de Tarquin Superbus começou a mudar, o clima foi ficando verdadeiramente espinhoso, como se um passo em falso houvesse sido dado, e Tarquin, que a essa altura vinha adorando desfilar de um lado pro outro pelos canais — pois certamente tudo isso está acontecendo em Veneza — por muitos esplêndidos dias, cumprimentando pessoas com um aperto de mão aqui e ali, tirando seu tricórnio e batendo sua bengala, deslumbrado com a nova atmosfera piedosa de admiração tardia, começou a experimentar um arrepio repentino que lhe subia pela espinha anestesiando tudo sempre que saía andando por aí, indo de uma plantação a outra, porque, sem mais nem menos, pouco depois de haver passado por um grupo de lavadeiras, ou ragazze, ou coroinhas, ou pedreiros de Cannaregio, uma risadinha musical irrompia e começava a seguir seus passos, arremetendo e golpeando seus tornozelos, seus cotovelos, seus lóbulos das orelhas, como uma pequena e afoita revoada de andorinhas inseparáveis. Superbus ficou furioso, e confuso — uma combinação terrível que o motivou a se lançar por seu apartamento, escancarando portas, chutando gatos pros cantos repletos de folhas, derrubando bibelôs por todos os lados com sua infalível bengala. Vejo coisas, coisas imprecisas, despencando ao redor dele, papéis secos e amassados saem flutuando pelo ar, pássaros cinza-claro com caudas infladas e silenciosas — devem ser pombas — voam direto pelas janelas. Uvas, nectarinas e nozes de Grenoble rolam como bolas de feno pelo armário de madeira. Uma luminária se estilhaça, pinças fazem barulho, borlas açoitam o ar. Esculturas que valem seu peso em ouro tremulam vulcânicas sobre suas bases de mármore, retratos fazem vaivém nas paredes, chaves de todos os tamanhos caem de fechaduras boquiabertas, brasões ficam embaçados. Lebres mortas vacilam lado a lado na despensa, lustres derramam lágrimas de enxofre, venezianas se sacodem e as trepadeiras aromáticas que circundam toda a varanda se contorcem e se retraem. Tarquin se deixa cair em sua poltrona preferida, é claro. Seu queixo pende, suas mãos inchadas lembram dois moluscos virados pra cima no seu regaço flácido, sua barriga se distende por completo, ele respira pela boca com ar ressentido, e todos esses atributos reunidos indicam que Tarquin está completamente instalado no núcleo macio e familiar de um mal-estar gigantesco. O Doutor é convocado. Ele não via o Doutor fazia algum tempo, desde a aquisição de todos aqueles livros magníficos, aliás. Por onde andava o Doutor? Muito provavelmente por Bolonha, na universidade. Sim, o Doutor vinha ministrando aulas sobre o mesmerismo, é claro, na universidade de Bolonha. Mas agora ele voltou e precisa vir imediatamente! Tarquin vai poder lhe mostrar sua incrível biblioteca, e o Doutor vai ficar maravilhado! Tarquin se anima um bocado ao pensar que o Doutor lhe fará uma visita — logo tudo ficará bem, ele pensa. O Doutor virá e estaremos juntos na biblioteca e faremos um brinde ao conhecimento e tudo ficará bem. E poucos instantes depois o Doutor aparece.

O Doutor aparece e Tarquin o conduz por uma passagem infernal, de tão escura. Ele segura uma vela e a vela é branca e sua chama se contrai várias vezes como se pra desviar de algo ou de muitas coisas que voam ao redor deles rápido e devagar por cima e por baixo pela passagem e então o Doutor chega à biblioteca, descendo um corredor muito estreito da biblioteca com um livro na mão, e na verdade é como se ele já estivesse ali antes, como se sempre tivesse estado ali. Eu vejo seu perfil, concentrado e relaxado, bastante à vontade, seu longo nariz fino, no seu habitat, apontado pras páginas de um livro aberto apoiado na sua mão esquerda enquanto a direita vira as páginas, vira as páginas. O Doutor está virando essas páginas, de início devagar, devagar e com especial cuidado. O Doutor está virando as páginas do livro devagar e com cuidado, e depois mais rápido, e depois mais rápido ainda. Tarquin, perto da lareira, não para de tagarelar. De vez em quando, e por motivos absurdos que só ele conhece, ele balança sua taça transbordante na direção dessa ou daquela pintura que pende do alto da lareira, e quase todas são de pequenas frotas de navios quase afundados em meio ao mar bravio. Ele adora balançar as coisas — uma taça, uma bengala, um rato, uma capa, um manto —, inclusive, quando era só uma criança, a coisa que Tarquin Superbus mais adorava era quando alguém balançava ele próprio no ar. Leveza, leveza, ar. Depois da morte da sua mãe, as chitas românticas, as tricolines com estampas pastoris e os delicados painéis de renda que projetavam sombras tão belas nas paredes azul-claras e nos assoalhos de madeira clara se escureceram se entorpeceram se extinguiram, substituídos por cortinas pesadas e pelas cores do anoitecer. O pai de Tarquin já não queria enxergar os lugares em que sua esposa não estava e nunca mais estaria. Enquanto isso, desde a morte do pai, Tarquin não tinha mudado um detalhe funesto sequer, ele era incapaz disso, e de qualquer forma sempre havia a cozinha, e a cozinha é e sempre foi o lugar preferido de Tarquin. A cozinha é e sempre foi um ambiente iluminado e convidativo, com suas paredes brancas como farinha peneirada e seus azulejos texturizados acima do forno de ferro e suas prateleiras arredondadas e lisas cujos suportes se integram à parede de maneira bastante harmoniosa e no alto delas estão todas as pequenas garrafas e vidros e ramequins virados assim e assado, cada um contendo seu próprio espécime aprazível mas nem sempre facilmente reconhecível, alcaparras, por exemplo, alcaparras, picles, berbigões, trufas, tamarindos, noz-moscada, gordura de ganso, bagas de zimbro, azeitonas, orégano, lavanda, tapenade, abrunho, geleia de damasco, chutney de cebola, limões em conserva, chucrute, vinagre, carne moída, vagens de baunilha, tinta de lula, açafrão, angélica cristalizada, picles de mostarda, porcini, cerejas, cravo, e embaixo da prateleira as panelas lustrosas e valentes escorredores e utensílios brilhantes. O batedor de ovos é o utensílio de cozinha de que Tarquin mais gosta, é claro. Como ele ama se debruçar sobre o armário manuseando açúcar e chupando morangos gelados, observando a cozinheira bunduda adicionar muito ar numa tigela grande e azul de creme imaculado. Leveza, leveza, ar. Sim, Tarquin adora o batedor de ovos! Ele adora merengue e suflê, e espuma e escuma e baba e volume — bolhas, sim, e badulaques — badulaques, bolhas, balões e bailarinas — bailarinas! — minha nossa, elas passavam o dia inteiro treinando cada articulação e músculo do corpo pra poder voar pelo ar, catapultar-se pelo céu, pra longe deste planeta, direto pro paraíso. Elas se esticam e saltam e giram, saltam e giram e se esticam, avançando muito rápido pelo mundo nas pontinhas dos pés, ah, elas têm o mesmo contato com a terra firme que um compasso, vê-las decolando faz o coração do Tarquin se inflar como um veleiro — lá vão elas, subindo, subindo, subindo, e lá vêm elas descendo, e às vezes elas continuam no chão e ficam muito quietas e Tarquin sente suas entranhas se revirando, só de ver a pequena bailarina parada ali, como se de repente suas sapatilhas estivessem presas ao chão. Olhe como suas asas ficaram caídas e suas mãos se viraram na direção uma da outra com um ar tão pesaroso. A pontinha dos dedos das duas mãos está quase encostando quase encostando e sua cabecinha está baixa e ela olha com tanta tristeza pro pequeno e desolador espaço que há entre uma mão e a outra — o que ela vê ali?, ela está caindo, caindo?, ela voltou a ser criança?, ela sempre foi apenas uma criança?, de quem é a voz que ela ouve?, seus olhos são tão tristes, tão enormes, ela é uma alma abandonada e cabisbaixa, vê-la assim deixa Tarquin muitíssimo angustiado, meu deus, ele sente o peso do mundo no seu coração e não consegue respirar, ele não consegue respirar de novo até que ela volte a subir pelo ar, tudo fica estagnado, estanque, histórico, até que ela volta a se misturar com o ar, fazendo tudo voltar a existir, e a euforia desse momento em que seus belos braços finos se levantam e sim na mesma hora o peso do mundo sai dele num movimento suave, meu deus o ânimo de Tarquin se eleva, se eleva, subindo cada vez mais, e eles também se encontram lá no alto nesse presente prolongado — sem passado, sem futuro, só o exuberante agora e sempre. Tarquin se regozija, ele foi salvo, assim como é salvo pela soprano da ópera quando sua voz cresce, alcançando as notas mais altas, Tarquin fica tão leve nesse momento, leveza, leveza, ar, mas de novo e de novo ele é trazido de volta à terra infinitamente por lembretes infelizes de que esses são tempos sombrios, tempos muito sombrios Tarquin, inúmeras vezes, as palavras descendo e o atingindo como escovas, como terríveis escovas sobre sua cabeça, segurando-o no lugar, ainda diante do espelho, o Tarquin criança se enrijece diante do espelho e vê sua gola tesa e as meias lisas e as ligas muito corretas que as seguram no lugar, elas são verdes, e a escova — não se mexa — descendo, de novo e de novo, desse lado, do outro lado, desse lado, do outro lado, de novo e de novo, arranhando com violência sua orelha, e quem segura a escova e a passa desse jeito — não se mexa, eu já falei —, tão rente ao couro cabeludo, pelo seu cabelo macio, arranhando suas pequenas orelhas de novo e de novo?, quem é essa pessoa que fica atrás dele, todas as manhãs, com um cheiro nem um pouco agradável, quem?, ele não quer ficar ali nem mais um minuto, ele não quer ficar sem se mexer, ele quer correr, sair do quarto, atravessar o corredor, ir à cozinha, onde ele pode se ajoelhar num banco e olhar pra uma frigideira cheia de ovos fritando só pra ele e sentir atrás de si a brisa que entra pela janela, atrás dele, bagunçando seu cabelo, Tarquin consegue sentir, levantando o cabelo de sua nuca com tanta delicadeza, tanta, mas Tarquin o mundo é um lugar muito sério. Sim, sim, ele ouviu isso tantas vezes. Como as cerdas de uma maldita escova esfregando com força seu crânio. E aqui está ele, não está? Na sua prestigiosa biblioteca, com suas estantes negras brilhantes repletas de tomos pesados que datam de muito, muito tempo atrás. Fileiras e mais fileiras de ensinamentos sagrados sobre como o mundo foi criado e a significância de todas as coisas que há nele — lagartos, pássaros, riachos, trigo, ovelhas, nuvens, ouro, fogo, maçãs, seres humanos, bois e todos os grandes oceanos, e todos os grandes planetas e estrelas que o rodeiam. Aqui está ele e ali está o Doutor — ali está enfim o Doutor, graças a deus! Segurando um livro com a mão esquerda e virando as páginas com a direita.

Virando as páginas com certa pressa, Tarquin não pode deixar de notar — talvez ele esteja procurando alguma coisa. Sim, é claro. Apesar de ser um homem do seu tempo e de ter, portanto, cultivado uma variedade de interesses, o Doutor não trabalha com teorias ou generalizações — uma anedota ou um caso, um conceito ou uma anomalia, esses são os elementos específicos a que a mente do Doutor se dedica. Algo excepcional, algo incerto, algo imbuído de força vital. Não há dúvida de que ele está caçando, virando as páginas, virando as páginas, não a validação desse ou daquele ponto de vista, mas algum enigma com que se deparou muitos anos antes, um episódio ou uma construção que trouxe uma aura cor-de-rosa meio dourada pra um certo espaço da sua mente, tanto tempo atrás, ainda que os detalhes exatos desse acontecimento sempre se evaporem no instante em que sua memória estica o braço pra pegá-los. Existe prazer maior do que reencontrar detalhes como esses? Os anos vão minguando, não vão? Como era de esperar, o Doutor devolve o livro à estante e imediatamente pega o livro que está ao lado com um ar de urgência, procurando alguma coisa, sim, o tesouro interdito — o alicerce de si mesmo, em outras palavras. Ele abre o próximo livro, segurando-o com a mão esquerda, e mais uma vez o Doutor vira as páginas com a direita, virando as páginas, virando as páginas, o que ele procura?, o que ele procura, afinal? Ele está virando as páginas tão rápido que sem dúvida é impossível registrar uma só palavra de qualquer uma delas. Superbus se acalmou, pousou sua taça sobre a lareira, algo não está nada bem, de súbito a atmosfera se tornou nauseante. Ele se aproxima um pouco mais do Doutor e vê que as mãos do Doutor estão tremendo — nem é preciso dizer, é claro, que o Doutor está muito pálido, isso não agrega informação nenhuma, já que a extrema palidez do rosto do Doutor já foi estabelecida, de forma que talvez nesse momento seu rosto tenha ficado verde. O rosto do Doutor está bastante esverdeado e ganhou um brilho oblíquo como o de uma pedra de jade, suas mãos tremem como se dentro delas estivessem à espreita duas formas de vida primitivas e opostas que estão quase escapando e avançando uma contra a outra depois de muitos anos de um repouso inquieto. Esperando a hora certa, esperando a hora certa. Ele devolve o livro e pega outro, e outro, e outro, segura cada um deles com sua mão esquerda instável, avança sobre as páginas com sua mão direita errática, virando as páginas, virando as páginas — "Tarquin", ele diz, de repente, levantando a cabeça, o rosto — seu rosto! — verde, sem expressão, todo embaçado — "não há uma só palavra em nenhuma destas páginas". Sim, é exatamente isso que o Doutor diz — eu me lembro muito bem: "Tarquin, não há uma só palavra em nenhuma destas páginas". Tarquin, a essa altura, está ao mesmo tempo embriagado e de ressaca e não tem forças pra ficar bravo. Indefeso e indisposto, ele deixa que o Doutor o vire e o leve de volta na direção da lareira e das telas tempestuosas, na frente das quais há duas poltronas de couro e uma mesa de xadrez. Eles se sentam e na mesma hora Tarquin começa a cutucar as tachas de bronze que circundam a extremidade do braço mais morno da poltrona. As tachas estão praticamente queimando. Tarquin cutuca e aperta cada uma delas assim mesmo, como se pra decidir qual delas está mais quente. O Doutor já esteve sentado numa poltrona observando Tarquin cutucar, com ar rabugento, as tachas abrasadoras do braço mais morno da outra por muitos anos e testemunhá-lo fazendo a mesma coisa nesse momento é estranhamente reconfortante, ainda que o Doutor saiba que esse é um sinal categórico de que Tarquin está em frangalhos e que portanto é inevitável que um gesto de proporções muito maiores e mais calamitosas esteja por vir. Eu lido com isso quando chegar a hora, ele pensa, não pela primeira vez, e aproveita ao máximo esse período de calmaria, mesmo que pressagie uma tempestade, pra levar ao conhecimento de Tarquin Superbus algumas especulações singulares, a que ele aparentemente não tivera acesso, sobre sua biblioteca.

Não há dúvida de que Tarquin não abriu nem sequer um daqueles milhares de livros desde que haviam chegado aos seus cuidados — o Doutor, entretanto, não toca nesse assunto. Primeiro porque há coisas mais importantes a discutir, segundo porque o Doutor é um daqueles raros seres humanos que não sentem prazer nenhum em fazer outra pessoa se sentir boba ou relapsa ou apenas ruim. Não demorou pra Tarquin se dar conta, é claro, de que os cretinos traiçoeiros que tinham ajudado a descarregar e instalar os livros deviam ter dado uma bela de uma apalpada em três ou quatro deles e assim averiguado bem rápido que não havia nadinha de nada escrito naqueles livros nem em nenhum outro. E no meio desse rebuliço estava eu, Tarquin Superbus — "si signore", "no signore" —, andando pra lá e pra cá, batendo nesse caixote e naquela estante com minha inseparável bengala com castão de prata — rá! Que belo de um imbecil! Eles tinham dado no pé bem rápido, aquele monte de hienas traidoras, e ido pro bàcari decrépito onde deviam se reunir, e contado tudo pra chocar aqueles outros ingratos. Mas aposto que não viam a hora. Eles não viam a hora! Os espelhos sarapintados e manchados, as letras douradas meio descascadas, a fumaça acre, os copinhos de aguardente arranhados, as mãos cobertas de cicatrizes e as testas esburacadas, e a risada, a risada que subia rasgando a garganta entre alcatrão e bile antes de sair ricocheteando dos seus focinhos tagarelas. Bem, isso explica muita coisa — com certeza explica todos os cutucões e risadinhas que tinham se espalhado por todo o sestieri e acompanhado Tarquin Superbus como uma gripe forte nas últimas semanas. É um alívio pra Superbus descobrir enfim a fonte desse mais recente e virulento arroubo de zombaria, ninguém gosta de ser o último a saber, mas, agora que está diante do que causou tudo e nunca encontrou nada igual antes, nada parecido, ele fica apavorado — o alívio dura pouco — ele preferiria se sentir perplexo e furioso a ser invadido pelo pânico. Ele quer se afastar o máximo possível daqueles livros asquerosos. O que são aqueles livros? Que doença é aquela?! Tarquin pressiona a carne de um dedo contra a tacha de bronze mais quente de todas, sente-se apaziguar pela clareza da dor escaldante e localizada e murmura: madre, deixe-me despertar desse pesadelo. Ele escuta o que o Doutor está comunicando? Em parte. Ele escuta a voz do Doutor, e isso basta. A voz do Doutor, ela não mudou quase nada nesses anos todos — sempre tão uniforme e relaxada, e deslocada — como se houvesse algo falando através dele, na verdade. Tarquin o escuta mencionar os Médici, os Bórgia, os Gonzaga e algo sobre a Inquisição — sempre há alguma coisa sobre a Inquisição —, e é um verdadeiro bálsamo ouvir essas palavras conhecidas e veneráveis, elas badalam no ar como esferas, cada uma delas inteira e liberta. Tarquin se atreve a fechar os olhos. Os Médici, os Bórgia, os Gonzaga, a Inquisição, sim, sim, tudo continua como era e como deve ser. E então surgem palavras estranhas, cada vez mais estranhas, palavras que Tarquin tem certeza de nunca ter ouvido antes, palavras como Popol Vuh, Amduat, Apaurusheya. Pare com isso — pare com isso já! Ele não consegue abrir os olhos, não consegue abrir a boca, sua língua incha e se tinge de mil cores, a sensação é de que seu crânio ficou imenso, toda a sua cabeça é uma imensa cúpula luminosa, não há nada fora dessa cúpula. No mundo inteiro só existe essa cúpula branca enorme com seus pequenos peitoris e algumas poucas trepadeiras amassadas e afrescos meio apagados e partículas de poeira e pombas cinza-claro — as pombas cinza-claro sobem e descem voando, desaparecem e ressurgem, entrando e saindo de belas colunas de luz, e essas pombas são a voz do Doutor: "Ninguém sabe de onde saiu essa coleção de livros", e depois nada — tudo é vasto, silencioso — partículas de poeira, pequenos peitoris — uma folha morta arranha o estuque de cal muito antigo. E então: "Dizem que ela vem circulando pelo mundo por muitas, muitas centenas de ano, milhares de anos". Partículas de poeira, luz, pequenos peitoris, um leve arranhar. "Estritamente falando, uma pessoa não adquire a biblioteca. Ela chega até você." Um leve arranhar, um leve arranhar, vastidão, vastidão. "E quando você aprende o que ela tinha a ensinar, ela segue seu caminho." Aprende o que ela tinha a ensinar! Aprende o que ela tinha a ensinar! Ao ouvir isso Tarquin bufa, sarcástico, e se sente melhor ainda. O Doutor, vendo que Tarquin de fato vem prestando atenção no que ele diz, olha pra Tarquin e se dirige a ele diretamente — suas palavras ganham um tom mais significativo, sim, elas deixam de ser pombas luzentes e a cabeça de Tarquin deixa de ser uma imensa cúpula branca — a sensação é de que ela vira um só cogumelo ou um bagre jogado no chão — a parte inferior do seu queixo parece absurdamente frágil, mas pelo menos agora ele consegue mexer a língua dentro da boca e abrir os olhos, e ambos os apêndices deslizam como se por instinto na direção da cornija da lareira, inclusive, sobre a qual Tarquin colocou sua taça de Barolo no que parece muito tempo atrás, o tempo de uma vida. O Doutor se levanta e pega a bebida, ele quer que Tarquin esteja o mais confortável possível. Ele mesmo toma um gole antes de pousar a taça e volta a se acomodar na sua poltrona — o Doutor não está disposto a inflar o peito e falar estando perto da lareira — e prossegue. "As páginas estão completamente vazias, é verdade, Tarquin, é a pura verdade. Milhares de livros, e milhares de milhares de páginas vazias dentro deles. É claro que consigo entender por que você ficaria alarmado, consternado, perturbado — ofendido — por isso. A situação ofende, de fato. E tem mais. As páginas, Tarquin, estão todas vazias, exceto uma. Na coleção há uma página que não está vazia, ou não totalmente vazia, pelo menos. Ela traz uma frase, é isso, só isso. Uma frase. E essa única frase contém tudo. Tudo. Quem se depara com ela passa por um despertar imediato e total. Até uma criança analfabeta experimentaria essa revelação, e isso acontece porque essa frase, essa única frase que é tudo, não é lida, é vista. É impossível compreendê-la através do intelecto; não é possível entendê-la porque o que ela contém está além das nossas capacidades intelectuais de compreensão, e portanto ela ignora por completo a mente, ela não tem nenhum interesse na mente. As palavras, como posso explicar?, são vivas e distintas, são como organismos, sim, exatamente como organismos... e são de uma potência suprema. Quando enfim travam contato com um par de olhos elas vibram na mesma hora, de forma imperceptível, elas passam a existir e emitem ondas intensamente poderosas e avançadas que os olhos aceitam, e dessa forma, através dos olhos, essas vibrações extraordinárias estimulam e abrem caminhos profundos na consciência de quem as observa. Não há mais bloqueios, demarcações, defesas, não há mais nada no caminho: ele ou ela, a pessoa que observa, liberta-se por completo e imediatamente transcende todas as definições. Assim, ele ou ela torna-se livre pra começar a fazer parte da imaginação mais ampla, que alguns chegam a chamar de alma do mundo. É importante mencionar que a frase não pode ser mostrada pra mais ninguém. É impossível. Ela se conecta a cada um e emancipa apenas a pessoa que a encontra. Uma vez que a conexão é estabelecida, e o despertar é alcançado, a frase some do papel. Ela desaparece completamente, Tarquin, num instante, e se materializa em algum outro lugar, em outra página, em outra página que nem deus sabe onde dentro desses milhares de livros. Então, como você está vendo, é impossível mostrar a frase a outra pessoa. E isso, é claro, exclui a possibilidade de empregar centenas de folheadores de páginas pra tentar encontrar a formulação. É uma tarefa solitária, Tarquin, que deve ser executada apenas pela pessoa que atraiu a frase. É uma busca árdua e desafiadora, disso não há dúvida, e é claro que alguns dos que foram escolhidos pela biblioteca acabaram pirando de vez no meio do processo. Ninguém sabe por que ela vai parar numa casa e não na outra. É provável que ela vá aonde mais precisam dela. É uma dádiva ou uma maldição? Depende. Depende muito. É um fardo, Tarquin, disso não há dúvida, um fardo formidável e inquantificável. De forma que o que você tem sobre essas estantes todas que nos rodeiam, meu caro amigo, é o paradoxo definitivo, porque em algum lugar, em algum lugar dentro desse tremendo fardo, há uma chave: uma chave pra leveza completa e infinita."

O Doutor não dava nenhuma explicação como essa na história que escrevi tantos anos atrás. As páginas da biblioteca de Superbus estavam vazias, e isso era tudo. Parece que acabei me deixando levar na hora de repetir a história. Mas é verdade que li tanto e escrevi tanto desde então que não é de surpreender que nesse meio-tempo algumas ideias relacionadas à potência da palavra escrita, provenientes de experiências diretas e sísmicas, foram se desenvolvendo dentro de mim e tinham que acabar saindo — embora de maneira bastante banal, com certo eco de Hermann Hesse — da boca do Doutor, agora que eu a abri de novo, uns vinte e tantos anos depois, de modo a comunicar a Tarquin que toda a sua biblioteca consiste de páginas em branco, à exceção de uma frase. À exceção de uma frase! Não, eu não podia deixar por isso mesmo. É estranho pensar que quando escrevi essa história eu ainda não tinha lido uma palavra sequer de Italo Calvino, Jean Rhys, Borges, de Thomas Bernhard ou Clarice Lispector. Eu tinha lido *Ratos e homens*, e *Lolita*, e "Kubla Khan", e *O diário de Anne Frank*. Eu ainda não tinha lido *O mensageiro*, nem *O morro dos ventos uivantes*, nem "Uma temporada no inferno", nem *Orlando*. Eu tinha lido *O quarto de Jacob* e *A náusea* e *A queda* e *Tess dos D'Urbervilles* e "Os homens ocos" e muitos poemas imagistas, e um deles falava da neve e de um leopardo branco, acho, ou, pra ser mais exata, era um leopardo que não tinha contornos — talvez fosse de Ezra Pound, não lembro. Eu ainda não tinha lido *Um esporte e um passatempo*, nem *Wittgenstein's Mistress*, nem *Moon Tiger*, nem "The Pedersen Kid", nem "A Girl of the Zeitgeist", nem "A carta de Lord Chandos", nem "A dificuldade de seguir as regras". Eu tinha lido *Oranges Are Not the Only Fruit*, e *Confissões de um comedor de ópio*, e *Uma viagem sentimental*, e *Cem anos de solidão*, e *O silêncio dos inocentes* e *O mar, o mar*, que comprei numa banca do festival Glastonbury e li deitada no campo mais alto tomando chai num copo de papel e comendo um pacote de biscoitos Jaffa Cakes. É um livro muito longo e não o li inteiro no festival, já que eu tinha outras coisas pra fazer, é claro — eu terminei a leitura no jardim dos fundos da minha casa, no que restava das férias de verão. Eu lembro que o protagonista do livro, que tenho quase certeza de que era um homem, fazia café com a mesma água em que tinha fervido ovos, e isso me marcou porque poderia ser algo que eu faria se tomasse café, mas na época eu não tomava. Embora eu fizesse xixi na banheira de vez em quando, o que me parecia equivalente a tomar café feito com a mesma água em que se havia fervido ovos. Eu ainda não tinha lido *Cassandra at the Wedding*, nem *The Calmative*, nem *Unfinished Ode to Mud*, nem *Birds of America*, nem *A canção da relva*, nem *Os cadernos de Malte Laurids Brigge*, nem *O homem sentimental*: "Manur abaixa os óculos, mas não os tira, e, olhando por cima da armação com olhos acostumados a se deixar lisonjear pelas coisas do mundo, não responde de imediato" é um trecho da novela de Marías que anotei com uma caligrafia trêmula em mais de um caderno. Eu tinha lido *A República* de Platão, e *Ética a Nicômaco* de Aristóreles, e *A ideologia alemã*, de Marx e Engels, que todos chamávamos de "IA", e *Sobre a liberdade*, de John Stuart Mill, e um livro de Peter Singer sobre a ética e os animais, e um livro mal diagramado de Edmund Burke — as letras eram muito pequenas e grossas e ficavam grudadas umas nas outras — e *Assim falou Zaratustra*. Eu não tinha lido *O capital*, nem nada do John Rawls, e até hoje não li, e certamente ainda não tinha lido nada da Vivian Gornick ou da Natalia Ginzburg ou da Lynne Tillman ou da Joan Didion ou da Renata Adler ou da Janet Malcolm ou da Marina Warner ou da bell hooks ou da Anne Garréta. Quando estava prestando meus exames do ensino médio em filosofia, literatura inglesa e psicologia, eu trabalhava num supermercado, principalmente aos fins de semana, mas às vezes nas noites de semana também, e tinha um russo grandalhão com cabelo grisalho comprido que sempre ia lá e sempre andava com uma cestinha, que segurava bem longe do corpo, e ele andava tão, mas tão rápido — era como se fosse a cesta que o levava pelos corredores do supermercado, porque ele vivia com uma expressão confusa — como se tivesse ido parar no supermercado muito por acaso — e ele passava muito tempo andando de lá pra cá pelos corredores e a cesta que ele levava na frente dele vivia vazia e eu nunca o vi parar em lugar nenhum e pegar nada de prateleira nenhuma, mas algumas coisas acabavam entrando muito rápido na cesta, não sei como, e isso meio que já era suficiente, ele já podia ir embora, mas não antes de passar pelo caixa, é claro, e ele sempre escolhia meu caixa, mesmo se a fila do caixa da frente ou do lado do meu estivesse menor, ele sempre escolhia o meu, e, enquanto ele ficava ali esperando, eu sabia muito bem que ele estava me olhando através dos óculos finos e redondos, e ele me olhava enquanto eu passava suas poucas compras pelo leitor de código de barra, peixe enlatado e picles e umas coisas assim, e ele me olhava quando eu pegava o dinheiro dele, e me olhava quando eu entregava o troco, e eu sempre olhava pra um ponto acima do seu ombro e ele nunca disse nada e nem parecia que estávamos num supermercado, e um dia eu não estava em nenhum caixa, eu estava andando por um dos corredores na direção dos caixas, prestes a começar um turno de nove horas no caixa 19, usando uma saia horrível que conseguia a proeza de sair do lugar e quase cair mesmo eu estando sentada sem me mexer o dia inteiro, e a cestinha dele estava muito perto de mim e em seguida ele apertou o passo e alcançou a cestinha e ele era muito grande mesmo e disse "Toma, é seu", e empurrou um livro na minha direção. Eu já estava segurando uma caneta e de repente passei a segurar um livro em uma mão e uma caneta na outra, porque parecia que eu precisava mantê-los separados, e segui meu caminho até os caixas e quando cheguei ao caixa 19 coloquei o livro numa prateleira que ficava embaixo da impressora que imprimia as notas fiscais o dia todo e o livro era de Friedrich Nietzsche e seu título era *Além do bem e do mal* e na capa havia uma pintura de uma mulher com seios grandes expostos e as mãos à frente, relaxadas, e suas mãos estão em repouso porque ela é uma esfinge, uma esfinge pintada por Franz von Stuck em 1895, e era engraçado o jeito que as mãos dela ficavam relaxadas na frente do corpo, do mesmo jeito que minhas mãos ficavam apoiadas na tampa marrom-escura da gaveta do caixa quando não tinha ninguém ali e eu não tinha nada pra fazer, então, mesmo que meus seios pequenos não parecessem nem um pouco os seios grandes e escuros da esfinge, minhas mãos eram parecidas com as dela, idênticas às dela, e não pude deixar de pensar que o russo devia ter pensado a mesma coisa.

Eu ainda não tinha lido, mas depois li os diários de Witold Gombrowicz e, embora tivesse lido vários romances de Milan Kundera, ainda não tinha lido seus ensaios tão corajosos de *Os testamentos traídos*, que li com muito prazer alguns anos depois e que talvez tenham me levado a ler Gombrowicz, e talvez também Calvino, e com certeza Fernando Pessoa. Eu ainda não tinha lido nada do Hofmannsthal, ou Handke, ou Goethe, ou Robert Walser. Eu tinha lido *Morte em Veneza*. Uma das primeiras obras sérias que li na vida foi *O tambor*, de Günter Grass, que emprestei da biblioteca e era um livro muito grande e o li naquela semana ou pouco mais de uma semana em que estavam pintando meu quarto e eu estava dormindo no quarto de hóspedes num sofá-cama. Eu adorava dormir no sofá-cama, apesar de achar mais difícil levantar de manhã quando dormia nele, provavelmente porque ele era muito baixo, e preferia esse quarto ao meu próprio quarto, embora ele fosse muito menor. Sempre preferi dormir em quartos pequenos. Eles têm um clima mais interessante e fica mais fácil imaginar coisas distantes num quarto pequeno — num quarto grande é impossível imaginar qualquer coisa — você está num quarto grande e é isso. Ele não vai embora, nem vai te levar a lado nenhum. Se você descolou o quarto grande, você logo vai se dar conta de que está presa dentro dele, e vai ser tarde demais. Pensando em *O tambor* agora, eu me lembro de uma cena em que o menino tenta pegar um ônibus mas não consegue porque é pequeno demais. Consigo vê-lo, parado na calçada, levantando a cabeça pra ver o ônibus, ele tem alguma coisa debaixo do braço esquerdo, um tambor de lata, provavelmente, embora na sua mente a coisa que ele tem debaixo do braço seja mais parecida com uma bola de ginástica. O motorista do ônibus, que tem muitos pelos na cara e um cabelo cacheado oleoso, está balançando a cabeça. E é isso, é só isso que consigo lembrar desse livro, e isso é meio que impressionante, considerando que é um livro muito longo, e ainda assim é possível que eu esteja misturando essa parca cena de um menino tentando pegar um ônibus e não conseguindo por esse ou aquele motivo com outro livro que li mais ou menos na mesma época: *A Prayer for Owen Meany*. Eu tinha lido muito Sidney Sheldon, um ou dois livros do Jeffrey Archer, um monte de Danielle Steele, alguns livros da Jackie Collins e um ou outro do James Herbert. O nome desses autores sempre aparecia em letras grandes e envernizadas na capa dos livros, em dourado ou prateado, é claro, porque eles eram best-sellers. Tinha um livro do James Herbert que falava de uma infestação de ratos num lindo casarão antigo que um casal recém--casado tinha acabado de comprar na zona rural. Acho que a mulher estava grávida — sempre tem mulheres grávidas em histórias de terror. Na época eu não tinha lido nada da Marguerite Duras, nem da Colette, nem da Madeleine Bourdouxhe, nem da Annie Ernaux. Eu tinha lido alguns livros da Françoise Sagan, inclusive *Bom dia, tristeza*, que descobri que ela tinha escrito quando tinha só dezoito anos, e isso mexeu comigo porque eu tinha exatamente a mesma idade que ela quando li *Bom dia, tristeza*, mas as coisas que eu escrevia naquela época quando tinha aquela idade não tinham nada da lucidez e da autoconfiança do trabalho de Sagan, eram coisas autotélicas e inescrutáveis e muitas vezes quando eu as lia de novo eu não entendia nada, elas me chocavam, me perturbavam, elas não contavam uma história, só expressavam confusão e desespero e desejo e raiva, forças incontroláveis que eram resultado da dissonância que havia entre minha vida interior e o mundo que existia ao meu redor, e ninguém ia querer ler essas coisas, e eu não queria que ninguém as visse, de qualquer forma, tirando minha amiga Natasha. A Natasha dizia que minha escrita a fazia lembrar dos poemas da Anne Sexton, eu já tinha lido a Anne Sexton?, e eu dizia que não, que eu não queria ler essas coisas. A Natasha dava de ombros. Ela era de Nuremberg, tinha uma bolsa do Programa Erasmus e morava na minha rua. Quase todos os livros que ela tinha no seu quarto eram de Horkheimer e Adorno e Habermas e eram todos em alemão, é claro, e tinham capas muito austeras. Eu gostava de folheá-los, de ver todas aquelas palavras em alemão, compridas e muito próximas umas das outras, elas me remetiam a uma floresta, como se cada unidade de palavra fosse uma árvore conífera muito alta, e todas estivessem muito próximas exalando ar frio e vibrando com os animais que saíam pra caçar, como a Floresta Negra, ou a Floresta da Baviera, onde eu estive uma vez, e eu reconhecia algumas das palavras ou só uma parte delas porque tinha estudado alemão na escola e tinha me saído muito bem, sabia com mais ou menos certeza quando usar der, die ou das, e a Natasha me deu uma palavra nova, uma palavra que eu consegui guardar enquanto todas as outras, as centenas e centenas de palavras que eu repetia e anotava muitas e muitas vezes, tinham se perdido; hirngespinst. Ela também tinha muitos livros em inglês, e um deles era *The Female Malady: Women, Madness, and English Culture, 1830-1980*. Esse tinha uma capa hororosa que mostrava uma reprodução de "Pinel soltando as loucas de suas correntes", pintado por Tony Robert-Fleury em 1876. Uma mulher perto da borda do quadro aparece ajoelhada, beijando, com ar de gratidão, os dedos gorduchos de Pinel, seu salvador, que ostentam um anel. Pinel está em pé com sua bengala junto ao peito, olhando pra bela jovem que está no centro do quadro, sendo liberta de seus grilhões. O cabelo dela está solto e embaraçado, e seu vestido está caindo dos ombros. Enquanto isso, atrás ela, no chão, outra mulher é retratada numa postura arqueada histérica, de boca aberta, agarrando as próprias roupas, revelando um seio belo e gratuito. É uma cena forte — a forma como a obra sexualiza essas mulheres angustiadas e vulneráveis me enojava. Mas, como a Natasha disse que eu podia emprestá-lo, me senti obrigada a levar o livro pra minha casa, que ficava ali perto, e pro meu quarto — que ocupava a mesma posição na minha casa que o da Natasha na casa dela — e fazer anotações do livro na cama durante a tarde enquanto quebrava um pistache depois do outro e tomava refrigerante Ribena com um canudinho roxo. Eu colecionava cupons recortados das embalagens de Ribena, tarefa para a qual precisei ter muita disciplina, e depois de muito tempo consegui trocá-los por um relógio bolha Dino. Eu adorava o relógio até que, sem mais nem menos, o Dino virou do avesso. O avesso era liso e azul-claro como um adesivo Blu-Tack e não tinha nenhum traço, igualzinho a um adesivo, e embora eu ficasse girando aquele relógio com a maior paciência, com as pernas cruzadas e um cigarro tombado na mão livre, numa espécie de transe que misturava relaxamento e concentração, o Dino nunca mais voltou e acabou enterrado debaixo da pilha de cascas de pistache que ficava do lado da cama. As coisas que li naquele livro da Elaine Showalter tinham me perturbado muito. Ela narrava, com uma riqueza de detalhes dolorosos, as várias práticas supostamente terapêuticas a que haviam sujeitado mulheres pra lhes devolver a sanidade — e colocá-las na linha. Eram descrições muito vívidas e incômodas que me marcaram muito, penetrando naquele espaço sob a pele, entre as terminações nervosas, que não chega a ser eu ou sequer meu, mas um lugar inseparável em que a mãe da minha mãe e a mãe da mãe da minha mãe ganham uma presença suave, como sombras flexíveis que se sobrepõem umas às outras numa alcova sagrada. Eu soube desde criança que a mãe da minha mãe e a mãe da mãe da minha mãe tinham passado algum tempo internadas em clínicas psiquiátricas e sabia que minha avó tinha recebido terapia de eletrochoque, e talvez ainda estivesse em tratamento quando eu já era grande em Londres e estava lendo o livro de Showalter no andar de cima, na minha cama, não sei. O estudo de Showalter afirma que o comportamento que nossa cultura cobra das mulheres foi o que levou as mulheres à loucura — uma opinião de que eu compartilhava, mas de uma forma ainda incipiente e pouco elaborada. Era mais uma sensação. Conforme eu avançava na leitura, essa sensação foi se aprofundando e ficando mais densa, assim como a empatia, e à medida que isso acontecia outra sensação começou a se impor com tanta força que me surpreendeu, e essa sensação era muito marcada, era revolta, era revolta porque era óbvio, não era?, era óbvio que se uma pessoa não tem autonomia, não tem renda própria, é sujeita a tantas restrições tanto nas suas decisões de vida quanto no seu cotidiano, é diminuída, subestimada, ignorada, é mal interpretada e daí por diante, não recebe nenhuma informação sobre sexo, vai dormir sem saber quando ou se o marido vai voltar pra casa, passa horas e horas e mais horas sozinha ou com três filhos de menos de seis anos, é claro que essa pessoa vai acabar ficando louca. O que querem que ela faça? Que ela continue cozinhando e limpando todo santo dia e abra as pernas sorrindo toda vez que pedirem, como sempre fez? Só uma pessoa incapacitada, que já perdeu todas as faculdades mentais ia aguentar viver nessas condições. Não tem mistério. Não terminei de ler *The Female Malady*. Me pareceu insuportável. Esse livro despertou em mim uma raiva e uma sede de sangue ancestral. Depois de ter vários pesadelos muito violentos, eu o devolvi à Natasha e admiti que não tinha conseguido terminá-lo e ela confessou que também tinha achado a leitura muito difícil e que também não tinha conseguido terminar. Devíamos estar sentadas na cozinha da casa dela, que era muito mais bonita que a cozinha da minha casa, ainda que fossem mais ou menos idênticas, e imagino que estávamos tomando Earl Grey com Baileys, uma mistura que ela tinha inventado e que a gente gostava de beber juntas durante a tarde quando os dias começaram a ficar mais frios e mais curtos, e é muito provável que o livro estivesse sobre a mesinha de fórmica entre nós e se estivesse eu com certeza o teria virado com a capa pra baixo pra não ter mais que ver aquele suposto documento visual grotesco de Tony Robert-Fleury que retratava a grande contribuição de Pinel à vida das mulheres loucas. Muitos anos depois, vou me deparar com uma frase num livro fininho com uma capa em preto e branco que vou levar comigo pra sempre: "a beleza da sujeira". A beleza da sujeira. Essas poucas palavras tinham me trazido um grande alívio. Nunca deixei de viver longos períodos em que me sentia acachapada por uma sensação de desgraça iminente. Completamente soterrada por um desespero e uma ansiedade profundos que de vez em quando eu conseguia contornar com crises de choro sofridas mas relativamente suaves. Eu não tinha filhos pequenos nem marido traidor — eu tinha vários amigos, estava estudando —, o mundo era meu, como tantas, tantas vezes me diziam — eu podia ir a qualquer lugar, ser qualquer coisa. Mas no fundo eu estava arrasada, enlutada — sentindo saudade de um lugar que eu nunca tinha visto. De um lugar que não existe, mas que era o meu lugar. Ridículo, realmente. Ridículo, mas essa era uma sensação urgente e duradoura. Nessas fases eu não conseguia acreditar que eu tinha futuro. "Sei que devo parecer muito defensivo se digo que os ocidentais tentam expor qualquer sinal de sujeira e destruí-lo", escreveu Junichiro Tanizaki, autor de *Em louvor da sombra*, "enquanto nós, os orientais, preservamos a sujeira com todo o cuidado e até a idealizamos. Pra bem ou pra mal, é verdade que adoramos as coisas que carregam marcas de sujeira, poeira e tempo, e adoramos as cores e o brilho que remetem ao passado que as criou". Um lugar que valoriza objetos usados e maculados. Que prefere a escuridão, a pátina, a fragilidade. De fato, quando comparado à obsessão do Ocidente com ambientes muito iluminados, utensílios brilhantes, superfícies impecáveis e produtos novíssimos, um lugar como esse me parecia o paraíso. Tanizaki sugere que tais diferenças estéticas indicam reações mais profundas à claridade e à escuridão. Ele argumenta que no Ocidente temos medo das sombras e queremos afastá-las, enquanto os japoneses têm o costume de "guiar as sombras na direção da beleza", e dessa maneira conseguem viver lado a lado com fantasmas, mistérios, o milenar e o quimérico. Tampouco acredito que o que a cultura japonesa espera da vida e do comportamento das mulheres seja diferente, de forma alguma, mas isso não tira o mérito do conceito de "visível escuridão" de que Tanizaki fala — uma inversão talvez acidental da "escuridão visível" de Milton, que de fato muda o sentido infernal dessa contradição arrepiante insinuando que o breu que existe dentro de você deixa de avançar, ou talvez se estanque, quando pousa seu olhar sobre o breu que existe do lado de fora. Aquele lugar sobrenatural e fragmentado "onde sempre havia algo que parecia tremeluzir e cintilar [...]. Essa era a escuridão na qual fantasmas e monstros agiam, e a mulher que vivia lá, atrás de cortinas grossas, atrás de camadas e mais camadas de telas e portas, também não era como eles, afinal?" De acordo com as descrições evocativas de Tanizaki, a casa não é um lugar estático, limitado, selado hermeticamente e portanto protegido de influências externas e prévias — os interiores japoneses são permeáveis e estão sujeitos a transformações surpreendentes e têm uma capacidade infinita de "seduzir o indivíduo a um estado de delírio". É, parece ser o tipo de lugar onde eu talvez me sentisse em casa. As casas modernas, que hoje em dia muitas vezes são descritas como bases ou espaços residenciais, estão ficando cada vez mais claras e solares, homogeneizadas pela demanda incessante de um utilitarismo incessante. A conveniência substitui o ritual, dispositivos tecnológicos substituem a fantasia, holofotes substituem a sombra, e a dissonância entre o mundo interior de uma pessoa e o ambiente que a rodeia vai às alturas. Atado, através de tantos cabos e metais, às suas funções, possessões e aparelhos, botão por botão, uma espécie de elo cósmico entra em curto-circuito e a casa deixa de ser um portal pra outros mundos. E quem quer que seja a pessoa que mora dentro dela, nem consegue acreditar no estranhamento intenso e contínuo — quase acusatório — que sente num lugar em que teoricamente deveria se sentir inspirada e à vontade. Quando tudo se ilumina e as sombras são higienizadas, pra onde vai a criatura que existe dentro de nós, e o que acontece com sua necessidade de delírio? Talvez ela se confine na própria cama, talvez ela arremesse os móveis, talvez ela desenhe nas paredes, talvez um pato apareça de repente, talvez um dia ela largue tudo e vá embora. Entrar em contato com a escuridão, em toda a sua potência primordial e transformadora, é um pouco assustador, sem dúvida. Mas quem, afinal, quer passar o tempo todo com os pés no chão? Me parece injustificável que um dia alguém tenha pensado que fazia sentido usar uma corrente elétrica pra atravessar as dobras da mente de outra pessoa com a intenção de ofuscar o próprio núcleo dessa escuridão íntima e extingui-la o mais rápido possível.

Eu tinha lido e amado poemas do William Wordsworth, e sempre vou me lembrar daquele que fala de Goody Blake e Harry Gill. Ela é tão pobre que não consegue comprar lenha pra sua lareira, e é um inverno implacável. Depois de uma ventania, ela sai pela rua juntando galhos que caíram das árvores de Harry Gill e os coloca dentro de seu avental. Harry Gill sai da sua casa, anda todo convencido pelo caminho do jardim, com o rosto corado, sacudindo os braços, e grita com Goody Blake, fala que ela não pode pegar os galhos, deve xingá-la de ladra, até. Goody Blake fica morrendo de vergonha, é claro, pede mil desculpas e sai correndo, deixando todos os galhos mirrados caírem do seu avental puído. Harry Gill deixa sua lareira enorme acesa dia e noite, é claro, e tem cobertas luxuosas, pra ele não é difícil ficar bem quentinho no começo do inverno. Só que nessa noite, depois de censurar Goody Blake por pegar alguns galhos que o vento derrubou, nessa noite Harry Gill não consegue se esquentar. Ele coloca mais e mais pedaços de lenha na lareira, e o fogo vai aumentando e emanando um calor intenso, e ele vai se cobrindo com cada vez mais cobertores e talvez até peles de carneiro, mas não faz diferença nenhuma — ele está congelando. Seus dentes batem e seus dedos das mãos e dos pés começam a ficar adormecidos, e suas velhas coxas miseráveis se esfregam umas nas outras como duas espadas longas e frias, e não há nada que ele possa fazer pra se descongelar e voltar a sentir algum calor nas suas veias. Ele nunca mais consegue se aquecer, e vive sempre com frio, sempre com um frio terrível. Isso me marcou muito porque na época me parecia que uma das piores coisas que poderia acometer uma pessoa seria passar frio na cama e não conseguir se esquentar, mas é claro que Harry Gill mereceu. Esse era o castigo perfeito para um homem tão cruel e perverso, que fez Goody Blade se sentir tão mal sem que ela tivesse feito nada. Tinha outro, "We Are Seven", que era muito triste — não, a criança diz, depois que um dos seus irmãos morre, nós somos sete, nós somos sete. E Andrew Marvell, ler seus poemas instalava lindas imagens crepusculares na minha mente, pirilampos e lanternas de papel e covis saem se contorcendo de uma grama volumosa e azulada e daquelas flores brancas em formato de estrela e parecem piscar, ficando mais e mais iluminadas quando a noite começa a cair. E eu tinha lido Blake, é claro, Blake, e Byron, e Keats, e Thomas de Quincey e William Godwin. E eu tinha lido *Reivindicação dos direitos da mulher*, Mary Wollstonecraft, mas confesso que não até o fim, e tinha lido a peça *Um mês no campo*, de Turguêniev, duas ou três vezes, embora ainda não tivesse lido a bela novela homônima de J. L. Carr. Eu ainda não tinha lido nada do Saul Bellow. Um namorado tinha lido trechos de *Herzog* em voz alta durante um piquenique que fizemos uma certa tarde nos Town Gardens e fiquei irritada porque ele lia de um jeito muito exagerado e na verdade eu só queria ficar deitada de olhos fechados, ouvindo os passarinhos cantando até que ele enfim se tocasse e me beijasse.

Anos depois outro namorado me recomendou *Agarre o dia*, e eu li e gostei muito por causa do tempo e do espaço em que o livro se passava. Era fácil imaginar o homem jovem no restaurante chique com o homem mais velho que talvez fosse seu tio. Quem quer que fosse esse homem mais velho, acho que o mais jovem estava lhe pedindo conselhos sobre negócios, ou talvez até um favor pra ajudá-lo a começar a atuar numa área em que o mais velho tinha muitos contatos dos velhos tempos, ou talvez tivesse a ver com uma mulher, ou talvez o jovem simplesmente precisasse de dinheiro. Eu sei que quando o garçom foi servir as bebidas ele estava usando um colete vermelho-escuro e precisou subir alguns degraus de mármore ladeados por plantas em grandes vasos envernizados e os copos estavam numa bandeja de prata e continham um brandy da melhor qualidade, e devido a detalhes como esses e à forma como esses dois homens conversavam eu recomendei o livro a um namorado alguns anos depois, depois do que havia recomendado pra mim, e ele não gostou nem um pouco. Ele não gostava de nenhum dos livros que eu recomendava, ele só gostava de biografias de homens muito eminentes como Napoleão, Beethoven e George Bernard Shaw. Uma vez eu lhe dei um livro de contos da Maeve Brennan quando ele estava com gripe e ele odiou e passou séculos repetindo que não conseguia entender o que diabos eu via num livro como aquele — ele queria que eu explicasse o que, exatamente, naquele livro específico me encantara tanto, porque ele tinha achado muito chato e não conseguia ver nada de interessante, e eu não dava nenhuma resposta porque a atitude dele me desagradava muito e me deixava bastante constrangida, embora eu não conseguisse dizer exatamente se estava com vergonha dele ou de mim, e jurei nunca mais dar ou emprestar nenhum livro pra ele depois disso e a partir daí sempre que ele me perguntava o que eu estava lendo eu respondia toda melindrosa: "Uma coisa que você vai achar muito chata, mas que por acaso eu adoro". E os dois dávamos risada disso, e era melhor do que ficarmos num clima tenso, e aí ele me contava da vida do grande homem sobre o qual ele estava lendo naquele momento e me parecia que as biografias que ele lia eram sempre muito elogiosas, me surpreendia que essas leituras o prendessem tanto — que ele lesse biografias "num estado de insensibilidade bovina", como Janet Malcolm diz, de maneira memorável, na sua envolvente investigação sobre esse assunto, e depois eu percebi que ele de fato queria acreditar na grandeza e não tinha interesse em ler análises mais críticas ou mais imparciais da vida desse ou daquele homem, e também percebi que, pra todos os efeitos, ele queria me impor essa ideia de grandeza que era tão crucial pra sua visão de mundo, então às vezes eu desconfiava que ele não estava me contando a história completa, que ele estava dando mais destaque a partes da vida desse ou daquele homem — inclusive da própria vida — que na verdade não eram tão grandiosas, de forma que todas as vezes, sem exceção, eu achava que faltava nuance e credibilidade ao que ele me contava, que era tudo tão desinteressante, portanto, e ele provavelmente sentia isso, e isso também foi desgastando um pouco nossa relação, mas é claro que nunca lhe passaria pela cabeça dizer "uma coisa que você vai achar muito chata, mas que por acaso eu adoro" quando eu perguntava o que ele estava lendo. Eu não tinha lido nada do Georges Perec nem do Robert Musil nem do Hermann Hesse nem do Stefan Zweig nem do Paul Bowles. O namorado que recomendou *Agarre o dia* me deu *O céu que nos protege*, ainda tenho o exemplar, ele escreveu dentro dele. Esse livro me deixou maravilhada, me conquistou completamente, e depois, quando eu estava em Tânger, seis ou sete anos depois de termos terminado e ele ter se casado, havia uma livraria na rua principal que tinha uma pequena seleção de livros em língua inglesa, e é claro que havia muitos títulos do Paul Bowles, porque ele tinha morado em Tânger por quase cinquenta anos, e eu sabia disso na época. Eu também sabia que ele tinha crescido em Nova York, mas foi um pouco depois que descobri que ele tinha passado algum tempo estudando composição musical com o Aaron Copland e que tinha sido o Aaron Copland que ele fora visitar na sua primeira passagem por Tânger e foi depois que descobri que tinha sido a Gertrude Stein quem recomendou que eles fossem pra lá. Sobre a decisão de sair de Nova York, ele certa vez disse numa entrevista à *Paris Review*: "Eu tinha uma certa ideia de como minha vida seria nos Estados Unidos, e eu não queria aquela vida". "Como teria sido?", quem o entrevistava perguntou. "Chato", respondeu Paul Bowles.

Eu nunca me esqueci de ter lido isso, e como esqueceria? — que tipo de pessoa, e uma pessoa que tinha as conexões e oportunidades que Paul Bowles certamente devia ter, sente que a vida em Nova York ia ser necessariamente chata? Um dia, minha amiga e eu estávamos andando pelo Petit Socco quando encontramos por acaso uma cantora folk dos Estados Unidos e seu marido. A gente tinha conhecido os dois e umas outras pessoas numa casa noturna que não ficava muito longe do nosso apartamento, alguns dias antes disso. A essa altura estávamos em Tânger havia cerca de três semanas e estávamos planejando ir ao deserto em breve, por Fez. Comentamos sobre nosso plano com a cantora e seu marido, que era músico, e ela disse que eles iam fazer um show em Fez dentro de pouco tempo. Ela nos disse a data do show porque perguntamos quando seria, e ia ser uma semana inteira, ou mais, depois da data em que a gente planejava passar por Fez. Minha amiga e eu nos entreolhamos e dissemos: "A gente já vai estar no deserto". Vou me arrepender pra sempre por não termos visto o show em Fez, porque quando voltei pra Irlanda a procurei na internet e encontrei várias músicas dela, e ela tinha uma voz maravilhosa. Enquanto estávamos conversando no Petit Socco, sem que eu fizesse a mínima ideia de como era a voz cantada daquela mulher, vi que havia uma moça sozinha, parada, olhando pra mim, e logo percebi que ela não estava olhando pra mim — ela estava olhando pros livros que eu estava segurando. Eu sorri pra ela e disse oi e ela chegou um pouco mais perto. "Você gosta de ler?", eu perguntei, e ela fez que sim e disse que gostava, e me contou que estava aprendendo inglês. "É difícil achar livros", ela disse. Ela tinha traços muito claros, e sua voz também era muito clara. Eu disse que tinha livros que já havia lido e perguntei se ela queria ficar com eles, e ela disse que sim. Olhei pro Café Tingis e voltei a olhar pra ela e disse: "Se eu deixar os livros lá pra você, pode passar pra pegar?". Ela disse que sim, com certeza, então eu disse que os deixaria ali pra ela perto do horário do almoço na sexta. Ela me disse o nome dela, não consigo lembrar agora, mas me lembro de na ocasião ter pensado que o nome não combinava muito com ela, e na sexta de manhã juntei os livros que já tinha lido, dois volumes da Tetralogia Napolitana e *Practicalities*, de Marguerite Duras, e os amarrei com um barbante que achei numa gaveta da cozinha do apartamento de estilo colonial espanhol em que minha amiga e eu estávamos hospedadas. Escrevi um bilhete e o coloquei dentro do livro do topo da pilha, e no bilhete eu dizia que ia deixar mais alguns livros pra ela no mesmo horário na próxima sexta. No dia seguinte, minha amiga e eu estaríamos a caminho do deserto, por Fez. Eu não tinha mais nenhum livro pra dar a ela, mas me ocorreu que eu poderia ir até a livraria e comprar alguma coisa pra ela, e foi isso que eu fiz. Não lembro quais livros escolhi. Não havia tantas opções assim. Talvez tivesse algum do Hemingway, não sei. Quando entrei com os livros na sexta seguinte, o mesmo homem estava atrás do balcão do Café Tingis, então perguntei a ele se tinham ido buscar os livros que eu tinha deixado na semana anterior. "Mas é claro", ele disse, "ela chegou logo depois que você saiu." Não sei o que ela fez com aqueles livros. Não sei onde ela os leu. Eu me perguntei se ela os leu em segredo. A imagem que me vinha à cabeça era sempre dela sentada sozinha com os livros à noite num quarto com um teto muito alto e paredes pintadas de rosa e um monte de almofadas amontoadas no chão. Ela aparece sentada de pernas cruzadas numa almofada grande e redonda, às vezes é uma almofada vermelha com babados, outras é uma do couro mais macio que há, bordada com formas de diamante douradas e brancas. Um tecido salmão com uma costura dourada de fora a fora tremula dos dois lados das janelas compridas e abertas. Há uma mesinha quadrada com velas, uma luminária e uma xícara de chá. Não o chá de hortelã açucarado que todo mundo toma aqui, outra coisa, chá inglês, quem sabe. Ela estava aprendendo inglês, mas o inglês não é só uma língua, né? Acho bom que alguns dos livros que dei a ela tenham sido de escritoras da Itália e da França. Eu me pergunto o que eles despertaram e moveram dentro dela. O que a fizeram desejar e resolver procurar? Eu me pergunto, especialmente, que impacto Lenu e Lila tiveram no seu coração e no que ela pensava do futuro. Que semente elas plantaram? Aonde ela foi? E, quando ela chegou lá, era como ela havia imaginado que seria? Já não tenho mais meu exemplar de *Que venha a tempestade*. Mas esse não foi um dos livros que deixei pra moça de Tânger — com esse eu quis ficar, porque tinha grifado frases com caneta roxa.

Ele voltou comigo pra Irlanda e foi colocado numa pilha junto dos outros Penguin Modern Classics que ficavam apoiados na parede azul do meu apartamento e depois, um dia quando eu estava voltando do mercado e estava quase chegando no meu prédio, olhei pra frente e vi um monte de flores-do-campo caírem de uma bicicleta que percebi estar sendo guiada por uma pessoa que eu conheço. As flores caíram no meio da rua e um carro passou por cima delas na hora. Ficaram esturricadas. O cara que eu conheço e que era dono das lindas flores que aqueles pneus imundos tinham destruído continuou pedalando até que alguém gritou seu nome. A pessoa tinha recolhido as flores e as estava apontando na direção dele. As flores estavam todas murchas. Pareciam ervas daninhas. Ele olhou pras flores com uma cara triste e as jogou na traseira da bicicleta. Depois ele parou a bicicleta na frente do bar e entrou, parecendo estar arrasado. Ele não tinha me visto. Eu subi até meu apartamento e procurei *Que venha a tempestade*. Eu tinha falado sobre esse livro pra ele só uma semana ou pouco mais antes, quando eu era a última pessoa que tinha sobrado no bar, e ele tinha dito que queria lê-lo em algum momento. Então, depois de encontrar rapidinho meu exemplar e jogar uma água no rosto eu desci com ele na mão e fui até o bar, pensando que de repente o livro podia animá-lo. Sentei na ponta do balcão e na mesma hora ele começou a me contar o que tinha acontecido com as flores na volta do mercado. "Eu vi", eu disse. "Você viu?", ele perguntou. "Vi", eu respondi. "Eu também estava voltando do mercado, e vi quando as flores caíram da sua bicicleta." "Você viu o carro passando por cima?", ele perguntou. "Vi, sim", eu respondi. "Eu sinto muito." Não sei direito se eu estava dizendo que sentia muito porque um carro tinha atropelado as flores ou por ter visto um carro atropelando as flores, porque ele inclusive parecia um pouco chateado com o fato de eu ter testemunhado aquela cena e, como eu já tinha visto tudo, de certa forma estar roubando sua chance de me contar o que tinha acontecido, e dava pra ver que estava morrendo de vontade de contar pra alguém que um carro tinha atropelado as flores. Eu lhe entreguei o livro e disse que podia ficar um tempo emprestado, mas que em algum momento eu ia querer o livro de volta porque tinha grifado muitas frases. "Fora que comprei esse em Tânger", eu disse, "então ele me traz lembranças bem legais." Ele falou que ia devolver e me agradeceu, mas não posso dizer que foi uma reação entusiasmada. Ele ainda estava reclamando das flores atropeladas e toda vez que alguém entrava no bar ele contava a história exatamente do mesmo jeito com exatamente o mesmo tom indignado. Por incrível que pareça, ele foi ficando cada vez mais revoltado com o incidente à medida que a noite avançava. Com a repetição, aquela narrativa foi ganhando um teor metafórico — não era, afinal, uma imagem perfeita de como o suv horroroso do homem grande sempre vai dar um jeito de passar por cima de qualquer coisa que o homem pequeno tente usar pra conferir um toque de beleza natural à sua rotina? Pode ser, mas eu já tinha deixado de sentir pena dele, eu já estava arrependida de ter emprestado meu livro. O livro estava jogado no balcão, como um objeto irrelevante — ele nem tinha chegado a folheá-lo. O livro poderia inclusive não estar ali. Eu percebi isso, vi que quando eu o olhava — ele poderia não estar ali. De fato, meu livro não tinha mudado nada, o que tinha acontecido era só que naquele momento ele estava longe de mim e à medida que a noite foi passando isso foi me deixando cada vez mais chateada e com uma sensação de que todas as outras coisas também estavam longe de mim. Tive vontade de esticar o braço e puxar o livro na minha direção quando ele estivesse olhando pro outro lado, todo empolgado falando das flores tão indefesas e do motorista tão perverso pra mais alguém. Deixei de gostar dele pouco depois disso. E ele não me devolveu o livro e sei que nunca vai devolver, e sei que não leu o livro, e provavelmente nunca vai ler. Me incomoda que minhas frases grifadas em roxo estejam em algum lugar da casa dele no fim da rua, dentro de um livro com o qual ele não se importa. Às vezes, penso em pedi-lo de volta. Mas não consigo: "Será que você pode devolver meu livro?". Não, parece que sou incapaz de falar isso. Posso comprar outro, é claro, e um dia vou fazer isso, imagino. E enquanto o leio de novo vou grifar algumas frases de novo, mas não serão as mesmas frases — é muito provável que as frases que vou grifar no futuro não sejam as mesmas que grifei no passado, quando estava em Tânger — afinal você nunca entra no mesmo livro duas vezes.

Li Henry Miller pela primeira vez na França, numa noite em que minha amiga tinha saído com o namorado, e odiei, achei aquela linguagem exageradamente vulgar insuportável, e isso me deixou decepcionada comigo mesma e me perguntei se eu não tinha escolhido justo o pior livro dele, pensando que se tentasse ler outro eu provavelmente ia gostar bem mais e entender logo de cara por que as pessoas o consideravam um escritor tão genial. Até agora não tentei ler outro porque na minha opinião

Anaïs Nin é uma escritora muito melhor que ele, não que essa comparação seja necessária, claro, só me tira do sério pensar que, por ter expressado uma recusa muito similar às convenções sexuais e artísticas da época, ela seja tão menosprezada e ele, tão reconhecido. Quando ela morreu, em 1977, o obituário do *New York Times* disse que ela havia deixado seu marido, Hugh Guiler. Enquanto isso, o *Los Angeles Times* afirmou que ela havia deixado seu marido, Rupert Pole. Ambas as versões estão corretas: Nin era bígama, mas quem ligava pra isso? As pessoas simplesmente não gostavam dela. Comprei vários livros dela, quatro romances e *Sob um sino de vidro* — uma coletânea de contos —, numa livraria de Paris numa primavera alguns anos atrás porque mais ou menos nessa época eu tinha me deparado com uma citação dela que de fato fez com que eu me sentisse melhor. "Nós não crescemos nada, cronologicamente. Às vezes crescemos em um aspecto, e não em outro; de forma desigual. Crescemos parcialmente. Somos relativos. Somos maduros em uma esfera, infantis em outra. O passado, o presente e o futuro se misturam e nos puxam pra trás, pra frente ou nos fixam no presente. Somos feitos de camadas, células, constelações." Comecei a ler o primeiro conto da coletânea em pé num corredor estreito da livraria de Paris e o conto se passa numa casa flutuante atracada no Sena. O rei da Inglaterra está prestes a visitar Paris, então é claro que as autoridades querem tirar a ralé dos quays, e em consequência disso os moradores das casas flutuantes recebem avisos dizendo que eles precisam sair, tout de suite. A própria livraria na qual eu estava lendo o conto em pé ficava num dos quays junto ao Sena e depois que paguei pelos livros e os coloquei na bolsa fiz uma caminhada ao longo do grande rio, pensando como devia ter sido estranho e maravilhoso ter uma casa flutuante no Sena na Paris dos anos 1930. Nin descreve as pessoas que viviam e se reuniam nos arredores dos quays com franqueza e sensibilidade, acho que "com carinho" é o que quero dizer — a forma como ela escreve sobre os vagabundos que molham seus pentes no rio me parece especialmente terna, e é claro que aquele tom de fantasia e sensualidade pelo qual ela é conhecida atravessa todo o conto, por exemplo, na passagem em que ela descreve seu próprio corpo como "uma echarpe de seda deixada ao lado da borda azul dos nervos". A borda azul dos nervos. Depois, naquele mesmo ano, eu fui pra Nova York e, numa festa, diversas pessoas me perguntaram o que eu tinha lido nos últimos tempos e quando respondi Anaïs Nin muitas delas ficaram visivelmente desconcertadas — Nin não estava na moda e não tinha estado por muito tempo —, não souberam como reagir, então contaram, com uma mistura de desdém e arrependimento, que tinham lido alguma coisa dela havia muitos anos, quando estavam na faculdade — como se essa fosse a única fase da vida em que fazia sentido ler Anaïs Nin. Eu disse que valia muito a pena reler sua obra. Disse que o que mais tinha me impressionado era que ela escrevia sobre relações sexuais como uma forma de se desenraizar, de não se prender, de transgredir as linhas conhecidas da sua personalidade. Na verdade, ao contrário do que se pensa — embora eu não tenha dito isso —, era melhor ler Nin depois de uma certa idade, quando uma pessoa já está estruturada e acha que sabe muito bem quem ela é, e talvez esse seja justamente o momento de se soltar, de perder um pouco a cabeça. Nin não fugia dos fantasmas e fantasias que nos assombram e estimulam — pelo contrário, ela os seduzia e os investigava. O sexo, na visão dela, era uma aventura não só erótica como existencial. Uma coisa que me pegou de surpresa quando li *Henry and June* foi descobrir que Nin tinha ido a Innsbruck: "Tenho dinheiro austríaco na bolsa e uma passagem pra Innsbruck". Eu não conseguia imaginá-la em Innsbruck de jeito nenhum. Também sei — e soube naquele momento, quando li isso — que Clarice Lispector passou um tempo em Innsbruck, mas isso é compreensível porque seu marido era diplomata e eles iam a muitos lugares juntos. Não que ela gostasse muito de ficar mudando de lugar toda hora, ela inclusive disse que viajar num cargo oficial era horrível — "é cumprir pena em vários lugares", ela escreveu numa carta pra poeta portuguesa Natércia Freire em 1945. "As impressões, depois de um ano num lugar terminam matando as primeiras impressões. No fim a pessoa fica 'culta'. Mas não é o meu gênero. A ignorância nunca me fez mal."* Não é que Lispector quisesse ser ignorante — é muito provável que ela reprovasse o hábito que os membros da comunidade diplomática tinham de teorizar sobre a "situação" de outro país em tom condescendente. Ela certamente sentia que não se encaixava nas conversas esnobes e ficava cansada daquela roleta incansável de opiniões preconceituosas: "Nunca ouvi tanta bobagem séria e irremediável como nesse mês de viagem", ela escreveu enquanto estava hospedada na embaixada brasileira em Argel, em 1944. E numa carta escrita em 1947 ela escreveu: "Tive um verdadeiro cansaço em Paris de gente inteligente. Não se pode ir a um teatro sem precisar dizer se gostou ou não, e porque sim e porque não. [...] termina-se mesmo não querendo pensar, além de não querendo dizer". Não sei o que ela achou de Innsbruck, mas não deve ter gostado muito. "Eu vejo muito pouco", ela disse numa das muitas cartas que escreveu às irmãs, adicionando que todos os lugares pelos quais passava pareciam "quase idênticos". Lispector ficava com saudade do Brasil quando estava fora. Apesar da sua aparência sofisticada, ela não se adaptava nem um pouco a essa vida de viagens de um país a outro. A coisa mais importante do mundo, no que lhe dizia respeito, era estar perto das pessoas que

* Esta e as demais citações de Clarice Lispector foram retiradas do livro *Todas as cartas*, Rio de Janeiro: Rocco, 2020. (N. E.)

amava. Quando Nin estava em Innsbruck, ela ficou no Hotel Achenseehof. Quando eu visitei Innsbruck, fiquei num apartamento que pertencia a uma tradutora que estava passando três semanas no Porto e precisava de alguém pra cuidar das suas plantas. Eu tinha planejado fazer muitas caminhadas nos Alpes, mas acabei descobrindo que não poderia subir as montanhas tantas vezes quanto havia imaginado por conta de uma onda de calor que foi ficando cada vez pior — o que eu precisava era encontrar água pra me refrescar. Então um dia peguei um trem e um ônibus e fui até o lago Achensee, que fica bem ao lado de onde o Hotel Achenseehof um dia ficou. Eu lembro que não entrei na água quando enfim cheguei lá, ainda que estivesse morrendo de vontade, só porque ninguém mais estava na água — de repente era proibido? Fiquei em pé, encharcada de suor, na beira daquela água azul tão bonita e senti aquela confusão opressiva e paralisante que muitas vezes me invade quando estou em outro país e que me faz perder a noção do senso comum e me comportar de um jeito bizarro e estúpido. Depois vi dois homens entrarem e consegui a resposta que queria — eles gritaram e ficaram sem ar e deram pulinhos, e não houve dúvida de que a água estava muito fria. Mas isso não me dissuadiu. Eu vivo ao lado do Atlântico e estou acostumada a nadar em temperaturas baixíssimas. Aqueles homens só deviam nadar no mar Adriático. Entrei no lago na mesma hora em que os homens estavam saindo, depois de terem entrado só até a altura das coxas, e a água estava fresca, mas não especialmente fria — me atirei no lago tão alegre por finalmente poder me refrescar que quando voltei à superfície vi que os dois homens estavam parados com as mãos na cintura e a água batendo nas panturrilhas olhando pra mim, e com uma cara de quem estava quase se convencendo a voltar pra água, mas não voltaram, eles voltaram pras suas toalhas e me lançaram olhares meio constrangidos quando, um tempo depois, eu saí da água e andei renascida e pingando até minha toalha. Peguei o último ônibus que saía do Achensee, que me levaria, ou eu inconsequentemente pensava, até a estação de trem, e de lá seria uma viagem curta até Innsbruck. A questão é que o ônibus parou de circular num pequeno vilarejo várias paradas antes da estação, e meu desespero foi tanto que o motorista percebeu. Ele me disse que morava em Jenbach, que era onde ficava a estação de trem, e que me daria uma carona depois de levar o ônibus de volta pro estacionamento. Então fiquei no ônibus, que outra opção eu tinha?, e contornamos um terreno cheio de vegetação alta e ele parou o ônibus ao lado de uma cerca de arame farpado e pegou a caixa de dinheiro e foi com ela na direção de um pequeno edifício feito de elementos vazados. "Logo eu volto, aí a gente vai", ele disse, olhando por cima do ombro. Eu me sentei no terreno e tentei ler, mas não consegui me concentrar porque, claro, estava me perguntando se o motorista era uma pessoa confiável. Não sei que livro era, podia ser qualquer coisa. Algum livro da tradutora, talvez, ela tinha muitos, inclusive algum do Elias Canetti, que li na Domplatz vários dias depois, já tendo voltado sã e salva a Innsbruck. "Tenho mais uma hora", escrevi no meu caderno sentada na Domplatz com Elias Canetti e um café, "e depois tenho que voltar pro apartamento, lavar a louça, dobrar a roupa lavada, dar uma última olhada em tudo e ir pra Hauptbahnhof pra pegar o ônibus pra Munique, uma viagem que dura duas horas e meia. Estou muito chateada por precisar ir embora, principalmente porque o tempo continua tão lindo. Então estou de novo na Domplatz, prestes a anotar algumas frases que grifei em *A consciência das palavras*, de Elias Canetti. Não sei se vai dar tempo de transcrever todas as partes que grifei e, à medida que as releio, percebo que talvez não tenha vontade". Na verdade, consegui transcrever várias citações do livro de Canetti antes de voltar ao apartamento da tradutora e dar uma última olhada relutante nas coisas e olhar pela milésima vez se tinha fechado as janelas e desligado o gás. Num desses trechos se lê: "O outro falante não é compreendido apenas pela maneira como pensa ou fala. Broch está muito mais interessado em descobrir de que maneiras, exatamente, o homem faz o ar vibrar". Embaixo disso, eu escrevi: "Diálogo com o Parceiro Creul" (eu quase sempre troco as letras da palavra "cruel"), e embaixo disso, "você vai precisar desse", talvez me referindo ao livro do Canetti — talvez ao do Broch — vai saber? — algo, fosse o que fosse, de que eu não precisava naquele exato momento, mas de que "vou" precisar, num momento incerto mas garantido do futuro. Antes de sair do apartamento da tradutora eu lhe escrevi um bilhete e, entre outras coisas, pedi desculpas por ter queimado um jogo americano de cortiça e por ter grifado trechos do seu exemplar do livro do Canetti (com um lápis) — "esqueci completamente que não era meu", escrevi, e isso era uma mentira descarada. Dizem que Jane Baltzell Kopp pegou emprestados cinco livros da Sylvia Plath quando as duas eram estudantes em Cambridge e grifou todos eles a lápis, e que Sylvia ficou possessa — "Jane, como você *foi capaz* de fazer isso?", ela disse, e depois, numa carta pra sua mãe, escreveu sobre o acontecido: "Fiquei furiosa, foi como se meus filhos tivessem sido estuprados por um extraterrestre, ou levado uma surra de um extraterrestre". Talvez grifar cinco livros seja passar dos limites. Mas talvez Kopp não tenha feito uma grosseria tão grande assim — foi vendo os trechos grifados de Plath, segundo ela, que ela "tomou coragem" de fazer seus próprios.

Eu tinha lido peças de Eurípides, Racine e Molière, Tchékhov, Pirandello, Ibsen, Strindberg e Shakespeare — é claro. Na faculdade estudamos *A tempestade* e *Rei Lear*, que achei bastante perturbador, e também lemos *Racing Demon*, de David Hare. Esse título nunca me saiu da cabeça. Demônio que corre, demônio que corre, e todos são homens, é claro. Todos homens com mãos trêmulas, agora só consigo pensar nisso, mãos desnecessárias e cabelos arrepiados — e cardigãs xadrez, verde, azul-marinho, marrom, cinza. Era assim que eu os imaginava na época, acho — cardigãs xadrez são muito daquela época, inclusive. Acho que eu não era madura o suficiente pra entender o livro, pra captar o significado pretendido. Acabei me atendo aos detalhes masculinos peculiares e devo ter ignorado todos os temas pertinentes sobre os quais as provas da faculdade sem dúvida me pediriam pra discorrer dali a alguns meses. A gente se depara com todo tipo de homem na literatura, é muito interessante — ainda mais nessa idade, quando você provavelmente está entrando em contato frequente com apenas um ou dois tipos de homens na sua vida, tipos que já te parecem um tédio total, é claro. Acho que nunca fomos a uma adaptação teatral de *Racing Demon*, e a gente ia ao teatro — a gente ia ao teatro em Bristol com certa frequência, custava cinco libras. O dono do imóvel do pub que ficava atrás da faculdade também ia. Não sei como ele conseguia, já que não era aluno nem professor. Provavelmente a proximidade do pub com a universidade e sua popularidade tanto entre alunos quanto professores fazia todo mundo sentir, inclusive ele próprio, sem dúvida, que o estabelecimento fazia parte da universidade, o que também tornava o homem parte da universidade. Ele falava muito de si mesmo e gritava umas coisas, no trajeto de ônibus até o teatro e durante a peça. As pessoas diziam que ele era "a maior figura" e pareciam ficar bastante animadas quando ele dava as caras. Pra mim ele era um bebum que não calava a boca e tinha lido meia dúzia de poemas desconhecidos e eu não ia nem um pouco com a cara dele e fiquei feliz quando ele enfim deu o fora e começou a frequentar um verdadeiro bar universitário em Oxford. Lá eles vão acabar com você, eu pensei. Depois disso, *Equus*, que me incomodou muito. Cada um lia uma parte. Wilcox disse "Sua leitura é excepcional", e eu fiquei furiosa. O que você quer dizer?, eu pensei. Quando alguém assim me dizia qualquer coisa eu quase sempre cismava que havia alguma conotação lá no fundo que eu não estava conseguindo captar, uma insinuação que eu não tinha decifrado por completo. Essa sensação terrível de que há alguma coisa que não estou entendendo nunca desapareceu por completo. Quando eu estava estudando em Londres, poucos anos depois de *Equus*, um homem de boné de beisebol e botas Red Wing me disse que minha reação a perguntas, mesmo as corriqueiras com cujas respostas ninguém se importava de fato, era defensiva demais. "Isso te faz parecer juvenil", ele disse. "Ninguém está te atacando, você não precisa levar tudo tão a sério." Bom, naturalmente isso me chateou bastante, fiquei horrorizada, me senti humilhada — senti que meu nariz inchou de repente e lembro que minhas bochechas começaram a queimar de vergonha, e provavelmente de indignação também. Eu estava prestes a abrir a boca pra responder "Falar é fácil" quando percebi que não podia fazer isso, é claro. Só me restava fechar a boca e aceitar cada uma daquelas palavras cruéis. Ele tinha razão, na verdade. Eu era reativa demais, no geral. Igualzinho a uma criança. Depois disso até consegui me tornar menos sensível, na maior parte do tempo, mas depois ela voltou, essa minha tendência tão pouco sofisticada. Ela voltou muitos anos depois, e mais uma vez fiz papel de boba. A vergonha e a confusão que senti depois de ter perdido o controle de novo quase no fim do jantar, e mais uma vez fui aconselhada a levar na esportiva, dessa vez pelo homem que gostava de ler biografias elogiosas e não tinha a boa vontade de se comover com as reflexões engraçadas e meio melancólicas de uma irlandesa muito inteligente que sem dúvida estava perdida em Manhattan — ou não, não essa, a outra — a "fingir que eu não tinha entendido". A fingir que eu não tinha entendido, no futuro, o que quer que fosse que ele havia dito. E depois?, eu pensei, mas não falei, de tão coagida que me senti, mais uma vez, a ficar de boca fechada. Depois eu disse, quando o assunto ressurgiu em outra noite. "E depois?", perguntei. "Aí eu estaria praticamente te ignorando. É isso que você quer, de verdade? Que eu deixe de te levar a sério? E depois?" Ele vivia me falando que eu era muito séria. Mas eu não era. Eu muitas vezes tinha dúvidas a respeito de quem ele era e do que ele tinha feito nas décadas anteriores à nossa relação, e de tempos em tempos essa incerteza de fato me deixava pensativa e desconfiada. Quanto, exatamente, alguém precisa saber, eu me pergunto, ou com que intensidade precisa não se importar, pra conseguir erguer a saia e se sentir realmente leve? Um dia ele me perguntou por que eu não tinha me casado com algum bom partido quando era mais nova. "Acho muito estranho", ele disse. "Não é tão estranho assim", eu disse. "As coisas mudaram muito desde que você era jovem, agora as mulheres ganham o dinheiro delas." "Você não ganha dinheiro", ele disse. Nisso ele tinha razão. Devo admitir que já me culpei por não ter arranjado um homem que tivesse muito dinheiro quando eu era mais jovem e podia fazer isso, mas quando conhecia um homem que fosse assim eu muitas vezes me incomodava com o jeito que ele falava comigo. "Imagino que você não frequentava esses círculos", ele disse. "Como assim?", eu perguntei, "eu conheci muitos homens ricos, pra sua informação, e achava eles um porre." "Você está falando da época em que foi garçonete no Royal Enclosure?", ele perguntou. "Talvez", eu disse. "Entre outras coisas. Não sei por que você fica me fazendo perguntas cujas respostas você já sabe mais ou menos quais são." "Calma, calma", ele disse. E eu ri, eu sempre ria quando ele dizia isso. "Calma, calma", me olhando por cima dos óculos. "Que bom te ver rindo, amor. Só estou falando que você é muito independente, só isso." (Ele raramente ficava chateado ou irritado com o desfecho de qualquer conversa, por maior que fosse o contraste com o objetivo que ele tinha, não importava o que você fizesse ou dissesse, não importava nem um pouco, né, por mais que você tentasse era impossível surpreendê-lo ou desafiá--lo, tudo continuava do mesmíssimo jeito. Você sentia que estava enlouquecendo. Não ajudava em nada que você fosse incapaz de descrever essas coisas, pra ninguém, nem pra nenhum dos seus amigos, você não conseguia dizer a nenhum deles quem ele era ou como ele era, você não conseguia dizer a si mesma, você nunca sabia que palavras usar, às vezes, raramente, você até conseguia, mas a alegria durava pouco, rapidamente essas palavras começavam a parecer vulgares e maldosas, elas te faziam se sentir tão ingênua e envergonhada que você corria ao encontro dele, pegava a mão dele e deixava que ela fizesse qualquer coisa por dentro do seu vestido. De vez em quando você dava de cara com uma descrição muito eloquente da personalidade dele nas palavras de outra pessoa, geralmente nas palavras de um homem. Um dia você o encontrou na página 38, dessa vez de um livro curto de Alfred Hayes, dessa vez o nome dele era Howard. Howard: é Nova York, afinal de contas, em 1950, mais ou menos, e lá está ele, presidente de uma grande empresa, indústria têxtil ou química, uma coisa assim. Howard, no Café Paris, claro. É claro que esse é o lugar em que ele está, mastigando com movimentos rítmicos um corte nobre de carne, e o que acontece quando você se depara com ele nas palavras de outra pessoa?, o que você faz?, você anota as frases tão fluidas com muita gratidão, é claro, você as anota no caderno que leva pra todos os lugares, com tanto alívio e gratidão que sua mão chega a tremer: "Ele não é o tipo de homem que se comporta como se ganhar ou perder sequer fossem possibilidades, o que ele pensa é que o mundo e todas as pessoas que estão nele são de um jeito, do jeito que ele diz que são...", e depois de anotar as frases você se recosta na cadeira, né?, você respira fundo e lê em voz alta, ele não é o tipo de homem que se comporta como se ganhar ou perder sequer fossem possibilidades, o que ele pensa é que o mundo e todas as pessoas que estão nele são de um jeito, do jeito que ele diz que são, e é como se você enfim estivesse falando o que pensa — agora, finalmente, você está dizendo uma coisa que você passou muito tempo tentando e não conseguindo, de um jeito tão natural que sua voz desaparece, e é claro que você começa a chorar, de tanto alívio, onde você está dessa vez?, você está em Innsbruck, no apartamento da tradutora, e você chora com os cotovelos apoiados na mesa redonda da tradutora perto da estante coitadinha e seu coração volta a ficar cheio e morno feito um bebê porque você sabe, e sabe muito bem, que, quando Howard faz seu pedido no restaurante, ele também enche a boca pra falar "mignon".)

Eu tinha lido *Frankenstein*, e *Anna Kariênina*, e *Madame Bovary*, e *The Wife of Bath*, e *A mulher de branco*, e *Filhos e amantes*, e *Drácula*, de Bram Stoker — passei anos lendo esse no começo de todos os invernos — e tinha lido *Uma janela para o amor*, de E. M. Forster, e depois de lê-lo pela segunda vez enfiei na cabeça que queria viajar pra Itália numa busca completamente infrutífera pelo Amor. Fui até a agência de viagens ao lado da Devon Savouries e, depois de olhar alguns panfletos no café da loja BHS que ficava em frente com algumas amigas, comprei um pacote em oferta pras três e paguei minha parte parcelada com o dinheiro que eu ganhava no supermercado. Tínhamos dezessete anos, a mesma idade que Lucy Honeychurch tinha quando foi pra Itália com sua tia, Charlotte Bartlett. Fizemos a viagem inteira de ônibus, demorou um dia e meio e atravessamos Luxemburgo e no fim da noite contornamos o lago Como. Eu via as luzinhas no alto das montanhas pela janela do ônibus. Sempre adorei ver as luzinhas no alto das montanhas pela janela de um carro ou ônibus, ainda mais quando tem água lá embaixo. É uma cena tão mágica — é um mundo à parte. Como deve ser bom ter uma casa lá no alto das montanhas com todas aquelas árvores cheias de animais de pelo castanho e pássaros de plumas cheias de manchas e luzes sugestivas piscando à sua volta e a água profunda e tranquila lá embaixo. Minhas duas amigas não tinham lido *Uma janela para o amor*, elas estavam estudando outras coisas, e não sabiam nada sobre a Itália que o livro retratava e que eu sem dúvida esperava encontrar. Certa manhã muito cedo sob minha liderança nós três saímos pra passar o dia em Florença e quando chegamos saímos correndo do ônibus, fugindo de todos os passageiros ingleses e assim que sentimos que fugir tinha sido a melhor decisão paramos numa praça pra resolver o que fazer e um homem que obviamente não era italiano veio andando devagar e nos abordou quase imediatamente. Foi muito desagradável. Logo descobrimos que ele era de Wootton Bassett, uma cidade que ficava a poucos quilômetros da cidade em que todas nós morávamos e estudávamos. Ele ficou se gabando de ter causado uma briga entre dois *traders* — logo ele ia comprar uma jaqueta de couro a preço de banana, ele disse —, ele estava se achando e era óbvio que pensava que também íamos ficar impressionadas com sua perspicácia. Eu fiquei foi muito irritada e quis me afastar dele. Não entendi por que minhas duas amigas continuaram falando com ele, ele não era nem um pouco interessante e fazia piadas muito sem graça, e pra completar morava a poucos quilômetros da nossa cidade — eu não queria ser obrigada a me lembrar nem do meu local de origem nem das falcatruas com que as pessoas desse mesmo lugar geralmente se envolviam, onde quer que estivessem, durante aquela viagem. A presença dele em Florença estava estragando tudo. Eu olhei na direção da Santa Croce e fixei meu olhar e meu espírito numa estátua que havia lá, na tentativa de tirá-lo do meu pensamento e aumentar minha conexão com a Beleza, o Amor e a Coragem para os quais o romance de E. M. Forster havia me preparado. Eu queria estar onde ela um dia estivera, com os cotovelos apoiados no parapeito. Eu queria andar por onde ela tinha andado, por entre as igrejas, a Basílica, as estátuas. Ver essas coisas e ser arrebatada. Eu não esperava ver um assassinato próximo ao chafariz, como tinha acontecido com ela. Eu não esperava ver sangue, sangue de verdade. Eu ia ver Jesus Cristo, sim; Cristo ferido e sofrendo e sangrando na cruz, e meu coração ia parar de bombear sangue, como um dia acontecera com Dante, e sentiria vertigem como Lucy Honeychurch tinha sentido. Só que eu não ia chegar a desmaiar. Eu tinha mais espaço dentro de mim do que ela. Literalmente. Ela usava espartilho, afinal de contas. Deve ser muito fácil ser arrebatada e desmaiar quando você está toda amarrada num espartilho. Depois de sentir vertigem, sans espartilho, na Santa Croce, vou seguir o caminho claudicante que é só meu até o rio Arno e lá vou apoiar os cotovelos no parapeito e enfim lançar um olhar cheio de significado na direção da água verde e agitada. E depois? E depois? Vou jogar cartões-postais no rio Arno? Parecia que a ideia era essa — parecia que tudo estava caminhando pra isso — pelo menos foi o que me pareceu quando relembrei esse momento alguns anos atrás e escrevi sobre ele, pela enésima vez. Escrevi sobre como certa manhã bem cedo fomos passar o dia em Florença pra que eu pudesse visitar a Santa Croce e ver as igrejas, a Basílica, as estátuas, o chafariz, o chafariz onde Lucy Honeychurch tinha visto um homem ser atacado, esfaqueado, fatalmente ferido, tinha visto com seus próprios olhos o homem cambalear com os braços bem abertos, seus olhos escuros se revirar na direção do céu e o sangue vermelho como carmim esguichar da sua boca. Eu queria ver o sangue de Jesus na Santa Croce e ser arrebatada, eu queria passar correndo pelo arco clandestino na direção do Arno, ver o rio largo e frio de cima, com as mãos, sim, trêmulas e brancas sobre o parapeito e atirar alguma coisa, sim, cartões-postais, sim, exatamente como ela tinha feito, e vê-los voando, oscilando, sim, antes de aterrissar e ser levados, sim, pelo rio Arno. Eu sempre me lembrei assim, por anos e anos. Essa foi a imagem que tive por anos e anos — eu de alguma forma misturada com ela, e ela era a Helena Bonham Carter, é claro, vestida de branco, olhos escuros e confiantes, cabelos esvoaçantes sob um chapéu com babados, arremessando cartões-postais com uma convicção enigmática, como se esse fosse um rito de passagem, no Arno. George Emerson está ao lado dela, é claro, essa é a chance dele. Na morte todos somos iguais, como dizem, e sem dúvida essa súbita laceração melodramática latina perfurou a fachada opressora da vida da classe média eduardiana de Lucy. O que eles são? O que eles são, de fato? Eles são uma jovem e um jovem na Itália, pelo amor de deus, e a morte não deixa isso ainda mais evidente? Emerson continua sua ladainha entusiasmada porque sente que a superfície petulante de Lucy não corresponde nem um pouco à sua verdadeira natureza. Lucy Honeychurch tinha potencial — essa é uma insinuação que aparece diversas vezes desde o início. O sr. Beebe, no capítulo que antecede (é claro) o do Arno, relembra uma ocasião em Tunbridge Wells em que, tocando o piano pras mulheres e homens da paróquia, Lucy decidiu tocar "Opus III", de Beethoven, uma escolha perversa, de acordo com um dos presentes, ao que o sr. Beebe rebate: "Se algum dia a srta. Honeychurch resolver viver com a mesma intensidade com que toca o piano, será muito interessante; tanto pra nós quanto pra ela" — pois é, de fato Lucy Honeychurch tem potencial. Bem, todos temos potencial, não é? Todos sentimos o potencial vibrando dentro de nós, especialmente por volta dessa idade, dezessete anos, e é muito desagradável. O que você vai fazer? Todo mundo quer saber o tempo todo o que você vai fazer e nada deixa as pessoas mais contrariadas do que dizer que você não quer fazer nada, nada mesmo. Faça alguma coisa! Faça alguma coisa! Nesse instante exato Lucy não faz nada — e como poderia? — nada disso tem qualquer relação com qualquer coisa para a qual ela tivesse sido preparada. Ao mesmo tempo, no entanto, esses são momentos cruciais pro George, é exatamente o que ele vinha esperando, de forma que a situação é terrível pra ambos — George fica muito emocionado, mas não consegue inspirá-la, nem pode deixá-la, ele não pode fazer nada —, eles estão numa espécie de impasse, um impasse clássico do qual habitualmente as pessoas se despedem com um beijo apaixonado, instigado pelo homem, é claro. Mas é muito cedo pra isso, é cedo demais pra que ele tente qualquer aproximação, cabe a ela fazer alguma coisa, o que ela faz?, ela joga o que tem nas mãos no rio, é claro, e deixa por isso mesmo. Deixa por isso mesmo — por ora. Lá no rio Arno, na Santa Croce, em Florença, na Itália, no começo do século xx. Menos de cem anos depois eu mesma irei até lá, até o rio Arno, porque quero estar onde ela esteve, sim. Naquela época me parecia que o rio Arno, na Santa Croce, era o único lugar do mundo onde eu poderia estar e permitir que meu potencial ficasse ali vibrando, vibrando feito louco dentro de mim sem que eu achasse desagradável ou ficasse com medo.

Essa imagem durou tantos anos que parecia até ter vida própria — ela tinha tanta autonomia que eu nunca duvidava de sua precisão. Era o começo. Alguma coisa em mim começou ou foi compreendida, talvez, quando Lucy Honeychurch jogou cartões-postais no rio Arno, e mais ou menos vinte anos depois de ler *Uma janela para o amor* pela primeira vez eu voltei ao livro, porque eu sentia a necessidade, como qualquer pessoa sente quando acha que se perdeu, de voltar exatamente ao começo de mim mesma. A história se desenrolava muito mais rápido do que eu me lembrava — e havia muito menos reviravoltas do que eu me lembrava. Uma coisa acontecia logo depois da outra — era tudo muito externo, brusco, até — e era muito engraçado. Não era um livro no qual você pudesse se perder, mas mesmo assim eu tinha me perdido completamente nele num dado momento — e tinha sido tão linda, essa coisa que parecia um êxtase incontornável. Ao longo da leitura percebi que minha memória tinha isolado e preservado diversas imagens de forma que elas haviam sido despojadas de qualquer significado mais complexo que pudessem conter — e que continham, é claro — pra tristeza de Forster, *Uma janela para o amor* é um objeto muito bem-feito — bem-feito demais, na opinião dele — e assim sendo essas imagens que eu havia isolado na verdade prenunciavam estrategicamente trechos posteriores, e mesmo assim na minha cabeça elas se bastavam por si mesmas e exerciam um significado mais abstrato e expansivo. À medida que fui me aproximando da passagem com os cartões-postais no Arno percebi que estava começando a ficar ansiosa, pois os acontecimentos que levavam a ela eram descritos e tratados de forma muito distinta da lembrança que eu tinha deles, e assim sendo algumas dúvidas começaram a se instalar, traiçoeiras, então continuei lendo vagarosamente pra adiar a descoberta de algo que pudesse destoar por completo da minha estimada memória — minha estrutura — e depois comecei a ler muito rápido, virando as páginas, virando as páginas, incapaz de suportar mais um segundo daquela agonia. Eu pulava algumas frases, depois voltava e as examinava com todo o cuidado, torcendo pra que revelassem algo que correspondesse à minha antiga ideia da cena — eu procurava com certo desespero alguma semelhança, porque muita coisa estava em jogo, afinal — até que, sem nenhuma possibilidade de postergar o que ia acontecer, e com a máxima clareza possível, lá estava: a voz dela dizendo a ele, "O que você jogou?" — dizendo a ele: "O que você jogou?"! Talvez eu viesse manifestando uma certa crença de que homens só jogam varas e pedras na água. Que o impulso de lançar uma coisa na correnteza é feminino. Talvez eu pense que esse impulso é exclusivamente feminino porque entendo se tratar de um tremor ancestral, algo que fica no meio do caminho entre a revolta e o colapso. Não saber direito como se rebelar, mas ainda assim desejar se rebelar, e muito. Ou talvez já saibamos muito bem quais são as opções disponíveis pra externar nossa discordância, mas identifiquemos nelas os mesmíssimos estereótipos que nos restringem à posição que tanto queremos abandonar. Talvez só nos reste o abismo. Disforme e atento. "Não é exatamente que um homem tenha morrido", diz Emerson. É curioso como nos livros é possível prescindir de vidas, com mais facilidade do que se prescinde de cartões-postais, inclusive, pra destacar um tema em ascensão, uma questão urgente ou o momento em que um limite espiritual é cruzado — a irreversível expansão de um coração imaturo. Por que será que eu tinha passado tanto tempo pensando que era ela quem jogava os cartões-postais? Era isso que eu estava pensando quando estava em Florença, com duas amigas que não sabiam de nada disso, tantos anos atrás? Mas naquela época eu tinha lido o livro havia pouco tempo, e ainda assim acho que, mesmo naquele momento, eu tinha alguma certeza de que era ela, não ele, não ele. Acho que na verdade eu só pensava no lugar exato em que ela esteve no momento em que estava se recompondo depois de ver o sangue saindo da boca do homem que naquele exato momento parecia querer dizer algo a ela, no fato de seus cotovelos estarem apoiados no parapeito, e na sensação de estar assim, com a água ampla lá embaixo e alguém como Emerson tão perto, numa posição que quase imitava a minha, e como isso pode ser grandioso, mas ao mesmo tempo algo totalmente esperado, de forma que nesse momento de verdadeiro despertar a pessoa também retrocede um pouco, a pessoa pode se sentir bastante abatida, na verdade, e assim, ainda não querendo que as coisas se tornem tão compreendidas, a pessoa faz algo que perturbe essa concordância terrível — é cedo demais, é cedo mais — a pessoa rapidamente desperdiça algo, uma taça de vinho, um sapato, cartões-postais, qualquer coisa, só abre mão, joga essa coisa na parede, só pra garantir, pelo menos por enquanto, que tudo, ou o que pensamos ser tudo, continue um pouco torto. Nada foi decidido. Nada se encaixou. Não, nada foi resolvido por enquanto. Olha como eu arremesso tudo pelo ar, é tão natural, tão instintivo. Eu quero, mas não quero ainda. Não, ainda não. Ainda não. Era isso, eu acho, que eu achava.

Eu ainda não tinha lido Dante, mas tinha lido Maquiavel e Chaucer e John Milton. Uma das minhas colegas de classe tinha me comprado uma edição de *Paraíso perdido* da Penguin. Ela me deu o livro antes de eu ir pra Londres pra começar uma graduação em literatura inglesa e dramaturgia e escreveu uma dedicatória desejando boa sorte e algumas outras coisas no verso da capa. Acho que ela conseguiu preencher o espaço todo. Não me lembro do que ela escreveu, mas me lembro da letra dela. Era bastante grande e as letras eram muito redondas, mas as palavras estavam todas amontoadas, então mesmo que houvesse muito espaço dentro das palavras não havia muito espaço entre uma e outra. Naquela época devia estar na moda escrever assim. Naquela época sempre havia um jeito de fazer as coisas que estavam na moda, é claro. Por um tempo todas as meninas cortavam a letra "s" com uma linha pra que parecesse um cifrão, os professores odiavam e nos proibiram de fazer isso — eu fiz por cerca de um dia e meio e depois perdi a vontade. E algumas pessoas, que deviam ser só mulheres, mais uma vez, desenhavam círculos acima da letra "i" no lugar de um ponto, e ficava ridículo, eu não conseguia entender como uma pessoa ia esperar que alguém a levasse a sério se fizesse isso, então eu nunca fiz. Não tenho ideia de onde foi parar meu exemplar de *Paraíso perdido*. Quando saí da Inglaterra pra ir morar na Irlanda muitos anos atrás, coloquei meus livros e os pertences que havia acumulado até aquele momento em caixas e guardei essas caixas em várias garagens e depósitos por segurança. Nos primeiros anos em que morei aqui, voltei pra Inglaterra duas ou três vezes com meu namorado da época e fomos buscar algumas das caixas dele e algumas das minhas caixas e as trouxemos pra Irlanda de carro. Eu nunca trouxe os livros. Sempre pensei que os traria da próxima vez, que eles não eram tão importantes, e que de toda forma quando você mora de aluguel e não sabe quanto tempo vai passar no mesmo lugar não é legal encher a casa de pilhas de livros. Mas, dito isso, eu continuo morando de aluguel e a essa altura tenho pilhas e mais pilhas de livros. Elas já não me incomodam mais. Não tenho muitos móveis, então continuo tendo relativamente poucas coisas, mas mesmo assim passo mal só de pensar em me mudar. Talvez se os livros que tenho estivessem em prateleiras ou estantes eles parecessem mais imponentes e se tornassem um peso maior, mas estão em pilhas no chão e sobre os braços do sofá e encostados na parede e do lado da cama e daí por diante. Uma pessoa que subiu rapidinho pra ver meu apartamento, às onze da manhã de uma quarta-feira, logo uma quarta-feira, e voltou pra sua casa na hora do almoço, pra nunca mais pisar na minha casa de novo, me disse, a essa altura já tendo calçado de volta seus mocassins ridículos e enfiado as mãos nos bolsos: "Você não acredita em estantes, né?". "Você acredita?", tive vontade de perguntar, "você acredita em estantes?" Não sei se aquelas caixas de livros que deixei pra trás na Inglaterra foram parar no lixão ou tiveram a sorte de acabar num sebo. Sei que devo dizer que eu ia achar melhor caso tenham ido pra um sebo e de lá pra bons lares com prateleiras flutuantes de madeira de demolição dos dois lados da lareira, mas pra ser honesta sinto que não faz diferença. Sei que é melhor se não foram parar no lixo, é claro, mas particularmente não faz diferença, tanto faz onde eles foram parar. Só me lembro de três deles: o do Milton, *Zen e a arte da manutenção de motocicletas*, que nunca li e cuja capa eu odiava, e uma biografia grossa da Virginia Woolf que tinha uma capa linda, claro, embora eu também não tivesse lido esse quando saí da Inglaterra. A maioria dos livros que li quando era mais nova tinha vindo de uma biblioteca, então é difícil lembrar com certeza se esse ou aquele livro que sei que li era meu ou era emprestado. É muito provável que eu já tivesse uma edição de *Uma janela para o amor*. Certamente tive muitas outras cópias desde então. A que tenho hoje em dia está caindo aos pedaços — faltam muitas páginas e as que sobraram estão fora de ordem. Tenho quase certeza de que eu tinha vários romances do Graham Greene. *O cerne da questão* era um deles. Eu me lembro de comprar um livro dele e uma saia de lamê prateado que ia até os pés num bazar beneficente não muito longe da estação de trem de Brighton, logo depois de descer do trem, inclusive. Eu me lembro de sair do provador usando a saia prateada e de falar pra mulher que trabalhava lá: "Vou sair usando, se não tiver problema", e ela disse que tinha ficado maravilhosa em mim e só um minuto, que ela ia cortar a etiqueta, e eu virei de costas e fiquei de frente pra um monte de sacolas e sapatos e fechei os olhos na mesma hora e esperei a tesoura chegar.

Eu tinha ido passar o fim de semana em Brighton. Quando estudava em Londres me fazia muito bem sair da cidade de vez em quando e passar uns dias sozinha em outro lugar. Algum lugar perto do mar. Naquele tempo eu ainda não tinha lido uma escritora da classe trabalhadora de Brighton que ainda não era muito conhecida e pela qual me apaixonei depois, na verdade ainda faltavam muitos anos até que um homem que acendeu meu cigarro na frente de um pub me falasse dessa mulher e eu ficasse tão impressionada com o que ele me disse e tão impressionada com a paixão, a paixão que ele tinha pela escrita dela, e com o prazer tão óbvio que ele sentia relembrando a escrita dela, que prometi que ia comprar *Berg* no dia seguinte sem falta, mas no dia seguinte sem falta consegui me lembrar do rosto do homem que tinha acendido meu cigarro e o prazer com que ele tinha falado dessa autora, essa autora vanguardista britânica, dos 1960, sim, britânica, sim, mulher, sim, sim, mas eu não conseguia me lembrar do nome dela, foram meses e meses até ouvi-lo de novo e reconhecê-lo na mesma hora e dessa vez anotá-lo, e pouco depois eu de fato comprei *Berg*, e é claro que desde então eu pesquisei sobre ela na internet e li algumas coisas da Ann Quin, porque esse era o nome dela, e descobri que ela nasceu em Brighton e morreu em Brighton, no mar, mas eu não sabia disso nessa ocasião, em que passei pelo mesmo mar a caminho da Regent Square em Brighton tentando encontrar um lugar pra passar uma ou duas noites, usando uma saia de lamê prateado que ia se arrastando atrás de mim pela calçada como a cauda de um peixe. Nessa época eu estava saindo com o homem que tinha me atormentado com o início de *Herzog* nos Town Gardens na cidade onde eu tinha crescido e tinha vivido a vida toda antes de me mudar pra Londres pra estudar literatura e teatro. Eu me lembro de ligar pra ele de um telefone público no calçadão e lhe dizer que eu estava em Brighton. "Por que você não vem pra cá?", eu disse a ele, "estou bem na frente do mar", eu disse, e ele disse que tinha que entregar um trabalho na noite seguinte e que queria ir junto porque um fornecedor de Devizes que ele detestava estaria lá, e ele queria ver "aquele tonto", ele disse, e jogar na cara do outro que ele tinha conseguido cobrir a oferta dele em primeiras edições muito cobiçadas no fim de semana anterior. Achei esse motivo pra não ir a Brighton muito juvenil e desagradável e disse isso e desliguei o telefone na cara dele. Graham Greene. Gore Vidal. Nabokov. E. M. Forster. Tantos homens só porque eu queria saber mais sobre os homens, sobre o mundo em que viviam e as coisas que eles aprontavam nesse mundo, e também as coisas nas quais eles pensavam quando saíam de estações de trem andando sem rumo, ficavam sem fazer nada em portos estrangeiros, subiam e desciam escadas rolantes, passavam correndo por portas giratórias, olhavam pelas janelas de táxis, perdiam um membro, revolviam conhaque num copo de cristal, seguiam outro homem, despiam a esposa de outro homem, deitavam na grama com os braços cruzados sobre o peito, limpavam os sapatos, passavam manteiga na torrada, nadavam no mar até chegar tão fundo que sua cabeça ficava parecendo um pontinho preto. Eu queria saber quais eram as coisas que os entristeciam, que os faziam se arrepender, que os entusiasmavam, que os atraíam, que os deixavam obcecados. Eu não queria ler sobre mulheres. Mulheres eram meio fantasmagóricas e me deixavam nervosa. Eu tinha mais contato com mulheres que com homens, mas ao mesmo tempo sentia que não tinha nenhum contato com elas. A forma como elas acabavam sendo quase onipresentes, mas sem nunca estar de fato presentes, nunca deixou de me inquietar. E não era como se não estivessem ocupadas — elas estavam sempre fazendo alguma coisa, pareciam estar sempre envolvidas em alguma ocupação doméstica, picando, costurando, varrendo, limpando, dobrando, torcendo, descascando, enxaguando, mas seus olhos estavam presos a outra coisa, alguma coisa que eu não conseguia compreender. Chega a hora de ir embora e estamos em pé pegando nossas coisas — não esquece nada, hein? Presentes, cachecóis, lenços, luvas, algum souvenir feioso comprado na feira que revela uma espécie de cata-vento balançante de animais com caras maldosas, sacolas rasgadas, vidros desarranjados, cocos rachados e olhos que pulam de repente. Vamos embora. Minha mãe se olhou no espelho enquanto a mãe dela ia e vinha trazendo uma coisa depois da outra — quer isso aqui, e aquilo ali? —, latas, pão, selos, toalhas de chá, pães doces. Meias-calças, bolsas, revistas. Ela não queria nada. Ali no espelho seu casaco curto já estava abotoado, não sei pelas mãos de quem, ou talvez estivesse assim desde o início, seu rosto saindo de dentro de uma gola preta e peluda. Ali no espelho aquele rosto tão sozinho, o mesmo mas todo mudado não sei dizer como, como se ela quisesse que eu soubesse e não esquecesse que eu não conhecia quem ela era de verdade. Olhando minha mãe se olhando no espelho, senti um repuxão de angústia que era novo pra mim. Será que eu devia olhar no espelho também, e tentar olhá-la nos olhos? Eu sinto que deveria, não tem ninguém, não tem mais ninguém com ela — mas e se ela logo desviar os olhos? Como eu ficaria nesse caso? Ela se retirou, sumiu sem mais nem menos. Ao devolver o próprio olhar a si mesma, ela lançou a si uma ponte e todas as outras pessoas estão caindo e desaparecendo, esticadas nos seus chapéus e luvas e cachecóis. Entre uma coisa e outra, eu me vejo dividida. Ela está num lugar muito alto no topo de uma estranha torre que não tem parte de dentro, é toda escadas, claustros, pátios, estalagmites espiraladas de gelo, arabescos da mais fria névoa e riachos roxos da água mais pura que existe. Aqui é tudo silêncio e de repente um pássaro. Não há janelas pra limpar, nem degraus pra envernizar, nem azulejos pra rejuntar, nem cercas pra tratar com creosoto, tudo escorre, o longo longo vento e seu jeito vertiginoso de levar consigo uma neve ofegante. Minhas axilas e peito dos pés se arqueiam, buscando asas, dobrando-se na tentativa de criar cascos, algum aparato instantâneo que me faça levantar voo e chegar até ela. Ela tem um lindo lobo de cada lado, sobre seu dedo uma amora cavalga e conspira, seus nós arredondados brilham sedutores como uma colherinha proibida de caviar. Ali ela não será minha mãe e eu nunca vou encontrá-la, né? Vou ficar vagando pelos pórticos, me arrastando pelas escadas inúmeras vezes, andejando de um lado pro outro pelas pequenas pontes, minha mão nunca deixando de deslizar pela parede úmida, escurecida pelas centopeias rígidas, as heras, os musgos pendentes, os fungos inclinados. Ela está aqui em algum lugar, mas num lugar muito alto e sua presença é débil, tão débil. Encontro um cílio na borda craquelada de uma banheira pra pássaros — já está ali, está ali desde sempre, uma pequena e perfeita cimitarra. Os pássaros vêm e vão só pra não deixar nenhuma dúvida de que nada mais está se mexendo. Lá vem a fragrância pungente de longas samambaias e ervas esmagadas, pois ela tem um banheiro imenso e redondo, não tem?, bem lá no alto, e canos de cobre atam o edifício como serpentes marinhas lustrosas que canalizam uma água quente que sai trovejando, porque ele era encanador, não era?, e levava o quebra-vento, não levava?, o quebra--vento e a caixa térmica. Quente e frio. Quente e frio. É bem assim. Agora ela ficou corada. Agora os olhos dela estão fechados. Agora ela está à vontade.

Eu tinha lido *A redoma de vidro* na banheira no meu primeiro ano de faculdade, mas quando o Dale, que não era meu namorado e nunca ia ser mas se comportava como se fosse, me perguntou no segundo ano se eu tinha lido eu menti e disse que não. Não lembro se eu tinha algum motivo pra mentir. Acho que eu mentia pra ele e pra outros homens a respeito de um monte de coisas irrelevantes praticamente todos os dias ou no mínimo me comunicava de forma pouco clara muitas vezes pra tentar não lhes entregar tudo de mim. Deixar que soubessem de tudo não me parecia uma boa ideia. O Dale falava da Sylvia Plath e da Anne Sexton como se elas fossem duas moças geniais, mas também muito cabeças-duras, que me levariam pro mau caminho se eu entrasse em contato com elas nem que fosse por cinco minutos. Ele reconhecia o mérito delas, e com isso quero dizer que ele tinha profundo respeito por elas, mas insistia que era melhor que por enquanto eu ficasse bem longe da poesia de alta voltagem que as duas escreviam. Eu achava graça do jeito que ele falava delas, com uma mistura de intimidade e desconfiança, e ele via que eu achava graça, e eu, do meu lado, via que isso o tirava do sério. Ele achava que eu estava rindo dele, e talvez eu estivesse mesmo. Às vezes ele se dava conta de que ficar nervoso desse jeito o fazia parecer ridículo e mal-humorado e mudava de comportamento de repente, ficava animado, agitado, até — num instante ele aparecia com a jaqueta vestida pela metade e dois cigarros na boca e com muitos empurrões e algazarra e dois gins-tônicas pra completar ele nos levava na direção da porta, e lá íamos nós, duas crianças saindo por aí pra aprontar todas. Em outras ocasiões, não, ele não conseguia deixar pra lá. Pelo contrário. Seu humor ficava mais sombrio mais teso mais rígido e ele ficava lá parado, me desafiando a enfrentá-lo. E eu também achava graça disso, de um jeito meio cruel que era difícil de suportar mas impossível de ser questionado. De repente nós dois ficávamos tensos, num impasse mal-assombrado. Não havia saída. Séculos e séculos de obsessão mútua e vingança nos prendiam a esse lugar. A gente ficava um pouco fora de si. A gente ficava um pouco fora de si. A gente era o drama. O Dale escrevia poesia e lia poesia e tinha muitos livros de poesia, inclusive títulos da Anne Sexton e da Sylvia Plath — que ele fazia questão de manter longe de mim. Provavelmente se eu tivesse acesso a esses livros e os lesse algo terrível me aconteceria ou então algo terrível mas microscópico que já existia dentro de mim ia ganhar corpo e tomar as rédeas da situação e o que mais podia acontecer depois? Mulher não suporta poesia, o Dale parecia pensar isso. Mulheres são criaturas belas e delicadas e a poesia destrói as mulheres, claro que destrói. A poesia te rasga no meio, te deixa na merda, e um homem pode ficar na merda e seguir a vida porque ninguém liga muito, nem o próprio homem. O homem gosta, até, gosta de ficar na merda porque assim ele pode sentar e beber até cair e declamar uma coisa epitética depois da outra e todos os outros homens exageradamente taciturnos acreditam que ele é um homem excepcional, um homem que se sacrifica por todos os outros, um herói, inclusive, um herói maltrapilho que eles iam adorar carregar nos ombros fortes, ou quem sabe rolar com ele na lama, porque ele era um cara pé no chão, não era? Mas é horrível ver uma mulher que ficou na merda porque resolveu mexer com poesia. E afinal que tipo de mulher sente vontade de ler poesia? Só uma mulher meio desviada que quer ficar na merda, ou já ficou na merda e quer entender o básico da coisa pra não precisar mais viver fugindo. O Dale achava que isso não redimia ninguém, então não me encorajava a ler a poesia daquelas mulheres e no lugar dela me mostrou sua própria caligrafia perfeita e seus próprios versos tersos e ao mesmo tempo ternos, e me lembro que além de ser admirador do Bukowski ele era fã do e. e. cummings, e eu não suportava aquelas iniciais minúsculas afetadas e aquele tom autodepreciativo — ficar se diminuindo na verdade era a estratégia mais suja pra conseguir levar uma mulher pra cama — e ainda tinha aquela frase melosa dele sobre as mãos tão pequenas, e eu tive que me segurar pra não rir, mais de uma vez, porque o Dale de fato tinha mãos muito pequenas e muitas vezes acabava dormindo com um cigarro na mão esquerda — a direita estando ocupada o dia inteiro com um copo de cerveja — e tinha queimaduras em vários estágios de cicatrização naquela mão inteira e se você fizesse algum comentário sobre elas ele ficava contente por você ter reparado mas ao mesmo tempo te olhava com um falsa seriedade como se você fosse uma besta que nunca ia entender de verdade o que era ser poeta e ficar na merda e nessas ocasiões o Dale tinha o costume de me chamar de "mulher", e esse, eu desconfiava, era seu jeito de dar a entender que ele era homem. Coitado do Dale, com aquelas garrafas de dois litros de cerveja escura e aquele sobretudo bege e aquela caligrafia impecável e aquela mala cheia de camisetas de banda que a mãe dele passava com o maior capricho. Éramos tão jovens. Faz muito tempo e é curioso pensar que ele esteve vivo desde então — que até hoje ele continua vivo em algum lugar.

Como ele continuou vivo?, como eu continuei viva?, naquela época não era nem um pouco óbvio pra nenhum dos dois que a gente ia continuar vivos. Acho bom, claro, que minha vida tenha continuado, especialmente porque desde então li muitos e muitos outros livros de autoras como Fleur Jaeggy e Ingeborg Bachmann e Diana Athill e Doris Lessing e Marlen Haushofer e Shirley Jackson e Tove Ditlevsen e Ágota Kristóf e Muriel Spark e Eudora Welty e Inger Christensen e Anna Kavan e Jane Bowles e Silvina Ocampo e Angela Carter e Leonora Carrington e Tove Jansson e Mercè Rodoreda. Chegou uma hora não sei exatamente quando em que senti que já tinha lido minha cota de livros escritos por homens, pelo menos até então. Aconteceu de forma muito natural: não me lembro de decidir que tinha cansado e ia passar um tempo sem ler livros escritos por homens, só aconteceu que comecei a ler mais e mais livros escritos por mulheres e não me sobrava muito mais tempo pra ler livros escritos por homens. Ler livros escritos por mulheres ocupava todo o meu tempo e quando vi tinha se passado um ano e eu só tinha lido livros escritos por mulheres e outro ano passou e continuou igual, aí, muito de vez em quando, quase nunca, podia aparecer algo escrito por um homem, *Jakob von Gunten*, do Robert Walser, por exemplo, mas eu continuava lendo principalmente livros escritos por mulheres, e isso não mudou mais. É verdade que muitos dos livros escritos por mulheres que eu li foram escritos quando essa ou aquela mulher estava triste ou refletindo sobre um período em que havia estado triste e quando digo triste estou sendo generosa, é claro, mas o que mais posso dizer? Sem rumo? Em conflito? Deslocada? Fora de si? À beira da loucura? Perdendo as estribeiras? De outro planeta? Anna Kavan, por exemplo, não quer o dia, ela não se interessa por nada disso, primeiro porque ela estudava de dia e não sentia que aquele era seu lugar, e, depois, há muita realidade no dia, tudo é visível, e continua visível, por quilômetros em todas as direções, e quase nada é interessante de verdade, foi isso que eu entendi, pelo menos, que a luz no lugar errado pode ser um veneno, que ela se sentia muito à vontade no escuro — "Por causa do meu medo de que o mundo do dia se tornasse real, precisei estabelecer uma realidade em outro lugar" —, o escuro, onde o sono faz sua morada, sim, e eu li isso em outubro passado na minha cama quando o sono não encontrava morada em mim de jeito nenhum, provavelmente por causa do desgosto que rastejava pelo meu coração desprotegido, tantas perninhas horríveis pinicando sem parar meu coração de forma que ele se contorcia e estremecia, sentia, inclusive, que lhe tinham negado qualquer privacidade, qualquer dignidade, eu sentia pena dele, mas eu não podia fazer nada, eu voltava a me sentar na cama, desamparada, minhas mãos ao lado do corpo como bolinhas de papel tortas e minha bandeja ao meu lado com o chá e a água e quatro ou cinco palitos de dente enquanto meu coração se contorcia e estremecia não muito longe dali, e lá estava ela, Anna Kavan, ou alguém que ela tinha inventado, uma narradora que imagino que não era tão diferente assim dela, ali no escuro, suas palavras estranhas e escuras brilhando no escuro — "Minha casa estava escura e minhas companhias eram sombras que acenavam de dentro do vidro" —, conferindo dimensão ao escuro, palavras tão estranhas, mas ao mesmo tempo nem um pouco irreais, e tampouco desconhecidas pra mim, e à medida que fui lendo aquelas terríveis perninhas curiosas foram se afastando como os dentes maníacos de uma engrenagem de desenho animado, chega de abusos, só sombras, sombras portanto, lentas e flexíveis e sobrepostas, próximas e curiosas, companheiras, na verdade, sim, e não tão tristes como tudo aquilo, talvez a tristeza não faça parte das sombras, só pareça fazer porque elas foram negligenciadas por tanto tempo e até hoje ninguém as compreende e acolhe e ninguém nunca o fará, elas são mal interpretadas e distorcidas e temidas, há tanto tempo e pra todo o sempre, eu imagino — não é à toa, né?, que elas tenham esse ar, um ar notável, de tristeza. Não. Não. Não é, não. Certas palavras escritas são vivas, ativas, viventes — estão completamente no presente, o mesmo presente que você. Parece, na verdade, que estão sendo escritas à medida que você as lê, que seus olhos sobre a página talvez estejam causando seu aparecimento, inclusive, porque certas frases não parecem estar nem um pouco separadas de você ou do instante no tempo em que você as lê. Você sente que elas não existiriam se você não as visse. Que elas não existiriam sem você. E o contrário também não é verdade — que as páginas que você lê te fazem sentir que você existe? Virando as páginas, virando as páginas. Sim, é assim que continuei vivendo. Vivendo e morrendo e vivendo e morrendo, página da esquerda, página da direita, e assim por diante. Às vezes basta uma só frase. Uma só frase, e lá está você, sendo parte de algo que já fazia parte de você desde o começo, seja lá quando foi isso. A fonte, sim, você sente a fonte vibrando, esguichando, e é um alívio tão grande, sentir que tem muito mais que você dentro de você, que você é só uma casca, uma casca de que você precisa cuidar, mas à qual ao mesmo tempo não pode se apegar muito, que você não precisa ter medo de deixar essa casca derreter de vez em quando. É, pois é, estou mais ou menos satisfeita, no geral, com o que o Doutor disse a

Tarquin a respeito disso — fico especialmente feliz com o fato de ele ter mencionado a imaginação maior e citado sua correlação, a alma do mundo. Fico muito feliz em ver palavras como essas numa página. Devo admitir que agora o Doutor me parece um homem bonito. Aquele discurso o transformou! Agora ele está usando um blazer cinza de tecido fino, e uma camisa branca, e cheira a sabão indiano, como é bom. Como é bom pensar nele. Tarquin, por outro lado, não está nada bem, está bastante inchado, inclusive, e tem olheiras profundas e as pontas dos seus dedos estão saltadas porque ele andou roendo as unhas. Na hora de sair do apartamento o Doutor enfia a cabeça na porta da cozinha, onde a criada está sentada num banquinho baixo ao lado do fogão, descascando castanhas pra um purê, e pede que ela prepare um extrato de valeriana pra Tarquin e leve-o pra cama logo em seguida. A criada pensa que o Doutor está muito bonito, seus olhos são tão belos e confiantes — ela nunca os notara antes. É impossível adivinhar quantos anos ele tem, ela pensa, e sorri, fala claro, Doutor, fala boa noite, Doutor. E pelo menos uma vez vejo o Doutor saindo do apartamento, ele não evapora no ar, simplesmente. Eu vejo a porta se fechar quando ele sai e agora ele está completamente sozinho na escada. Eu o vejo descer os degraus, ele não usa o corrimão, ele não precisa — ele é leve, sim, mas deixou de ser oco, deixou de ser vazio. Eu o vejo parado na rua, que está completamente silenciosa e escura, é claro, talvez haja um ou dois gatos, mas eles não fazem muita coisa, estão só piscando e enrolando e desenrolando seus rabos sujos em cima de uma mureta, só isso. Não há cães nem sons de nenhum cão. O Doutor não se mexe, há uma árvore, é claro. Um lindo sicômoro cheio de folhas com pontas acobreadas. O que o Doutor está pensando enquanto fica ali parado perto dessa árvore linda e lustrosa? Talvez ele esteja pensando na mãe de Tarquin, talvez ele esteja pensando na sua própria mãe, talvez ele não esteja pensando em nada. Talvez ele só esteja ali, olhando pras nuvens verde-claras no céu índigo, prestando atenção à batida do próprio coração no peito sem parar e ao ar que entra e sai de seu corpo sem parar. Em determinados momentos, prestar atenção nesses dois procedimentos, as batidas e a respiração, pode ser o bastante pra encher os olhos de uma pessoa de lágrimas, de tão milagrosos, tão preciosos, que eles parecem. Sim, aí está, eu vejo o Doutor engolir em seco, eu também estou sentindo. Também sinto a pressão atrás das minhas orelhas. O Doutor engole em seco e depois desaparece, pra sempre transformado. Adieu. Adieu, Doutor, eu podia ter passado a noite inteira te escutando falar.

Na manhã seguinte, não tão cedo assim, um Tarquin Superbus descalço resolve entrar na sua biblioteca e, com plena confiança de que vai descobrir essa frase lendária até a hora do almoço, pega o primeiro livro que vê, se lança contra as prateleiras com ele e começa a virar as páginas, virar as páginas, virar as páginas. Que fácil, pensa Tarquin, depois que incríveis cinco minutos se passam. Isso é moleza — na hora do almoço já vou ter encontrado essa frase, aí a gente vai ver! Aí a gente vai ver quem acha graça! Pensar naqueles miseráveis que não sabiam calar a boca inspirava Tarquin a continuar, mas não por muito mais tempo, porque no fim das contas virar páginas e mais páginas em branco não é tão fácil, na verdade — na verdade é completamente bizarro. Tarquin começa a se sentir desorientado, o ambiente já virou de cabeça pra baixo, já começou a girar e o chão sobe e desce violento, exatamente como se ele estivesse num daqueles navios que chafurdavam nas pinturas macabras sobre a lareira. Ele pega o livro e se joga com ele numa das poltronas de couro, agora melhorou, mas na verdade piorou. As páginas brancas se amontoam e fazem tudo desaparecer, elas correm e zombam e conspiram, e depois se dispersam, rápidas como ratos, deixando só um rosto branco, sem expressão alguma, sem traços, até, mas que continua olhando. Ele olha, olha, ele sempre esteve ali, ele viu tudo, em todos os lugares! Não há escapatória! Tarquin fecha o livro com força e fecha os olhos, mas isso não muda nada. Há um vazio intrometido tremulando na sua mente, causando destruição, desenraizando memórias e arrependimentos e sonhos, trazendo à tona momentos extraordinários de muito tempo atrás. Como estão impecáveis. Como estão mais nítidos do que eram antigamente. O que é branco? Lençóis brancos, lírios brancos, laços brancos, meias brancas, mármore branco, velas brancas, rosas brancas, luvas brancas, neve, neve entrando pela janela, neve nos parapeitos, nos galhos das árvores, nas montanhas. E lágrimas, lágrimas são brancas. Ora, não são? Tarquin abre os olhos e vê a própria mão aberta sobre a capa do livro. Como ela parece cansada! Os Médici, os Bórgia, os Gonzaga, a Inquisição. Sim, sim, sim. Quem sou eu pra eles e quem são eles pra mim?, ele pensa e pousa o livro sobre a mesa de xadrez. Fica bonito ali. Indiferente e erudito. Ele marcou a página onde tinha parado? Não, não marcou — ele não desenvolveu nenhum método que o ajude a empreender essa imensa tarefa. E agora ele está com fome. Tarquin Superbus se levanta e se espreguiça, boceja de um jeito que dá a impressão de que está mastigando o ar, e sai pelo corredor andando na ponta dos pés, indo na direção da cozinha. Ah, a cozinha! Ele já consegue ouvir o café sendo filtrado, os ovos fritando, o demitasse aterrissando no seu pires, o profundo tilintar da colher cuja alça termina no busto de um apóstolo e que fica bem ao lado. Ele já consegue sentir o cheiro do divino triunvirato da manteiga, do pão quente e da sálvia — e, se ele não está enganado, do aroma doce e gioioso de creme de castanhas. Tarquin vai pra cozinha o mais rápido que pode! Grazie a Dio, lá está a maravilhosa tigela azul, bem no meio do balcão! Tarquin praticamente despenca sobre o balcão, envolve a tigela com um braço e a abraça junto ao peito, como se fosse uma pedra no mar, e começa a levar colheradas dessa coalescência deliciosa a sua bocca bem aberta. Depois de duas ou três bocadas, ele larga a colher com ar de desespero. Basta! Ele ficou satisfeito. Ele ficou cheio. Ele já ficou cheio! Nem comeu os pães de sálvia com ovos de que tanto gosta, mas já está quase rolando. Só de pensar em levar mais um tiquinho de comida aos lábios ele sente ânsia. Ele toma um gole de café, mas também desiste — ele se excedeu tanto que mal consegue ficar sentado na banqueta. A criada põe a mão na testa de Tarquin e diz pra ele voltar pra cama. Vamos, Tarquin, ela diz, vou preparar uma bela infusão de erva-doce e bardana com magnésio e mel suíço. Então Tarquin volta ao seu quarto, deita na cama com muita dificuldade e fica ali deitado, sentindo-se imenso e pesado. Muito pesado. A criada entra com uma bandeja de bambu que abriga a infusão fumegante, o copo de cerâmica japonês de que Tarquin mais gosta e um delfínio azul de olhos arregalados que balança suave num vasinho de porcelana vermelha. Ela coloca a bandeja sobre a mesa e pergunta como ele está se sentindo. "Estou pesado, Rosalia. Parece que tem uma pedra enorme dentro de mim, ou que eu mesmo estou virando pedra. Não sei o que é melhor: se sentir cheio ou se sentir vazio. Será que você poderia trazer as aves para dentro, por favor?" E no mesmo instante em que Rosalia fechou a porta Tarquin adormeceu. A infusão esfria ao seu lado, o mel se acumula no fundo do bule, os olhos brancos do delfínio se lançam em todas as direções e os pássaros saem esvoaçando de cima do armário e vão até a mesa, e à poltrona ao lado da sua cama, fazendo o ar circular, não deixando que o ar fique parado, dando as boas-vindas aos fantasmas. Ele sonha com uma areia branca. Ele está correndo. Seus pés estão descalços. Ele está completamente nu. Acima dele há gaivotas que avançam, se descolando do céu. Ele está com os dedos melados de sumo de pêssego.

Ele corre até o mar e se agacha no raso, bate com as mãos gorduchas no raso, mexe as mãos com alegria dentro da água transparente, elas são estrelas-do-mar — olha! De repente aparecem mãos, mãos maiores que as dele, que entram se sacudindo embaixo das suas pequenas axilas, e ele é levantado tão rápido, pra cima, pra cima, pelo ar, ele bate os pés e morre de rir e ela também ri, ela ri e de repente volta a baixá-lo, e os dedinhos rosados do pé dele encostam na água e logo ele sobe de novo, rindo, rindo, morrendo de rir, e ela também ri, ele sente, a risada da mãe, que se agita como brisa pelos cabelos dele.

Quando acorda, Tarquin se sente importante e transparente. Ele tira um pé de debaixo das cobertas e na mesma hora uma pomba desce do varão da cortina e se empoleira no seu dedão peludo do pé. "Olha só quem veio", Tarquin diz baixinho, "olha só quem veio." A pomba olha pra ele e arrulha. Tarquin se sente fora do tempo, essa sensação tão delicada quanto fascinante que muitas vezes se manifesta quando nos encontramos naufragados na cama em plena luz do dia. Ele fica ali deitado e escuta suaves sons percussivos de algo tilintando, raspando, tossindo, descascando, resmungando, esfregando, batendo, farfalhando. Ele sabe que vai se levantar e gosta dessa ideia. Ele vê a si mesmo, Tarquin Superbus, saindo da sua cama digna de um rei, indo direto pro banheiro, este digno de uma rainha, ele vê a si mesmo amarrando seu robe chinês, este digno de um príncipe, sacudindo seus chinelos adamascados, dignos dele mesmo, e é na cozinha que ele vai acabar parando, é claro, onde Rosalia estará batendo uma dúzia de gemas, e isso só pode significar que Rosalia está fazendo creme inglês pra ele, e é claro que ela está, é claro que ela está fazendo creme inglês — Rosalia sempre preparou uma generosa tigela de creme inglês quando Tarquin Superbus precisou ficar de cama o dia inteiro. Tarquin sabe disso tudo e é fantástico. É quase suficiente, inclusive — o contentamento que ele sente enquanto espera esses procedimentos iminentes é tão delicioso que o processo de se levantar e pô-los em prática se torna quase desnecessário. Mas aí sua barriga começa a roncar com tanta violência que assusta a pomba que estava no seu dedão, ela sai voando na hora. O feitiço se quebrou e Tarquin não está mais entre dois mundos — seu estômago pediu a palavra. Ele mais uma vez pertence ao dia e uma coisa que ele não tem intenção nenhuma de fazer é voltar à biblioteca, ele promete em voz alta ao seu reflexo oscilante enquanto simultaneamente passa talco no cabelo e faz seu regime de exercícios faciais diante do seu espelho oval. "Eu nunca mais vou pisar naquele lugar horroroso", ele declara. "Que se dane! Quanta bobagem! Uma frase... quem eles pensam que eu sou?" Ele não duvida do que o Doutor disse, ele está disposto a aceitar a veracidade de cada informação que o Doutor lhe ofereceu a respeito dos conteúdos do seu ateneu, mas ele não está nem um pouco disposto, nem mesmo em nome dos Médici ou dos Bórgia, a seguir com sua busca. Por que ele estaria, afinal, se não tem nenhum desejo de transcender o mundo? Ele não quer estar acima das coisas! Pra quê, se ele gosta tanto de estar bem no meio delas? No olho do furacão, pois é — é aí que Tarquin Superbus gosta de estar. Convivendo — encostando ombros, lóbulos, clavículas, nádegas e passando a mão onde mais ele puder. Ele pode seguir a vida sem aquela frase ridícula, obrigado. Ele pode viver sem ela e muito bem, inclusive. A frase que se dane! Podem trancar as portas e jogar a chave fora. Ele nunca gostou daquele lugar amaldiçoado e suas quinas infernais — toda vez que põe o pé naquela biblioteca, Tarquin já sabe que vai dar uma topada naquele canto traiçoeiro ou quase acabar decapitado por aquela viga itinerante — e os quadros! — os quadros! — meu deus, aos olhos dele os quadros remetem a um pesadelo de extremo mau gosto — um sonho ruim induzido por um queijo gorgonzola estragado — o mar azul-esverdeado e tóxico rodopiando e irrompendo e se inchando pra sempre, chegando cada vez mais perto, vindo de todas as direções e empurrando o coitado do Tarquin até ele cair numa poltrona — e aquele estofado vermelho, com as tachas de metal quente doloridas — o que eram senão poltronas de demônios? — Sim, que tudo vá pro inferno, toda essa abominação demoníaca tem mais é que acabar coberta de teias de aranha e poeira.

E assim a felicidade descontraída que é a condição típica de Tarquin Superbus lhe é devolvida. As portas da biblioteca foram trancadas e a chave, confiada a Rosalia. "Nunca se sabe", ela avisou a Tarquin, que, com um sorriso de orelha a orelha, balançava o molho por sobre a tazza del gabinetto. "Ah, mas eu sei, Rosalia! E, além do mais, só quero saber o que eu sei, rá!" Mas ali estava ela com sua mãozinha erguida e aberta — Tarquin não podia decepcionar aquela mão, então sobre ela a chave foi depositada e num átimo desapareceu graças a um ágil movimento de dedinhos experientes. Em seguida, não sem sua companheira com castão de prata, Superbus seguiu seu caminho, radiante e ansioso por divertimento, pelas ruas de Veneza. E como era maravilhoso voltar a trotar por aqui e por ali! Subir degraus, descer degraus, passando sem pressa pelas suas muitas pontes charmosas, um golinho de um Friuli jovem em cada campo, um cicchetti duvidoso com os gondoleiros atrás da Ponte dos Suspiros, e sempre que ouvia risadas seguindo seus passos Tarquin girava no próprio eixo e ria junto, ele ria com sinceridade, e dava de ombros e revirava os olhos na direção dos céus, e eles gostavam, os venezianos, eles gostavam muito — eles gostavam quando um homem era capaz de rir de si mesmo, ainda mais um homem que nadava em dinheiro, como Tarquin Superbus. Pois é, Tarquin Superbus era elegante, era divertido, sabia rir de si mesmo! — Que importância tinham os livros na vida dele?! Nenhuma, nenhuma, niente — até que enfim todos concordavam em alguma coisa.

Então, menos de duas semanas depois, pequenas coisas começaram a dar errado. O suflê da Rosalia fica murcho. Os lírios dos jardins de inverno baixam a cabeça, vertem seu pólen e se enrugam nas bordas como se não suportassem o contato com o ar que os rodeia. O leite talha num piscar de olhos. Damascos estragam antes mesmo de ficar maduros. Nozes escurecem maldosas nas suas cascas obstinadas. Os gatos, depois de dias batendo a cabecinha morna nos batentes tortos das portas e nas pernas estufadas das cadeiras, agora se escondem atrás dos sofás e não querem mais sair. Os pássaros estão amontoados nos cobertores de alpaca por motivos similares e também não querem sair. As tapeçarias da Dama e o Unicórnio que ficam no vestíbulo estão caídas — as composições cuidadosamente bordadas de pássaro e bicho e mil flores estão todas desalinhadas, as folhas viradas das árvores frutíferas podadas com capricho murcharam e os coelhos vigilantes de orelha em pé estão desmaiados — não há dúvida de que a vívida serenidade desse hino aos sentidos em forma têxtil foi perturbada e, como não poderia ser diferente, a cabeça de Tarquin e Rosalia também parou de funcionar. Mais que isso: a pança hospitaleira de Tarquin, que nunca enjeita uma mordida de nada, não tem mais nenhum espaço livre. E seus membros parecem inchados e desengonçados, como se ele estivesse usando uma armadura muito pesada — é assim que ele descreve a sensação pra Rosalia, e ela também confessa que vem sendo assolada por uma fadiga lancinante. O Doutor está viajando, infelizmente. Foi visitar Josef Lobmeyr no Weihburggasse de Viena, aparentemente pra ver um dos novos decantadores do grande vidreiro. Geralmente Tarquin fica animado em saber que o Doutor foi dar uma volta em Viena, porque sempre que regressa de Viena ele não só traz na manga uma porção de histórias injuriosas sobre as brigas dos compositores, como também transporta uma sacola lotada dos quitutes que Tarquin mais adora: uma

apetitosa bola verde de marzipan de pistache escondida dentro
de um saboroso tolete de nougat que por sua vez é revestido de
uma camada grossa e justa do mais divino chocolate amargo.
Mas Tarquin não tem vontade de comer nada, nada, nem mesmo os deliciosos doces dourados de Viena — é uma situação
francamente terrível. Os dias se arrastam, apáticos. Uma tarde
Tarquin vai andando até a cozinha e encontra Rosalia com a cabeça tombada num pequeno ninho formado pelos seus braços
fortes e escuros, que estão cruzados sobre o balcão. Tarquin nunca tinha visto Rosalia dormir. Ela me viu adormecido tantas vezes, ele pensa, mas até agora eu nunca a tinha visto descansan-
do. Eu nunca a vi bocejar! Ela está sempre fazendo alguma coisa,
sempre se mexendo, sempre na labuta, sempre cuidando tão
bem das coisas. Mas ela não é uma fada, puxa vida! — ela precisa dormir mais, ele pensa. Eu lhe direi que ela pode dormir sempre que tiver vontade, onde quer que esteja. É estranho que em
tanto tempo eu nunca tenha conhecido esse lado dela. Parece
um filhote de javali roncando e fungando. Ele anda atrás dela na
ponta dos pés, observa os ombros troianos da mulher subindo e
descendo num ritmo estável, é muito comovente ver outra pessoa dormindo, Tarquin pensa — então ele vê o cabelo de Rosalia e leva um susto, porque o cabelo de Rosalia, que é sempre tão
belo e lustroso e volumoso, está lambido, oleoso e pesado, em todo o comprimento, como o rabo inútil e sujo de uma loba da Li-
gúria morta. Tarquin não pode acreditar no que está vendo —
será que essa é Rosalia? Meu deus, não pode ser — "Rosalia",
sussurra Tarquin, uma, duas, três vezes, mas nada acontece. Então ele puxa a ponta do esquisitíssimo rabo, ele não resiste —
pronto, já foi — e fica aliviado ao ver a linda cabecinha da Rosalia se erguer e se virar pra ele. Rosalia! Antes de abrir os olhos,
ela diz com uma voz grave e rouca muito atípica que já vai fazer
muffins e ovos poché. Tarquin faz que não com ar pesaroso e dá

uma palmada na própria barriga. "Não tem mais espaço na hospedaria, Rosalia. Mas não tenho a mínima ideia de onde vêm os hóspedes atuais, que são bastante antipáticos." As palavras de Tarquin saem arrastadas. Quando ele respira, parece que a lava do Vesúvio se infiltra nos seus pulmões. Tudo vai ficando mais lento. O ar está pesado e incômodo. A menstruação de Rosalia veio mais cedo e está especialmente globulosa e pegajosa. Pesada, pesada. Tudo está pesado. Tarquin sabe por quê, Rosalia sabe por quê, mas nenhum deles sabe direito como sabe por quê. Eles só sabem. São os livros. Eles estão comprimindo tudo e precisam ir embora. Eles precisam ir embora! Chega. Eles ficam ali agachados e obscuros bem no meio da residência Superbus, cheios de olhos — cheios de olhos que viram tudo e perniciosos rostos em branco que se recusam a revelar qualquer coisa. Eles estão roubando o ar dos vivos e destilando uma atmosfera paralisante. É como uma sepultura — uma sepultura no coração da casa! "Eles precisam ir embora!", anuncia Tarquin, batendo o punho no balcão — "precisamos destruí-los" — cada um deles — "estamos sendo enterrados vivos, Rosalia!" Sem se opor, Rosalia coloca a mão no bolso do avental e pega a chave. Ela a coloca sobre o balcão. A chave ficou vermelha e parece ter uma barba branca e rala. Rosalia não se importa. Ela sai da banqueta com dificuldade e se arrasta na direção dos seus aposentos. Sua calça está encharcada de sangue reluzente e precisa ser lavada com urgência.

Então há uma fogueira. Uma fogueira imensa feita de milhares de livros na praça abaixo da casa. Eu me lembro muito bem. Eu me lembro de como a imaginei, tantos anos atrás, quando escrevi esse conto pela primeira vez. Era uma fogueira muito assustadora. Grande, negra, ardente. Fazia tudo que estivesse por perto parecer escuro e impenetrável. As sombras tremulavam e se sobrepunham às chamas, pareciam mais poderosas, mais destrutivas, que as chamas. Essa era a "escuridão visível" de Milton, e era assustadora. As sombras foram ficando cada vez mais ferozes e mais altas, elas avultavam sobre as chamas, e ao redor tambores ressoavam, e estranhas canções recursivas gritavam de um lado a outro. Será que nessa época eu já tinha visto as fotografias dos livros sendo queimados na Opernplatz em Berlim, no dia 10 de maio de 1933? Acho que não. Acho que eu não sabia que naquela noite, em meio a gente cantando e tocando música e uma multidão de mais ou menos quarenta mil testemunhas, meninos da Juventude Hitlerista e grupos de universitários, além de soldados da ss, policiais e paramilitares nazistas queimaram milhares de livros ditos "antialemães", sob o comando de Joseph Goebbels, ministro da Propaganda nazista, que os incitava com as seguintes palavras: "Vocês fazem bem, nesta hora da noite, em condenar às chamas o espírito maligno do passado. Dos destroços, a fênix triunfante de um novo espírito surgirá". Entre os autores de língua alemã cujos livros foram queimados em Berlim e em mais trinta e três universidades ao redor do país naquela noite e em noites que vieram depois estavam Vicki Baum, Walter Benjamin, Ernst Bloch, Bertolt Brecht, Max Brod, Otto Dix, Albert Einstein, Friedrich Engels, Sigmund Freud, Hermann Hesse, Franz Kafka, Theodor Lessing, Georg Lukács, Rosa Luxemburg, Thomas Mann, Karl Marx, Robert Musil, Erwin Piscator, Gertrud von Puttkamer, Joseph Roth, Nelly Sachs, Anna Seghers, Arthur Schnitzler, Bertha von Suttner, Ernst Toller, Frank Wedekind e Stefan Zweig. Livros de autores franceses, norte-americanos, russos, irlandeses e ingleses também foram destruídos, inclusive obras de André Gide, Émile Zola, Victor Hugo, Romain Rolland, F. Scott Fitzgerald, Ernest Hemingway, Helen Keller, Jack London, Upton Sinclair, Fiódor Dostoiévski, Ilya Ehrenburg, Vladimir Nabokov, Liev Tolstói, James Joyce, Oscar Wilde, Joseph Conrad, Radclyffe Hall, Aldous Huxley, D. H. Lawrence e H. G. Wells. Entre as milhões de palavras de poesia, filosofia, teoria e prosa que foram profanadas está uma frase de Heinrich Heine, poeta alemão do século XIX que em 1821 escrevera o seguinte na sua peça *Almansor*: "Dort, wo man Bücher verbrennt, verbrennt man auch am Ende Menschen" — "Onde queimam livros também vão acabar queimando gente." É um aforismo muito conhecido, e é provável que, mesmo que ainda não tivesse visto as fotos dos livros sendo queimados quando imaginei pela primeira vez a fogueira na praça que ficava na frente da casa de Tarquin Superbus, eu já tivesse lido essa famosa frase. Mas, até aí, essa é uma daquelas frases que você sente que sempre conheceu, que talvez tenha nascido sabendo. Porque é claro que eu sempre soube no meu íntimo que é uma péssima ideia destruir livros, que queimá-los é ainda mais absurdo, que é um ato de blasfêmia que desperta e liberta forças malignas e implacáveis no ser humano, forças que distorcem e maculam e acabam por destruir tudo o que arrastam pra sua esfera abominável de humilhação recorrente e implacáveis métodos de erradicação. Portanto a imagem que tenho da fogueira de livros de Superbus é muito chocante e muito intensa, e não acho que ela tenha mudado muito desde que projetou sua sombra diabólica na minha mente pela primeira vez, mais de vinte anos atrás. Vejo os mesmos rostos miseráveis abrindo a boca e fazendo caretas entre sombras e chamas. Rostos grotescos, cobertos de bolhas por causa do calor, pingando um suor azedo. Rostos que parecem estar derretendo, ainda que seus lábios retorcidos sejam carnudos e protuberantes. Todos os traços remetem à loucura, todas as bocas estão contorcidas num sorriso maldoso, todos os narizes bulbosos borbulham catarro, grunhindo e roncando, todos os olhos estão arregalados e injetados, todas as orelhas estão enrugadas, desiguais e eriçadas. Homens atarracados com pernas roliças saltam sobre os livros em chamas, de um lado pro outro, de um lado pro outro, um, dois, queimando a sola dos seus pés atrofiados. Consigo ver as mangas rasgadas das suas camisas, a barra dos seus casacos manchada de merda, a aba dos seus chapéus encardidos, lambendo a pira e pegando fogo. Ouço seus guinchos aflitos. Eles estão empapados de álcool. As mulheres mostram os seios e os balançam diante das páginas tremulantes com a cabeça jogada pra trás, chamando o demônio. Meninos mostram as nádegas repletas de furúnculos e peidam alto e gritam quando o gás fétido produz uma chama azul-clara. Eles jogam porcos, tartarugas e gralhas vivas no fogo, eles seguram ratos pelo rabo e os balançam sobre as chamas, eles arremessam cadeiras, jarros, os chapéus um dos outros, tudo o que encontram no caminho, é horrível. É simplesmente horrível. Vejo a varanda de Tarquin e as grandes janelas escuras do seu escritório. Ele está todo encolhido, observando a balbúrdia por trás de uma cortina roxa com verdadeiro terror. Ele não imaginava. Ele não imaginava. Ele só queria se desfazer dos livros, levá-los pra longe, ele queria tirar de si o peso terrível que tinha acabado com seu apetite por comida, por alegria, por vida, por prazer. O que é um homem sem desejo? Por que, oh, por que o Doutor não estava ali? Ele nunca teria agido de maneira tão precipitada se o Doutor estivesse presente. A fumaça densa e negra se eleva e paira pelo ar, onde começa a se acumular e se contorcer em diferentes formas aterrorizantes, uma após a outra, como um metamorfo monstruoso. Um dragão, um crucifixo, um ouroboros, uma suástica, uma fênix, duas espigas de milho, um ankh, um escaravelho, um olho. Tarquin se afasta da cortina e vai até a varanda, onde fica em pé segurando o corrimão escaldante. A dor lancinante e as lágrimas que de imediato brotam dos seus olhos são uma reação que ele conhece bem, são como amigos muito, muito próximos, por isso o acalmam e fortalecem. A extraordinária sombra que muda de forma continua avançando e pululando e de súbito formando figuras misteriosas e rostos bizarros. Uma frase! Só uma frase! Mas às vezes uma frase é o suficiente. E agora está tudo queimando, queimando. Talvez nunca pare de queimar. Talvez esse fogo nunca se apague. Talvez ele continue queimando por toda a eternidade, lançando uma espessa fumaça preta na direção do céu, emitindo sua sabedoria rejeitada e desperdiçada numa litania incansável de sinais recônditos e hipnotizantes. Talvez eu fique aqui pra sempre, com as mãos soldadas ao corrimão, numa espécie de transe necromântico. E é como se o fantasma tivesse adivinhado as ruminações mórbidas de Tarquin. Ele atravessa a praça num movimento brusco e paira exatamente na frente de onde ele está na varanda e, embora quase não tenha traços definidos, Tarquin consegue sentir que o observa, que o analisa, que o avalia. Ele inspira e o fantasma chega mais perto. Ele inspira mais um pouco e o fantasma chega mais perto ainda. Ele se aproxima mais e mais até que Tarquin percebe que está trazendo essa criatura estranha e indiscreta pra dentro do seu corpo a cada respiração. Ele sente a coisa se enrolando no buraco do seu peito, um dragão machucado voltando pra casa. Ele puxa o ar. Ele puxa o ar. E vê a escuridão desaparecer diante de si. Ele inspira o último fiapo, a ponta da cauda em zigue-zague, e a coisa some do ar. Pode-se dizer que sumiu. Tudo sumiu, na verdade. Ele olha pra baixo, na direção da praça, e tudo sumiu. Tudo! Não há mais fogueira, nem cinzas, nem livros carbonizados, nem porquinhos queimados mas ainda vivos, nem maçanetas e cabos e vassoura chamuscados, nem nacos pegajosos de caramelo derretido, nem maçãs esmagadas, nem um pelo ou cabelo tostado, nem vômito ensopado, nem pés de porco torrados, nem cálices transbordantes, nem tímpanos perfurados, nada, sumiu tudo. Só folhas, só algumas folhas do sicômoro voam pela praça vazia. Meu deus! Misericórdia! Tarquin começa a rir e chorar, seu corpo inteiro treme. Lá está ele, Tarquin. Logo antes de amanhecer.

Na sua varanda, com a praça praticamente vazia. Tudo sumiu. Só algumas folhas — um gatinho aparece andando com cuidado, talvez. Aqui e ali os primeiros pássaros farfalham uma nota. E ele está rindo e chorando e seu corpo está tremendo e a escuridão dentro dele também treme e de tanto tremer ela começa a se fragmentar em losangos recalcitrantes de bile que lançam poeira e fuligem na direção do seu esôfago e da laringe, inflamando a ambos, de forma que o riso e o choro de Tarquin se transformam em tosses e engasgos — sim, lá vem, ele começa a sentir uma bela de uma bola de catarro, é, lá vem, quando ela se soltar eu vou ficar tinindo, ele pensa, lá vem subindo, sim, e, minha nossa, que gosto ruim, e de repente Tarquin cospe o catarro, escarra tudo, por cima do corrimão da varanda, e lá vai ele, aterrissando com um barulho molhado e glorioso na rua lá embaixo. Tarquin, sentindo-se completamente expurgado — aquela provação acabou sendo bastante catártica, não foi? —, volta pra dentro e bebe alguma coisa antes de tirar um cochilo de algumas horas, e não vê a hora de voltar a ser acordado pelos roncos ferozes da sua barriga faminta. Mas não para por aí. Lá embaixo, na rua, enquanto Tarquin Superbus dorme um sono profundo, a bolha de catarro expelida cresce. Ela cria pequenos membros e nas extremidades desses pequenos membros há minúsculos dedos, e uma vez que esses minúsculos dedos se separaram o suficiente uns dos outros e a pequena bolha de catarro se torna uma substância mais firme, ela se levanta. Ela é minúscula. Mas mesmo assim consegue andar, e não só isso, também consegue escalar. Escalar é o que ela faz melhor, inclusive, graças à consistência grudenta que lhe é natural. Então lá vai ela. Essa coisinha minúscula. Subindo a parede da residência de Tarquin Superbus, e atravessando o corrimão da varanda. Sim, lá está ela, minúscula — quase não dá pra ver —, mas está. Está ali na varanda enquanto Tarquin Superbus dorme.

Era amarela, um amarelo-claro horroroso. Um amarelo de prímula. E na verdade não criou nenhum membro nem dedo, só foi deslizando, e na escuridão subiu as escadas se arrastando, indo direto pro apartamento de Tarquin. O que era aquilo? Do que era feito? Era a frase? Era, sim, algo parecido, mas eu não sabia ao certo quais eram as intenções dessa potente extração, nem qual era sua natureza, boa ou má — algo que ia além de ambos, quiçá. Eu me lembro primeiro dela estatelada lá embaixo, na rua, amarela como uma prímula e pulsando, e depois subindo uma escadaria muito escura e silenciosa. E ali ela parou. Na frente da porta do apartamento de Superbus. Acho que iam acontecer outras coisas — não me parece que eu tinha terminado o conto. Eu ia escrever mais e, escrevendo, ia descobrir a natureza, as intenções, o destino dessa entidade repleta e amebiana. Era isso que eu ia fazer. Não, eu não tinha terminado, de jeito nenhum — talvez eu só estivesse começando. E então certa tarde eu voltei pro apartamento de um quarto em que estava morando com meu namorado da época. Nosso quarto ficava no térreo, na frente de um sobrado perto do rio. Não estávamos morando ali fazia muito tempo, fazia poucos meses. Ainda estávamos nos adaptando à rotina na Irlanda. Não havia muita coisa no quarto porque a gente não tinha muita coisa — ainda não tínhamos feito nenhuma viagem pra Inglaterra pra buscar algumas das caixas que continham nossos pertences e tinham sido guardadas em lugares separados. Até hoje, tanto tempo depois, fico tão aliviada de ter tido o bom senso de sugerir que guardássemos nossas coisas em caixas separadas quando encaixotamos tudo, porque, ainda que meu namorado tenha ficado ofendido e passado dias e dias reclamando, isso nos poupou de muita dor de cabeça lá na frente. Quando abri a porta, a primeira à esquerda, e entrei no quarto naquela tarde eu logo vi um monte de papéis rasgados no meio do chão. A luz do sol estava caindo direto naquele ponto, fazendo os papéis parecerem muito delicados e brancos, como uma lanterna caída e coberta de neve sobre uma pedra coberta de neve. Eu soube o que era na mesma hora. Eu me aproximei e me agachei ao lado dos papéis e passei os dedos pelas páginas rasgadas do meu caderno, como se fossem os cabelos de um amante moribundo, e me encolhi toda quando reconheci parte de uma palavra quando ela caiu da minha mão. Meu namorado gostava que eu fosse escritora, mas não gostava muito que eu escrevesse. Escrever me separava dele, me levava a um lugar que ele não compreendia e ao qual não tinha acesso, e além do mais ele estava convencido de que eu escrevia sobre homens o tempo todo, e talvez eu de fato escrevesse, mas não o tempo todo. Será que ele se sentia ameaçado por Tarquin Superbus, será que o via como um rival? — era por isso que o havia destruído, era por isso que Tarquin Superbus estava caído no chão do nosso apartamento, todo rasgado? Fiquei de coração partido. Fiquei muito triste. Eu tinha gostado muito de passar tempo com ele, é verdade. E com o Doutor, o misterioso e ao mesmo tempo amável Doutor. Da Rosalia não senti falta. Não precisei passar por isso simplesmente porque naquela ocasião ela ainda não existia — é só agora, nessa reescritura vinte e poucos anos depois, que Rosalia passou a existir. Eu de fato havia expandido e refinado a história original de Tarquin Superbus de muitas maneiras, mas não posso estendê-la — é impossível — não posso avançar além do ponto em que estava quando a arrancaram do meu lado da cama e a destruíram de maneira definitiva. "Eu colo tudo de novo", disse meu namorado, todo arrependido, naquela mesma noite. Eu disse que não queria, então ele perguntou se eu não podia reescrever o conto, de repente. "Talvez um dia eu faça isso", respondi. Nunca escrevi nada como aquele conto desde então. Não sei de onde ele veio. Do fato de eu ser jovem e não saber o que fazer e querer companhia, imagino. Por muito tempo depois disso, sempre que eu me lembrava da pilha de papel rasgado eu via o papel queimando, e era como se cada pedacinho fosse uma página inteira. Era como se todos os pedaços de papel fossem, na verdade, uma pilha imensa de páginas arrancadas de muitos, muitos livros, não só de um, não só do meu caderno, e todas tivessem sido renegadas e estivessem em chamas. Eu via uma fumaça cinza se espalhar pelo ambiente e a janela escurecer, e às vezes via o rosto do meu namorado indignado no vidro, oscilando entre reflexos estilhaçados. A súbita e chocante visão do meu caderno inutilizado sob o sol da tarde se sobrepunha à imagem apavorante dos livros sendo queimados e daquela imensa fogueira profana que o próprio conto rasgado continha. As duas imagens se fundiram, tornaram-se inseparáveis, seus sentidos também unificados, e eu já não podia pensar em uma sem ver a outra. Era tudo uma coisa só. De vez em quando me passava pela cabeça que o conto nem devia ser tão bom assim, que eu não ia chegar a mostrá-lo a outras pessoas, que era só uma coisa que eu tinha inventado pra me divertir e me distrair num país novo. Mas nunca consegui deixar de pensar que em algum lugar dentro dele podia haver uma frase, só uma frase, tão brilhante, tão extraordinária, que seria capaz de arrebatar o mundo. E essa ideia continuou queimando dentro de mim.

iv. Até a eternidade

> A Crítica da razão pura, *lida à luz de sessenta watts na Beatrixgasse, Locke, Leibnitz e Hume, embaralhando minha cabeça com conceitos de todas as épocas na luz débil da Biblioteca Nacional, sob as pequenas luminárias…*
>
> *Malina*, Ingeborg Bachmann

No começo eu escrevia em folhas de papel-sulfite A4 que meu pai trazia do trabalho dele em pacotes. Embora não trabalhasse num escritório, de vez em quando meu pai voltava pra casa com materiais de escritório, como o papel-sulfite perfeitamente embalado que acabo de mencionar, canetas esferográficas de botão daquelas de aço inoxidável bem finas — vermelhas, pretas, verdes, azuis — e grampeadores e grampos e clipes de papel e prendedores, e tenho quase certeza de que também havia pequenas caixas de tachinhas que eu gostava de ficar chacoalhando dos dois lados da minha cabeça. O grande destaque, ou o que no início parecia ser o destaque, eram os diferentes tipos de pastas de couro sintético com padrões em relevo que tinham o mesmo cheiro da caminhonete usada verde que meus avós quase nunca usavam e pareciam todas muito chiques, mas no fim não eram realmente úteis e acabavam ficando de lado porque obviamente tinham sido criadas pra guardar poucas folhas de documentos específicos que deveriam ser apresentados e discutidos em ocasiões executivas muito específicas, ao redor de uma grande mesa oval. Às vezes também havia frascos de corretivo, e isso era sempre muito empolgante, ainda que não fossem muito úteis — não deixavam a gente usar corretivo porque os professores queriam ver nosso raciocínio completo, de forma que, se uma resposta a alguma pergunta estivesse errada, eles conseguiam ver se em algum lugar do caminho tínhamos chegado à solução correta, ou ao menos chegado perto da solução correta, e se esse fosse o caso eles nos davam parte da nota. Então o corretivo ficava em casa, assim como todos os outros produtos de papelaria que meu pai trazia do trabalho de vez em quando, embora eu não me lembre do lugar exato onde ficavam na casa, porque em geral não estimulavam nós dois, meu irmão e eu, a conhecer os vários armários e gavetas dos móveis de madeira maciça. Era melhor, é claro, que as coisas que você usava e levava à escola — materiais, mochilas, presilhas, lancheiras, meias e daí por diante — fossem mais ou menos parecidas com os materiais, mochilas, presilhas, meias, lancheiras etc. de todo mundo. Qualquer coisa diferente, por menor que fosse, bastava pra causar comoção e atrair o deboche dos outros alunos, e essa situação podia se prolongar por semanas e semanas, e é por isso, eu suponho, que esses itens, que imprimiam uma estética meio Comunidade Econômica Europeia, ficavam em casa em algum lugar, provavelmente na gaveta desse ou daquele móvel de madeira.

O papel-sulfite também ficava em casa, já que se tratava de folhas soltas que iam amassar e sujar imediatamente se eu resolvesse enfiá-las na minha mochila já lotada. E, de qualquer forma, na escola já tínhamos que trabalhar nos livros didáticos, que tínhamos de encapar assim que nos eram entregues. Consequentemente, no começo, além de escrever em folhas de papel-sulfite A4, eu também escrevia nas últimas páginas dos livros didáticos da escola enquanto estava na escola, porque aquele era o papel a que eu tinha acesso. Os professores não olhavam as últimas páginas dos livros, mas minha professora de matemática olhou — não sei o que ela estava procurando, mas é claro que acabou encontrando alguma maldade que eu tinha escrito sobre ela e quando eu por acaso fui até a mesma página durante a aula de matemática mais ou menos uma semana depois de ter escrito aquilo vi que ela tinha escrito uma réplica típica de professora logo abaixo, algo como "Eu também não gosto de você". Quando levantei a cabeça, toda corada, ela estava me olhando e sorrindo. Não sei o que me incomodou mais: o que ela tinha escrito ou a visão da sua caligrafia naquele espaço do meu livro que eu considerava privado. Rapidamente desenhei um balão de diálogo ao redor do comentário dela, o que o tornou menos desagradável. Foi no final de outro caderno que meu professor de inglês tinha descoberto uma história, provavelmente minha primeira, que eu escrevera durante uma aula muito tediosa com um professor substituto. Era uma história muito curta, sobre uma menina que está costurando os vestidos das irmãs à luz de velas num cômodo subterrâneo — um porão — ou até mesmo um calabouço — já que as paredes de pedra são grossas e nuas e têm um brilho que dá a sensação de que estão sempre molhadas, embora nunca encharcadas, e o piso é de laje e parece ser muito frio e também deve estar todo úmido, e a janela, que nunca vemos, é minúscula, quadrada e impossível de fechar por completo e fica num lugar tão alto que é impossível olhar por ela e também não permite que nenhuma luz entre o suficiente pra fazer qualquer diferença perceptível na retumbante melancolia do ambiente. Eu não fazia nenhuma descrição do ambiente na história original, mas agora que penso nela de novo reconheço facilmente a imagem encerrada e úmida que estava na minha mente enquanto eu escrevia aquelas poucas linhas certa tarde durante a aula há tantos anos. Um dos possíveis motivos pra que eu tivesse dado poucas informações sobre o entorno da menina era que seu dilema parecia saído de um conto de fadas — e sendo assim a maioria das pessoas já estaria familiarizada com o ambiente fechado e deplorável que um cenário como esse costuma empregar pra transmitir o sofrimento e a injustiça a que nossa heroína é sujeitada dia após dia. Seja como for, pelo que me lembro meu ponto de partida não foi o ambiente, nem a menina, nem mesmo sua terrível situação e a inevitável reviravolta que certamente a aguardava. Era a linha de algodão branco que, com a ajuda de uma agulha afiada, ela colocava e tirava do tecido rígido dos ridículos trajes das suas irmãs, um ponto por vez, até a eternidade.

Eu estava desenhando típicas composições de pétalas, flechas, antenas e pequenas esferas pontilhadas no final do meu caderno durante uma aula sem pé nem cabeça de um professor substituto que parecia não fazer a mínima ideia do que estava falando e, talvez porque a própria aula sem cabeça pudesse ser descrita como uma espécie de rabisco, comecei a ficar insatisfeita e irritada com meus próprios rabiscos e talvez tenha sido por isso que o rosto começou. A não ser que fosse alegremente manipulada pela professora de arte, cuja empolgação chegava a ser agressiva, eu jamais tentava desenhar nada que pertencesse ao reino das coisas e dos seres reais. Logo criei o hábito de desenhar, a partir da união desses padrões que descrevi, entidades inventadas que eram parte planta, parte bicho e que lembravam os fogos-fátuos que avançam com toda a delicadeza trêmula de um cenário de teatro no limite da nossa visão e que desaparecem por completo como anjos de papel quando tentamos capturá-los com um movimento rápido no círculo negro da nossa pupila anfíbia. A pupila, é claro, é o abismo com bordas do qual somos lançados e ao redor do qual organizamos nossas identidades em constante transformação, então é claro que quando o rosto começou foram os olhos que apareceram primeiro. Eu tinha observado em mais de uma ocasião um ou outro colega de classe abordar a tarefa de representar um rosto desenhando primeiro seu contorno, dentro do qual os traços faciais — sobrancelhas, olhos, nariz, boca — eram depois distribuídos de qualquer jeito como se fossem os recheios de uma pizza muito estranha. Às vezes eu via que não sobrava espaço pra todos os traços, e não raro a boca, por exemplo, acabava extrapolando a área do rosto e não havia mais nem sinal de queixo. E, por motivos igualmente relacionados aos olhos arregalados, também não havia nem sinal de uma testa simpática. Apesar de saber muito bem que essa não era a maneira correta de analisar e retratar as dimensões de um rosto e as características que as determinam, eu me mostrava um fracasso completo sempre que tentava desenhar qualquer coisa que fizesse parte do esquema visível da realidade. Mesmo assim, minha incapacidade incontornável de criar uma imitação minimamente crível não me impediu de empreender essa tentativa improvisada, e isso aconteceu por um motivo: embora aquele rosto que ocorria na folha realmente correspondesse a um rosto que de fato existia, o rosto de um ser humano do sexo masculino que eu vira com meus próprios olhos em inúmeras ocasiões, criar uma representação crível do rosto do homem e dos traços que o tornavam único não era meu objetivo. Não tomei consciência do meu objetivo até que embarquei no segundo olho do rosto do homem, que aos poucos se mostrava bastante diferente do primeiro, tanto no formato quanto no tamanho, e que teria ficado muito à vontade no rosto de qualquer criatura — fosse ela real, fictícia ou mítica. Eu não estava nem aí pra notável falta de precisão e especificidade do desenho, porém — à medida que continuei a íris sem precedentes do segundo olho, meu verdadeiro objetivo foi se manifestando em partes do meu interior de que eu nunca estivera especialmente ciente. E foi assim que entendi que o real propósito da minha tentativa improvisada não era retratar a aparência desse homem, e sim trazê-lo até mim.

Antes disso e por algum tempo eu só havia pensado nesse homem, e pensar nele era muito semelhante a olhar uma foto dele porque enquanto eu o estivesse olhando ele não se mexia e estava sempre mais ou menos situado no mesmo ambiente mais ou menos posicionado do mesmo jeito a cada vez com mais ou menos as mesmas coisas ao seu redor de forma que na verdade eu só estava lembrando do homem e isso significava que ele existia na minha mente como um mero artefato do passado e não como uma entidade animada em desenvolvimento que poderia portanto se misturar e talvez até se confundir cada vez mais com minha própria identidade em desenvolvimento. Então eu continuei esse retrato irregular mas envolvente, embora visse que estava ficando péssimo. Eu já tinha superado aquela imagem inerte e impessoal que poderia muito bem ter sido uma fotografia, e estava descobrindo nesse exato momento que fazer marcas numa página com minha própria mão era uma maneira de brincar com a distância e movimentar as coisas. Quando chegou a hora de fazer o cabelo do homem, porém, eu não soube direito quais marcas fazer. Ele tinha um cabelo tão lindo que eu precisava pelo menos tentar mostrar seu apelo. A pressão era quase insuportável. Será que eu devia representá-lo como uma massa única com um só traço confiante e ondulante ou com um acúmulo texturizado de fios individuais — com um monte de risquinhos rápidos? É claro que se estiver nutrindo um fascínio pelo seu objeto você vai querer dedicar todo o tempo possível a essa tarefa, de forma que uma abordagem microscópica parece oferecer mais em termos de satisfação. Um cabelo por vez. Repetitiva. Minúscula. Minuciosa. Fervososa. Como sugerido anteriormente, eu não dava a mínima pro resultado final do meu trabalho. Assim que concluísse minha criação eu provavelmente ia encontrar alguma maneira de eliminá-la por completo. Escolher o método exato podia ser uma tarefa difícil, já que, como mencionado anteriormente, jamais nos encorajavam a descartar qualquer emanação mental que tivéssemos posto no papel, já que se pensava, eu imagino, que ainda não conhecíamos coisa nenhuma o suficiente pra estar em condições de determinar quais ideias e expressões tinham valor e quais não tinham. Arrancar uma página de um caderno estava terminantemente proibido e lembro que, nas raras ocasiões em que alguém teve a audácia de desrespeitar essa regra, essa pessoa foi censurada com o que me pareceu uma solenidade excessiva que teria sido proporcional à mutilação de um texto canônico, mas que em se tratando da destruição desse ou daquele caderno pertencente a esse ou aquele aluno indistinto, parecia forçada e exagerada. Pois sem dúvida havia uma diferença significativa e evidente entre as duas coisas, que dizia respeito tanto a seriedade quanto a consequência, não havia? A impressão de que poderia não haver estava, conforme notei, relacionada com a contínua preocupação com a ideia de potencial individual e, como tal, era tão seminal quanto confusa. Nesse caso me parecia óbvio, no entanto, que a obra concluída no final do meu caderno não era e nunca seria digna do papel em que estava escrita. Era o ato de desenhar, e não o desenho em si, que tinha algum valor — não se tratava de desenhar pra posteridade, de jeito nenhum; tratava-se de desenhar cada traço de um ser humano do sexo masculino pra trazê-lo ao meu lamaçal mais profundo. Onde eles não se restabeleciam limpos e corretos como um rosto numa fotografia, mas me atravessavam inteira, espalhados como talismãs. Pra que ele afundasse em mim. Um fio de cabelo de cada vez. Até a eternidade. Mas logo ficou claro que uma caneta esferográfica não é a ferramenta mais indicada pra esse tipo de tarefa de conjugação, a sensação é toda estranha — essa sensação tem a ver com a matemática e se deve a uma rachadura no transferidor, que prende a ponta toda santa vez. Eu me desconectei completamente do que estava fazendo e fiquei inquieta, com raiva da caneta idiota. Logo a coisa degringolou e virou uma bola de palha de aço toda arrepiada que destruiu de vez todos os traços do homem. Não sobrou nada dele. Exausto, meu pequeno punho nervoso relaxou, mas a caneta se recusava a cair. Ela ainda não estava satisfeita.

Com a ponta ainda sobre a página catastrófica, deixei a linha se arrastar e ziguezaguear por um momento e, na ausência de qualquer vontade de voltar a desenhar, ela foi ficando mais fraca. Como um fio solto senti sua ponta desgastada entre os dentes, voltei e segui adiante sem nenhum lugar ou objeto em mente ou assim pareceu até que em algum lugar do caminho houve uma mudança como se das supracitadas profundezas do meu ser surgisse uma estranha reverberação, a linha deu algumas cambalhotas exuberantes e se dividiu em palavras e as palavras ditaram a história, como se ela estivesse ali desde o início, de uma menina que conserta os vestidos rasgados das irmãs sob a luz flutuante de uma única vela, só algumas linhas em forma de palavras cuja sequência falava de uma menina costurando na semiescuridão de um porão por tanto tempo e com tanto cuidado que seus dedos ficam magros e frágeis como fios de algodão, a agulha cai, é absorvida pelo breu, a menina se joga no chão, levanta os braços, ela já não consegue segurar nada, nadinha, seus dedos vão ficando cada vez maiores e se transformam em fios que rodopiam pelo cômodo com a energia elétrica de um laço de vaqueiro até que enfim atingem a chama crescente da vela e pegam fogo no mesmo instante, o fogo vai subindo pelos braços rodopiantes da menina e arde, brilha, através do seu peito e do seu corpo todo, uma conflagração magnífica ela se lança em êxtase num cesto no qual as roupas que tinha consertado pra irmã estão cuidadosamente dobradas e empilhadas, e juntas elas queimam num disco cintilante de fogo branco antes de cair suaves numa pilha clara da mais macia cinza.

E aí a caneta ficou satisfeita, esgotada, feliz, e pousou, fumegante, sobre o caderno fechado.

Esgotada, sim, mas agora eu sabia do que ela era capaz.

Era de tarde muitos anos atrás e eu estava sentada numa mesa com três ou quatro outras meninas e embora eu meio que desse corda pras coisas sobre as quais elas gostavam de conversar com mais ou menos empolgação eu não sentia nenhuma afinidade natural com elas nem com suas intrigas.

Imagino que elas sabiam disso ou sentiam alguma coisa. Fora da sala de aula cada uma seguia seu caminho.

Não é de admirar que a história que acabou saindo de mim durante aquela aula inútil naquela tarde tediosa tantos anos atrás tenha trazido no seu fio uma menina devorada pelas chamas, né? Havia, de fato, uma grande satisfação na visão reluzente do seu corpo sendo engolido e consumido.

A chama dessa imagem me iluminou por dentro, tantas e tantas vezes,

                indissociável do sangue que ardia feito fogo selvagem sob minha pele imaculada.

Alguns anos depois participei do que hoje se costuma chamar de seminários, e esses seminários aconteciam no sexto andar de um edifício de péssima fama que ficava entre o cassino e a biblioteca, bem no centro de uma cidade de péssima fama. Havia um elevador e isso no início pareceu interessante porque a maioria dos edifícios que eu tinha motivos pra visitar com alguma frequência até então não devia ter mais de três ou quatro andares e quando de fato havia mais andares e um elevador que subia e descia entre eles era provável que, por motivos que eu não conseguia entender completamente, nos dissessem pra não usá-lo. O elevador da universidade era pequeno e não funcionava muito bem. Eu odiava esperá-lo, de qualquer forma. Ficar em pé perto dos elevadores esperando que um amigo saísse de um ou de outro era legal — esperar o elevador em si não era nem um pouco legal. Não muito depois de começar a faculdade eu percebi que a educação que eu recebera até então tinha sido bastante lamentável porque logo ficou claro que todos os outros alunos já tinham lido muitos livros importantes e sabiam muito mais que eu sobre todo tipo de coisas que eu mal sabia que existiam. Todos os outros tinham frequentado escolas em outras partes do bairro e pareciam conhecer uns aos outros e saber muitas coisas. Eu era a única que tinha vindo da minha escola e por isso não conhecia ninguém e quase nada. Portanto minha mente se prendeu muito rápido à natureza cruelmente figurativa de toda sorte de formulações profundas como Corvos Silogísticos, Terrível Simetria, As Cinco Maneiras, A Bifurcação de Hume, A Navalha de Occam, A Lança de Lucrécio, Amor Vegetal, A Média Áurea, O Gato na Gaveta, Uma Pulga Gorda e Mimada, Uma Árvore que Cai na Floresta, A Caverna, A Alegoria do Navio, O Mito dos Metais, Uma Gota de Orvalho, A Morte de Deus, O Ópio do Povo, A Alegoria da Carruagem e As Mesas Viradas. Essas ideias grandiosas e conceitos sublimes conspiraram pra revelar em mim uma paisagem excepcional e carregada de dunas quase sempre cobertas de grama e bosques clandestinos e caramanchões e minaretes fragrantes, todos bronze, latão e ouro, com uma variedade de ornamentos aqui e ali como um bololô de gaiolinhas de bambu dentro das quais tartarugas puxam a ponta enrugada de folhas de alface verde-claro, um armário de escritório caído na areia, gafanhotos dourados que aparecem de dois em dois, uma tigela de limões muito ácidos sobre a folha, rolamentos de esferas que avançam, uma bigorna fria naturalmente não indo a lugar nenhum, um novelo de corda grossa cor de coral, um rio distante e inacabado, uma tesoura comprida que reflete as nuvens, fluindo em alta velocidade, por um céu azul. A aura, o tom dessas visões penetrantes remetiam a uma universalidade sofisticada, enquanto minhas entidades mais íntimas e locais, que até então pareciam ilimitadas e sagradas, agora, em contraste, se mostravam ingênuas e descontroladas, feitas de algum outro material menos convincente, e como tal eram vulneráveis, ao que parecia, bastante vulneráveis ao risco de ser eliminadas pela atmosfera, pela aura, pelo tom desse influxo conceitual mais bem-acabado. Então a menina, por exemplo, a menina tão concentrada que costura até que seus dedos se reduzem a fios e seu corpo pega fogo, perdeu seu brilho. Era apenas o terceiro elemento de um trio lamentável, junto da vela débil e do cesto torto. Sombras insípidas agora estremeciam ao cruzar com o olhar dessa criatura sem futuro e o cabelo dela era lambido e oleoso. Seus pulsos doíam e seu nariz escorria. Lascas impuras lhe cobriam as coxas magrelas e a bunda mirrada. E a escuridão, a própria escuridão também havia perdido sua força, já não era a escuridão ativa e metafísica de uma natureza-morta, agora era inerte e carecia de profundidade.

De uma parede a outra e nada além.

E como não havia escuridão, nem sinal de uma escuridão verdadeira, também não havia luz, nem sinal de uma incandescência verdadeira, só o rápido derramamento de uma coisa miserável, nada extraordinário, nada além de uma extinção corriqueira, inevitável e irrelevante.

Nada fora do comum.

Ela já não saltava num resplandecente esplendor blakiano, mas era capturada pelos riscos da grave grisaille vista num panfleto marxista que enumera em tom solene as terríveis consequências de não ter qualquer participação nos meios de produção. Afinal já não era bastante óbvio que a fusão dos dedos da menina com as ferramentas com as quais ela trabalhava dia após dia mostrava que ela não existia para além do trabalho que era obrigada a realizar dia após dia? Só os trabalhos braçais e as atividades repetitivas lhes são confiados, sua vida e seu destino não dependem da sua própria vontade — na verdade ela não tem oportunidade alguma de cultivar quaisquer objetivos, foi privada de qualquer poder, e essa impotência a alienou do mundo no qual ela parece viver.

Depois que seus dedos viraram fios ela não consegue tocar nem segurar coisa alguma.

Mas, de qualquer forma, o que haveria pra ela pegar nas mãos? Não há nada no entorno imediato que esteja ao seu alcance.

Não há absolutamente nada que ela possa almejar.

A imagem da menina se debatendo num ambiente escuro e inacessível se torna mais terrível porque o ambiente está completamente vazio.

Dentre as coisas que podem acontecer a uma jovem mulher, existe alguma pior do que ter seu impulso roubado? Do que ter seu imenso potencial desperdiçado?

v. Tudo o que há de bom

O verdadeiro infiel é aquele que faz amor só com uma parte de você. E nega o restante.

O diário de Anaïs Nin, fevereiro de 1932

Muitos anos atrás, um russo grandalhão com longos fios do mais macio cabelo grisalho veio morar na cidade que crescia mais rápido na Europa, que àquela época calhava de ficar no sudoeste da Inglaterra. Pouco se sabe dos seus motivos pra ter ido viver ali ou do que ele fazia da vida, mas uma coisa que se pode afirmar com absoluta certeza sobre sua rotina diária é que sempre que o russo precisava fazer compras ele entrava no seu carrinho marrom e ia até um centro comercial no subúrbio. E ele devia ir àquele centro comercial e não a outro porque havia um supermercado muito agradável naquele centro comercial que exceto pelas manhãs de sábado nunca ficava muito lotado e por isso sempre havia vagas no estacionamento perto das portas de entrada e saída, e isso devia ser muito conveniente pro russo porque ele provavelmente teria muita dificuldade de achar seu carro se o carro estivesse enfiado de qualquer jeito no meio daquele monte de carros estacionados um atrás do outro com a luz do sol de rachar do meio-dia cobrindo todos, diluindo seus capôs já indistinguíveis no estacionamento quase infinito. O carro do russo era mais ou menos fácil de reconhecer porque era muito velho, e por isso tinha uma cor já considerada vintage, isso sem falar no acabamento de portão de jardim que não abre, e por isso tudo até que aguentava bem aquela intensa manifestação do sol suburbano. Mas era muito provável que o russo não soubesse reconhecer o próprio carro, de forma que a única maneira de encontrá-lo era ter certeza de onde o havia deixado e isso talvez explique por que o russo gostava de estacionar seu carrinho marrom perto das portas de entrada e saída do supermercado que apesar de suas proporções transmitiam a sensação familiar e o charme despojado de um mercadinho de esquina. Bem ali, no perímetro dessa cidade em franca expansão, mas ainda alienada, no sudoeste da Inglaterra.

Uma vez dentro do supermercado, o russo pegava uma das cestinhas que sempre estavam empilhadas com cuidado e eram regularmente reabastecidas bem ali à esquerda da porta e logo depois de ter pegado a cestinha ele começava a parecer assustado e zonzo, como se a cestinha fosse um balde cheio de enguias teimosas e irascíveis que se sacudia perigosamente na sua mão. Segurando a cesta longe do corpo, lá ia ele, avançando a passos leves, orbitando os corredores a toda a velocidade, a cesta vazia mas controlada balançando de um lado pro outro à sua frente, tufos fantasmagóricos de cabelo branco desaparecendo no ar atrás dele. Lá ia o russo. Dando voltas e mais voltas frenéticas ao redor do supermercado. Mergulhando de cabeça nas frutas brilhantes e nos vegetais lustrosos, passando apressado pela padaria pela delicatéssen pelo açougue pela peixaria, desviando de todos os pratinhos de papel pousados nos seus respectivos balcões que ofereciam amostras grátis de pães sem glúten scamorza affumicata morcilha premiada na promoção caranguejo-aranha sem casca, voltando correndo pela seção de bebidas e indo até os caixas de número 1 a 19 com tamanha velocidade que parecia que pro russo os caixas eram as linhas de chegada de uma corrida. Lá estava ele, de volta ao começo, perto das portas de entrada e saída, bem onde ficavam as cestinhas empilhadas. E lá ia ele de novo, dessa vez mais rápido. E de novo, e de novo. Mergulhando de cabeça nas frutas brilhantes e nos vegetais lustrosos, passando apressado pela padaria pela delicatéssen pelo açougue pela peixaria, desviando de todos os pratinhos de papel pousados nos seus respectivos balcões com a alça da cestinha tão simpática balançando sem parar à sua frente até que por fim ela o levava por um ou outro corredor e depois pelo outro e aqui e ali pelo seu caminho trôpego produtos majoritariamente pertencentes à categoria longa-vida acabavam entrando na cestinha do russo e ele ficava o russo com a cestinha agora mais tranquila balançando pra cima e pra baixo pra esquerda e pra direita no meio desse ou daquele corredor de frente pras prateleiras de um ou outro lado meio curvado como se as prateleiras maravilhosamente organizadas de vegetais em conserva fossem na verdade as arquibancadas de um magnífico auditório vienense e ele estivesse diante de uma prestigiosa plateia que tinha viajado especialmente das regiões mais importantes da Europa pra assistir à sua apresentação de um número de ilusionismo sublime que naturalmente o russo ia executar com uma precisão vigorosa e uma ternura rítmica de afinação tão perfeita que as damas da plateia endireitando-se entusiasmadas iam prender a respiração iam entreabrir os lábios iam acompanhar com avidez por entre olhos apertados cada movimento milagroso e ao mesmo tempo aparentemente inevitável das suas mãos assombrosas iam pensar meu deus o que esse ho-

mem não poderia fazer por mim ele ia virar tudo de ponta-cabeça e finalmente tudo ia parecer estar do jeito certo e eu ia desabrochar desabrochar pois é alcançar uma plenitude enfim de carne e espírito experimentar enfim a revelação do prazer que eu desconfiava estar ali em algum lugar desde o início desde o início mas com que até agora eu mesma nunca havia travado contato e o homem sentado ao lado dela ia olhar por reflexo pras mãos da sua esposa e ver que elas estavam apertando as longas luvas cor de vinho que ele não a vira tirar mas que nesse momento de toda maneira estão sendo torcidas pra um lado e pro outro pelos seus dedos pálidos e enfeitiçados. O homem pigarreia pra que ela pare já com isso, mas a mulher está estranhamente desatenta aos lembretes do marido, que costumam ser bastante discretos, então o homem põe uma das mãos no colo dela meio a contragosto. Pousa a mão sobre os dedos agitados dela. Junta os dedos com facilidade. Flexíveis mas imobilizados. Calma, calma. Como as pétalas ovaladas de duas tulipas frescas.
O homem relaxa a mão, não a afasta, por que não deixar a mão ali? Sua mão continua pesada no colo plácido da esposa sobre os dedos imóveis da esposa como se não estivesse mais conectada a ele. E era justamente assim que ela a sentia, aliás. Como se uma mão que pertencia a sabe-se lá quem de sabe-se lá onde tivesse caído no colo dela sem mais nem menos. Logo seus dedos voltaram a se remexer. Como algas Laminaria digitata eles se viram e atravessam os dedos imperturbáveis dessa mão desavisada e a levantam até onde ela possa vê-la. Antes de conseguir se conter o homem se vira pra olhar a esposa e isso é um erro — tarde demais — sua cabeça já está virada pra buscar os olhos da esposa. O contato visual que ele procurou por impulso sem dúvida teria tornado a situação ainda mais estranha, caso estabelecido, mas na verdade o contato visual com sua esposa não foi estabelecido porque ela está olhando com uma expressão curiosa pra mão de-

le, que ela mantém ali no ar entre os dois. O que ela está fazendo agora? Ela está inclinando a cabeça pra um lado agora. Ela está desviando da mão e olhando pro marido como se quisesse dizer: é sua? Ele não pode fazer nada além de deixá-la segurar a mão e observar enquanto ela estica os dois primeiros dedos e abre bem a boca. Mantendo sua mão exatamente onde está no ar entre os dois e a boca bem aberta ela aproxima a cabeça da mão e abocanha os dois dedos esticados sem encostar neles, e quando enfim sente a ponta dos dedos entrar em contato com sua garganta, fazendo um súbito fluido subir, subir, pra se deleitar com as crescentes dos seus olhos, ela fecha a boca ao redor dos dois dedos. Até o fim. O homem não pode fazer absolutamente nada a não ser observar os dois dedos sumindo dentro da cabeça da esposa e se surpreende porque a boca da esposa é muito quente por dentro. É uma sensação quase industrial, e isso o perturba. Parece que tem uma fornalha ali dentro e quem, quem, afinal, é responsável pela manutenção dessa fornalha? Não há nem sinal da língua dela. A língua dela sumiu do mapa. Está esperando. Esperando o que ou quem, será? Entre a parte de baixo dos dedos do homem e a língua à espreita da esposa há um vácuo muito quente que o puxa pra dentro. Sua barriga suas costelas seu períneo a parte de trás dos seus braços se mostram especialmente suscetíveis às exigências abismais desse vazio terrivelmente insistente e acusatório que foi causado pela ausência abrasadora da língua da esposa.

A língua da esposa.

Cadê a língua? Cadê?! A borda dos dentes dela atrás dos lábios aperta a base dos dois dedos dele e ele detecta um choque, um espasmo. Ela aperta com mais força, tentando reprimir essa crise tão intensa do que parece ser um engasgo cadenciado. Ou talvez ela esteja apertando com força pra provocá-lo? Ele tenta tirar os dedos, mas é impossível. Além dos lábios que prendem a base dos dedos, a mão dela segura o punho dele com a força torpe de uma jiboia que não tem mais nada pra fazer no mundo. Ela não vai soltar nunca mais. Talvez ela morra engasgada discretamente com esses dedos na boca. Talvez caia no colo dele. E ele talvez enfie a mão esquerda nos caracóis vermelhos quase roxos do cabelo preso da esposa. E assim entre em contato com a beleza sobrenatural que sem dúvida emana de um crânio simétrico que deixou de ser limitado pela força implacável de desejos incomuns e inimagináveis. E talvez enquanto a beleza sobrenatural desse crânio liso e sereno permeia os dedos dele e avança imperturbável em direção ao seu peito, onde vai se acumular numa poça propícia dentro da qual o coração do homem será banhado e ungido o homem vai olhar ao redor do auditório e verá que sim a cabeça de todas as esposas agora repousa no colo do homem ao seu lado e ele também vai notar que todos os homens estão com uma mão enfiada no penteado complexo que vai ficar pra sempre na cabeça imobilizada, ali em seu colo, enquanto a outra mão repousa sobre o estreito braço de veludo da poltrona, ali à esquerda de onde todos os homens se sentam. E olha não é que os dois primeiros dedos da mão de todos os homens brilham sobre o braço de veludo da poltrona, ali à esquerda? E olha, o russo não parou na frente do palco? Ele não está ali parado, sorrindo, com ar vitorioso, e seus dois dedos não estão erguidos pra todos os homens verem? À medida que o coração do homem desce com modos delicados até a poça cintilante de beleza sobrenatural que foi drenada da cúpula recentemente acalmada caindo pesado e livre do seu fardo sobre seus joelhos, ele se sente invadido por uma admiração e uma gratidão que vêm em ondas e são direcionadas ao truque que esse homem russo executou e que certamente solucionou todos os enigmas, todos os enigmas, todos os enigmas foram solucionados. Seus conflitos sem solução jogados ao vento, a esfinge enfim repousa, e como ela é linda. Como é linda. Nem é preciso dizer que agora ela está mais linda que nunca.

Ela está soltando.

A esposa do homem afasta a boca da base dos dois dedos dele. Tira os lábios dali, voltando pelo já conhecido comprimento dos dedos. Bem quando ela está quase ficando sem dedo, sua língua sobe, ressurgindo do seu mergulho, e estremece entre as duas pontas. Acaricia rapidamente a ponta dos dois dedos com um deleite lúbrico antes que a língua e os lábios, a boca inteira, abandonem completamente a mão. A torcedura que envolvia seu pulso se afrouxa. Mas ela não solta. A mão dela vai subindo. Desliza sobre a mão dele. Aperta os dois longos dedos hidratados. A esposa ergue os dedos do homem diante dele, pisca seus brilhantes olhos escuros fingindo surpresa e murmura a palavra "Voilà". E mesmo assim ela não solta. Ela se inclina na direção dele. Ela olha bem nos olhos do marido. Ela aproxima os dois dedos do marido de seu pescoço esticado e, com o aparelho vocal ligeiramente comprometido pela pressão, diz muito baixinho: "Toma… é seu". O russo para de repente na frente do palco. Ele fica ali. Sorrindo com uma expressão triunfante. Ele mexe as mãos devagar pelo ar agitado.

Acariciando o ar, na verdade.

Pois o ar se alterou por completo. Ficou sarapintado volátil aceso. As damas no auditório vienense estão muito atentas, suas luvas de pelica de vários tons majestosos se encolhem e escorregam como miúdos de animal sob a pequena sola das suas pequenas botas cheias de adornos, elas estão batendo as palmas nuas umas nas outras com uma excitação tão violenta que suas mãos ardem, suas mãos estão queimando, suas mãos estão pegando fogo, e de repente elas começam a cantar, ponha a mão no meu peito, como ele queima, um fogo brilhante que segura firme meu coração, ele se contorce ali dentro e me envolve. Wagner, logo Wagner! O russo passa as mãos pelas correntes de ar sôfregas e de fato consegue sentir com tanta clareza, mas tanta, que as mulheres estão cheias de coragem, que as mulheres estão prontas pra tudo. Tudo! É por isso que o russo está sorrindo com um ar tão triunfante? Porque ele sabe muito bem que as mulheres mais importantes da Europa estão preparadas, mas ao mesmo tempo não têm a menor ideia do que desejam? Porque ele sabe muito bem que elas mantiveram e aperfeiçoaram uma ingenuidade diáfana e sedutora e, ao fazer isso, deixaram de desenvolver os recursos naturais e de cultivar a curiosidade inabalável que, entre eles, certamente poderia ter direcionado o apetite desenfreado que agora causa tamanho estrago no seu interior pra criação de um cenário erótico conveniente e satisfatório? Sempre haverá uma ou duas aqui e ali que demonstram completa aptidão, é claro. Mas, caso estivessem no auditório vienense, tais mulheres débrouillard já teriam uma carta escondida na manga perfumada desde o começo. O russo sabe muito bem que pra maioria delas tudo isso foi um pouco excessivo e repentino, e sendo assim a intensidade cega e urgente que demonstraram será manipulada e explorada das piores formas possíveis, não sabe? Formas que vão estimulá-las e levá-las ao limite, é claro — não é tão difícil identificar e incitar a vontade de transgredir e uma quedinha pela humilhação. Porque é claro que é estimulante deixar-se perverter por quem sabe o que faz. Ter cada característica aplaudida e traço inimitável comprometido, erodido, subvertido. Mas ao mesmo tempo o russo sabe que essas mulheres comportadas não podem se entregar por inteiro. De uma vez por todas. É impossível! A realidade vai se endireitar, os papéis devem ser retomados e tudo o que há de bom deve voltar ao seu lugar. Sim, tudo o que há de bom! Renda, opala, mosquitinho, óleo de rosa, merengue, gardênia, pó de pérola, vison, amêndoas açucaradas, pas de chat, cera de abelha, tarô, flor de laranjeira,

Liszt, ginástica, talco veneziano, periquitos, baklava, camafeu, âmbar, calamina, broderie anglaise, osso de baleia, favo de mel, coelho, polca, tafetá, pout-pourri, cristal, Chrétien de Troyes, lavanda, mah-jong, gymkhana, casco de tartaruga, tinta de lula, filigrana, seda, açafrão, alcaçuz, aparelhos de baby liss, cágados, favas de baunilha, abacaxi, banho de banheira, plumas, elixires, tazze, candelabros, xampu de banana, avencas, torneiras folheadas a ouro, kits de manicure, pães doces, meia-calça bege, lapsang souchong, abacate, chocolate com menta, o luar da primavera — e depois, e depois? O russo deve saber muito bem que elas vão ficar horrorizadas com os atos indizíveis dos quais foram cúmplices e doravante vão se sentir intimidadas e vão se arrepender até o âmago dos seus corpos corrompidos e dos seus corações erráticos, não sabe? É praticamente impossível saber de que lado o russo está vendo-o ali, sorrindo extasiado. Perturbando o ar turbulento, sorrindo, sorrindo, agora estendendo o braço diante do corpo. Uma mão incontrolável repousando primeiro sobre um vidro de picles e depois migrando com um gesto travesso pra um vidro de picles com endro e o russo adora endro, ainda mais no picles, porque ele gosta de comer picles com salmão-vermelho e salmão-vermelho e endro são um par perfeito e é inclusive esse exato vidro de picles com endro que o russo está colocando na sua cestinha quando eu viro no corredor de temperos com uma caneta na mão e uma trança embutida no cabelo a caminho do caixa 19 no qual vou me sentar numa cadeira giratória torta e dar início a mais um turno de nove horas porque estamos no verão e no verão eu aceito todas as horas de trabalho que o diabo manda pra conseguir guardar dinheiro pra quando eu voltar pra universidade que fica num ponto equidistante entre a biblioteca lamentável e o cassino abandonado bem no meio da cidade que cresce mais rápido na Europa pra retomar meus estudos em três disciplinas pertencentes às humanidades no próximo mês de setembro. O russo está sozinho no corredor. Sua mão habilidosa volta a se mover pelo ar e não consigo passar por ele porque num instante ele tirou um livro de não sei onde e o posicionou bem no meio do meu caminho. "Toma, é seu!", ele exclama, e eu pego o livro da mão do russo sem parar de andar e digo muito obrigada e continuo andando até o caixa 19 com a cabeça erguida e o livro encostado na coxa e assim que chego ao caixa coloco o livro numa prateleira que fica embaixo da maquininha bege que passa o dia inteiro imprimindo as notas fiscais. Ali está ele ao lado das bobinas de papel ali está ele ao lado da minha cadeira invencível ali está ele fazendo cara feia do meu lado até eu sair pro almoço sem sequer olhar pra ele em nenhum momento. Que eu olhasse ou não o livro não faz diferença nenhuma — eu vi o título, eu sei que livro é. O livro que o russo achou de bom-tom me dar é do Nietzsche e se chama *Além do bem e do mal* e eu estou bastante irritada porque não há dúvida alguma de que o russo achou de bom-tom me dar esse livro porque apesar de eu sempre passar seus vidros de vegetais em conserva e latas de peixes ricos em ômega-3 pelo leitor de código de barras fazendo questão de falar apenas o necessário, nem uma palavra a mais, um aspecto menor porém decisivo do meu temperamento tinha fraquejado na presença recorrente do russo e tinha me entregado, revelando o mínimo traço da minha essência mais profunda, pois há uma prova, bem ao meu lado, de que o russo conseguiu atravessar minha carne inquieta mas intacta e ver quem eu sou por dentro. Conseguiu ver as revoluções cada vez mais rápidas dos meus pensamentos completamente extravagantes.

VI. A gente era o drama

> *Os fios estão voando, tremulando, entrelaçando-se à teia, as*
> *águas estão sacudindo a lua.*
>
> "The Poetry of the Present", D. H. Lawrence

De vez em quando eu pegava o trem quando já não aguentava mais, e isso acontecia com mais frequência do que de vez em quando mas não era sempre que eu tinha dinheiro pra pagar o trem naquela época, ou os recursos pra estação meu deus que sempre estava, qualquer que fosse o horário, muito movimentada e barulhenta barulhenta barulhenta, era barulhenta independente do horário em que você fosse, e era o barulho contínuo que eu não suportava eu não conseguia ignorar nenhuma parte daquele barulho nunca consegui e um dia quando eu estava no trem o barulho estava também, e não era sempre assim naquela época — as pessoas que estavam no trem em geral não faziam muito barulho porque naquela época nenhum de nós tinha celular e estávamos acostumados a ficar sentados em silêncio assim com uma revista e um chá e alguns biscoitos sem fazer quase nada de barulho além de abrir o pacote e quebrar o biscoito pra molhá-lo no chá, andar de trem costumava ser assim acho eu tirando um dia quando, ao contrário, estava muito barulhento por causa daquelas crianças saindo da escola, e estavam todas se mexendo sem parar, eram todos meninos, acho, de blusa azul--clara e calça cinza indo na direção de Brighton, acho, era pra lá que íamos de todos os modos ainda que eles pudessem muito bem ter descido antes eu não estava lá pra ver exatamente onde desceram, eu saí do vagão quase na mesma hora antes de o trem de fato começar a andar e o motivo pra eu estar nele em primeiro lugar era porque eu não aguentava mais aquele barulho que parecia se intrometer em todos os lugares ainda que eu não conseguisse saber direito de onde ele estava saindo, ele não parava e ali estava ele, no vagão, e isso não me parecia nada bom, nada bom — eu não precisava nem pensar — a essa altura você só está fazendo o que precisa fazer, o que nesse caso era sair do vagão e seguir por aqueles belos corredores estreitos onde há belas portas de correr que se abrem, e lá está você num pequeno compartimento perfeitamente silencioso que é só seu, sem passagem de primeira classe, é claro. Nem sinal. Pois é, nem sinal. Esse silêncio. Esse silêncio. Agora todo o meu ser podia parar de se desgastar podia se acalmar na medida em que eu algum dia seria capaz de me acalmar e me alongar e quem sabe até curtir um pouco a vida. Eu tinha um pacote de biscoitos de gengibre e duas daquelas latinhas finas e lindas de gim-tônica da Marks and Spencer. Tenho a sensação de que eu estava usando um chapéu verde, mas talvez tenha confundido, pode ter sido a mulher que inventei anos depois que pega um trem pra ver amigos um dia antes do combinado, ou seja, ela chega um dia antes e eles ficam surpresos, mas ela só sente isso — na verdade eles não expressam nenhum sinal de surpresa, eles a recebem muito bem e se mostram muito contentes, inclusive, mas é claro que em algum momento uma das pessoas do grupo, a esposa, provavelmente, fala alguma coisa sobre a mulher ter chegado daquele jeito um dia antes, mas não tem problema, claro que não, e a gente não tem feito muita coisa, né, Drew, e assim a gente vai ter mais tempo de bater papo antes de todo mundo chegar, e ela fica muito constrangida, é claro, e depois faz o possível pra não passar muito tempo lá, começando por sair pra andar pelos arredores, e o lugar é enorme e tem árvores imensas e muito velhas, pinheiros-de-casquinha e coisas assim, e é pra lá que ela vai, ela sobe até onde ficam os pinheiros mais velhos. Os Beaton vivem bem, claro, e ela chegou um dia antes e na verdade ninguém se surpreendeu e isso é que é pior. Ela adorou a viagem de trem. Não tinha quase ninguém. Ela comeu uva. Uva com semente. Eu me lembro dessa parte. "Eu prefiro uva com semente", ela fala. "Parece uma fruta mais inteira e você come mais devagar." "Já a sem semente…", ela fala, "parece que alguém já mordeu." Esse era o tipo de coisa que ela falava, e à medida que ela ia falando essas coisas eu soube que ela era Charlotte Bartlett, por isso fiquei muito satisfeita, mais tarde, em revelar, depois de várias insinuações, que ela havia tido um caso breve e tórrido com o sr. Beaton, Drew, que envolveu, mais de uma vez, um encontro marcado junto ao tronco de um daqueles mesmos velhos pinheiros. "E se cair?", ela perguntava. "Não vai cair", ele dizia. "Está aqui há mais de quinhentos anos, e duvido que seja a primeira vez que alguém faz isso." Eu não comi nenhuma uva no trem. Eu jamais sonharia em entrar numa loja assim e colocar alguns cachos de uva com semente ou sem semente numa sacola de plástico branca como aquela e levá-las pro atendente do caixa assim porque é isso que você teria que fazer e parece um processo bastante simples mas quase nunca é — te vendo três pêssegos por uma libra, eles dizem, ou que tal dois alcaçuz por cinquenta centavos, como é possível saber, qual é a chance de que te ofereçam uma coisa de que você gosta, mas até que pode ser legal, depois de um tempo, depois de um tempo você poderia achar bom ter três pêssegos e um ou dois alcaçuz, mas não obrigada porque no momento eu não faço a mínima ideia de quanto vai custar a uva, nenhuma ideia mesmo, pode custar cinco libras, até onde sei, então sem uva nem passagem de primeira classe, embora, ironicamente, eu não tivesse nenhuma dificuldade de lidar com esse tipo de coisa. É claro que coloquei o gim-tônica atrás da bolsa fechei o pacote de biscoito e tirei os pés do banco logo antes de o fiscal entrar na cabine, mostrei meu bilhete comum e disse a ele que tinha mudado de lugar por causa de uma dor de cabeça súbita e terrível — estava absurdamente barulhento na segunda classe quando embarquei, mas talvez agora esteja mais tranquilo — e é claro que ele não ia me ver voltando pra segunda classe primeiro porque eu era jovem, não tinha nem vinte anos, ou talvez tivesse quase isso, mas parecia mais nova, e segundo porque naquela época ninguém se importava com isso como acontece agora, agora todo mundo se importa muito, todo mundo tem medo de não se importar ou se importa demais pra não se importar, o sistema não deixa etc. Num dado momento o trem parou entre estações parou de repente. Do outro lado da janela havia árvores molhadas e sebes. Era fim de outono. Havia frutinhas murchas e as últimas folhas estavam por um fio. Nada se mexia. Nem eu. Talvez eu nem estivesse respirando. Depois que voltamos a andar depois de não sei quanto tempo eu desatei a chorar. Eu chorava sem parar e meus ombros tremiam. Espremendo as lágrimas do meu corpo lágrimas gordas de outono que pingavam no meu colo, lá iam elas, pingando no meu colo no meu colo no meu colo no meu colo. Eu estava no trem. Indo pra Brighton. Em outra ocasião eu tinha ido pra Cambridge e aquela estrada imensa na saída da estação quase me matou eu não sabia onde eu estava pensei que no lugar errado devia ter ido pro outro lado — andei de um lado pro outro procurando um lugar pra ficar ou qualquer coisa na verdade porque naquela época era assim e não vi um hotel sequer naquela estrada inteira. Você é uma boba eu pensei e entrei num pub que tinha uma mesa de sinuca e máquinas caça-níquel. Eu sempre gostei de ir a pubs onde quer que estivesse, Marlborough, Bristol, Bath, Oxford, Malmesbury. Eu sempre levava um caderno e caneta e ao menos uma edição popular de um clássico da literatura e um maço de cigarro. Eu fumava todas as marcas. Marlboro vermelho, claro. Rothmans, que era uma marca estranha, porque por um lado era visto como um cigarro de má qualidade, mas por outro tinha um certo charme, porque eu tinha visto uma foto da Bianca Jagger numa casa noturna e na foto ela estava vestindo um macacão justinho branco diante de uma mesa redonda cheia de drinques, é claro, e maços e mais maços de cigarros e pelo menos um desses maços que estavam perto dos cotovelos da Bianca Jagger era uma caixa azul e branca de Rothmans, não era? Dunhill International era outra marca favorita. E também o Dunhill que vinha numa embalagem com bordas chanfradas. Lucky Strike, mas nunca por muito tempo, porque não combinava comigo. Gitanes, também por pouco tempo, porque embora combinassem comigo eram muito curtos e muito fortes. Gauloises às vezes. Camel de vez em quando, mas foi ficando chato porque tinha gente que falava que a marca doava dinheiro pra Ku Klux Klan e tinha gente que dizia que o cigarro continha fibra de vidro que fazia seu pulmão sangrar mas não me lembro de ter visto ninguém dizer as duas coisas juntas, era sempre uma coisa ou a outra, e sempre como se fosse a primeira vez que te diziam isso, e era ridículo porque quase todo mundo falava a mesma coisa, uma coisa ou a outra, sem parar. Eu fumava muito. Eu adorava. Eu adorava quando alguém me comprava um maço lembro que de vez em quando eu recebia maços de cigarro pelo correio e sempre ficava contente. A sensação de ver um maço fechado era maravilhosa o dia estava ganho. Eu passava o dia inteiro fumando na cama a pessoa fuma onde ela estiver ainda mais naquela época em que qualquer pessoa podia fumar meio que onde bem entendesse eu muitas vezes passava meus dias inteiros na cama então era quase sempre na cama que eu fumava. Às vezes eu fumava na banheira. Quando não estava na cama eu geralmente estava na banheira. Ia pro banheiro, as pernas trêmulas, a cabeça dolorida, em algum momento da tarde. Fumar na banheira com os dedos molhados. Acho que nunca mais vou fazer isso.

Tomei uma cerveja no pub de Cambridge ele ficava numa esquina e tinha a parede arredondada e foi por isso que escolhi aquele pub e não outro porque as paredes eram arredondadas. Vocês têm quartos pra alugar? eu perguntei de pé no pub depois de pedir uma segunda cerveja e ele disse na verdade não o que você está procurando?, tem um quarto lá em cima mas a gente não costuma receber ninguém é bem simples — por quanto tempo eu ia precisar eu queria dar uma olhada? Era um quarto bem simples não era muito grande e a cama que ficava à esquerda encostada na parede era de solteiro e eu ainda estava bastante acostumada a dormir numa cama de solteiro naquela época e até hoje depois desse tempo todo devo dizer que dormir numa cama de solteiro não me incomoda desde que ela esteja atracada numa parede e não tenha muita coisa enfiada embaixo da cama. Ele me ensinou a trancar a porta por dentro e disse que eu não ia conseguir trancá-la por fora tudo bem? seriam cinco libras por noite tudo bem. Liguei pro Dale no dia seguinte e talvez até no outro dia. Ele ficou muito irritado mas quis dar a entender que estava preocupado. Eu podia ter feito alguma coisa. Por que eu não tinha avisado? Muito de vez em quando eu sentia vontade de fazer alguma coisa e era um impulso tão raro e ao mesmo tempo tão exageradamente intenso que eu decidia ficar o mais perto possível desse impulso e não fazia nada que pudesse ameaçá-lo ou sabotá-lo ou subestimá-lo ou diminuí-lo ou distorcê-lo se eu sentisse vontade de enfiar umas coisas numa bolsa e ver se o gás estava desligado antes de ir a King's Cross eu não ia pensar quase nada antes de fazer essas coisas nem faria muito esforço, uma coisa depois a outra como se tudo fizesse parte de uma sequência conhecida que não exigia muita discussão, não precisava ser discutida, pra quê, por que eu precisava contar pro Dale, só pra ele poder perguntar aconteceu alguma coisa e onde você vai ficar e quem você vai encontrar lá e você tem dinheiro suficiente e de novo o que aconteceu, o que aconteceu, porque quase sempre acontecia alguma coisa ruim comigo, e por que eu queria ir para aquele lugar, e por que eu tinha que explicar pro Dale, por quê, se o Dale só ia me convencer a não ir pra me manter por perto porque o objetivo era esse, não era?, o Dale queria ficar de olho em mim, eu podia fazer alguma coisa, e ele não gosta muito quando eu fico sem falar nada e depois não paro de falar no telefone em Cambridge sobre um pub com paredes arredondadas e um quarto que não é um quarto e vai me custar só cinco libras. "Eu vou aí te buscar", ele diz. "Não precisa, sério", eu digo. "Eu já vou voltar amanhã." "Então eu vou te buscar na estação", ele diz. "Então tá", eu digo. O Dale ia odiar Cambridge e ia fazer questão de dizer. O Dale odeia quando eu ponho os óculos escuros na cabeça quando estamos andando na rua ele vai pra longe de mim como se eu fosse um marimbondo e fala "Jesus, tira essa coisa da cabeça". Muitas vezes ponho os óculos na cabeça só pro Dale fazer careta e falar isso. O Dale me acha problemática. O Dale acha que eu me relacionei com os homens errados. O Dale acha que é possível que eu tenha um lado autodestrutivo que faz com que eu só me atraia por homens horríveis, mas que é impossível saber se nasci assim ou se isso se manifestou graças ao primeiro homem horrível, que deve ter sido obra do acaso mas que mesmo assim inaugurou um padrão que não consigo quebrar. Seja como for, o Dale acha que preciso ser protegida. Ele me emprestou *A redoma de vidro*, mas logo depois mudou de ideia. Pegou o livro de volta e o limpou com a manga da camisa. Ele esconde os livros da Anne Sexton de mim, ainda que eu não os esteja procurando. Não tenho vontade de ler livros escritos por mulheres que se mataram. Acho que é muito provável que um dia eu me mate e se isso acontecer quero que seja tudo ideia minha. Não quero ficar à sombra delas a escuridão delas pode se infiltrar na minha e não vou mais conseguir saber qual é qual e aí o que acontece? Eu só sabia o que eu tinha vivido e embora não soubesse por que eu sentia o que sentia pelo menos eu sabia que não vinha de nada que eu tinha lido. Era só meu. Tudo decisão minha. E eu tinha medo de que se eu lesse se eu mergulhasse na obra de Virginia Woolf e Sylvia Plath e daí por diante eu ia ficar muito consciente de mim mesma e isso o que quer que fosse meu pedacinho de escuridão que às vezes tomava conta de tudo ia acabar indo embora porque talvez minhas sombras fossem muito frágeis e rebeldes e iam sair voando uma vez que essas sombras inconfundíveis, muito mais estabelecidas, aparecessem e eu ia acabar sendo abandonada e no fim minha única opção seria simular o que um dia tinha sido tão fundamental e a partir daí eu não ia mais saber, né, se eu de fato estava subindo pelas paredes ou só estava fingindo pra voltar a ser o que eu era antes então pra me proteger de tudo isso eu praticamente só leio livros de velhos brancos tipo Graham Greene, Edgar Allan Poe, Robert Louis Stevenson e aquele cara que escreveu *Coração das trevas*, cujo nome me escapa. Eu raramente via algum traço meu nos livros desses homens e nem fazia questão de ver. Eu não queria existir nos livros. Eu gostava de como os homens falavam com outros homens e gostava dos lugares aonde iam. Eu gostava de poder ir com esses homens aonde quer que fossem e eles iam a todos os lugares, é claro, no mundo inteiro, quase nunca gostando de fato uns dos outros, tantas vezes paranoicos, tantas vezes numa rua perto da água tarde da noite, ou caminhando por avenidas lotadas de flores de manhã bem cedo, morrendo, morrendo debilmente sob uma lapela fina, morrendo em cima das plantas. Seus sapatos e seus relógios e as tesourinhas que usavam pra cortar as unhas primeiro e depois os pelos do nariz e eu adorava pensar neles fazendo a barba embora esse fosse um detalhe excitante que quase nunca era mencionado era muitas vezes ignorado depois quando fiquei mais velha é claro que vi o processo em primeira mão e gostei de ficar apoiada na lateral da banheira ou sentada na beira da cama vendo o rosto de um homem no espelho enquanto ele ficava em pé se barbeando diante da pia. Eu não gostei muito de *Uma janela para o amor* quando o li pela primeira vez e por que ia gostar? era só um livro que todos tínhamos que ler então eu muito obediente o li três capítulos por noite e depois chegou a vez de *Rei Lear*. Algum tempo depois perto dos exames finais nos aconselharam a voltar a lê-lo pra dar uma revisada como dizem então ele apareceu de novo e dessa vez era final de primavera, um ano inteiro havia se passado. Eu vou ler o livro no jardim, um lugar protegido, ninguém vai estar em casa. Vou passar o dia inteiro entrando e saindo pra buscar água, xícaras de chá, um pêssego, um scone, uma satsuma, limpando a sola dos dois pés descalços todas as vezes, primeiro o esquerdo, depois o direito, primeiro o esquerdo, depois o direito, e será como se eu não o tivesse lido antes, e o caderno que eu tinha comprado especialmente pra fazer anotações vai encher rapidinho. Vou escrever páginas e mais páginas, as palavras transbordando, a caneta mal conseguindo acompanhar, depois voltando ao texto, e não vai demorar muito pra alguma outra coisa me estimular de novo, e vou escrever mais e mais páginas. Lucy Honeychurch teria mais ou menos a mesma idade que eu pelo que eu imaginava, mas não éramos tão parecidas. Eu não deixava de gostar dela por isso, no entanto, talvez seu comportamento mimado me irritasse só um pouco — era a tia dela que me interessava. Charlotte Bartlett. Eu sentia que ela tinha um segredo. Pois é: ela era a única dentre todos eles que tinha passado. A vida dela não era uma coisa bem-feitinha, em que um acontecimento leva a outro e assim sucessivamente — em algum lugar do caminho algo imenso tinha se rompido, tinha saído voando, e nunca tinha sido recuperado nem corrigido, mas mesmo assim todo mundo que estava dentro do livro e fora dele comete o clássico erro de achar que ela sempre foi do jeito que é hoje, com a caldeira quebrada e aquele jeito especialmente confuso de procurar o dinheiro pra dar ao motorista, mas também não foi ela a responsável por manter George Emerson vivo no coração confuso e obstinado de Lucy? Em todas as ocasiões depois da Itália, sem exceção, ela diz pelo menos alguma coisa a Lucy sobre os Emerson — e muitas vezes algo específico sobre George Emerson — e ela não começa até a chamar Lucy de "Lucia"? — e o que é isso senão uma tentativa de trazer de volta as memórias e a atmosfera de Florença, e enquanto ainda estavam na Itália ela não contou à srta. Lavish tudo o que tinha acontecido naquele campo azul?, não, ela não desiste — e não é justamente porque ela sente em seu íntimo que Lucy também não deveria desistir? Não, Charlotte Bartlett não é quem ela parece ser. Ela passou muito tempo sozinha e sem dúvida isso torna uma pessoa suscetível a analisar demais uma simples transação e às vezes acabar se prendendo demais a detalhes. Parece que de vez em quando você começa a ter reações exageradas porque viver todos os dias sem a ajuda de ninguém pode acabar mexendo com sua cabeça, você não tem válvula de escape, nada, só sua consciência, e daí por diante, e tudo se acumula.

Quando cada um ia pro seu próprio quarto na pensione no fim do dia era sempre pro quarto de Charlotte e não de Lucy que eu ia e me deitava no escuro e a ajudava a lembrar das coisas, ao lado dela. Seu segredo brilhava e cintilava sombrio e sem limites, como uma pedra da lua. Às vezes o amor mais breve também é o amor mais longo.

Sair da estação em Brighton é muito mais agradável do que sair da estação em Cambridge. Praticamente em seguida eu me vi num bazar beneficente olhando livros e comprei vários daqueles clássicos Penguin com lombada laranja e páginas amarelas, devem ter sido cinquenta centavos cada um. Talvez tenha sido na mesma loja em que comprei uma saia prateada. A saia tinha sido feita por uma costureira dava pra saber pelo zíper e pela forma como tinha sido costurada. Era muito longa longa demais pra mim mas você não deixa uma coisa assim te desanimar quando mal completou vinte anos não me incomodou nem um pouco que a saia se arrastasse pelo chão absorvendo todas as poças e espirrando uma água da chuva suja e congelante nos meus tornozelos ficava perfeita na cintura e era de lamê prata. Vou com ela no corpo eu disse entregando-lhe a delicada etiqueta com o preço escrito à mão e lá fui eu rodopiando na direção do mar coluna laranja e rabo prateado à direita na direção da Regency Square onde era tudo hotel e passei o tempo todo olhando de um lado pro outro e os analisando com cuidado na esperança de despertar meu terceiro olho porque eu já tinha uma imagem na minha cabeça é claro de como o quarto tinha que ser. É claro que o que eles fazem nesses lugares é montar uma recepção muito elegante e atraente que você consegue ver da rua. Você olha na direção da escada e vê um lustre e uma planta num vaso e latão polido e azulejos preto e branco e um tapete vermelho felpudo ou talvez azul-claro e há cortinas de veludo ou seda dos dois lados e uma pequena campainha brilhante e você pensa que lugar bonito parece ajeitado e até que arejado e lá vai você subindo a escada e só aí você vê o calendário com aqueles números vermelhos bem grandes e provérbios diários sobre o balcão e um relógio feito de um corte transversal de madeira envernizada na parede listrada de vermelho, creme e dourado mas o senhor já está tirando uma chave do porta-chaves com uma mão trêmula cheia de manchas e você já está subindo a escada atrás dele e depois tem outra escada e a próxima é muito mais estreita e os degraus são mais altos e o carpete nessa parte é muito mais fino e cafona e malfeito e as paredes têm marcas aqui e ali e o teto é muito mais baixo e as luzes são frias e as portas não são antigas e pintadas de branco são novas e têm verniz marrom-escuro e o velho abre uma das várias portas que parecem próximas demais umas das outras e te convida a entrar com um gesto porque se ele entrar não vai sobrar espaço pra você e é assim que de repente você se vê nesse quarto minúsculo e mofado e tem mobília demais dentro dele a cortina da janela saiu do trilho em algumas partes o espelho está todo manchado e daí por diante o que você vai dizer? você começa a entrar em pânico de tanta raiva que história é essa? você pensa pra me trazer aqui afinal quem ele acha que eu sou pra me trazer aqui pra esse lugar por acaso eu pareço louca é isso? é por isso que ele me trouxe até o último andar e pra parte dos fundos desse edifício imenso na Regency será que ele acha que uma pessoa como eu não poderia querer nada melhor que isso e você fica de lado com sua saia de lamê prateado recém-adquirida e seu chapéu verde vintage espumando de raiva e vergonha e você não sabe como vai sair você só quer sair desse lugar o mais rápido possível mas como não há nenhum outro lugar ele está parado na soleira da porta "eu não tenho dinheiro", você diz, "esqueci de trazer o dinheiro, já volto", você diz, "eu reservo pra você", ele diz, "quer levar a chave?", ele pergunta, "não", você responde, "não, tudo bem, não vou demorar", você diz e desce todas aquelas escadas que rangem sem parar, segurando o corrimão, deixando um rastro prateado. Que situação horrível. Fiquei sentada na praça meio atordoada e depois achei engraçado porque aquilo já parecia ter acontecido há muito tempo. Fumei um cigarro e foi uma delícia eu estava livre. Olhei pro outro lado da praça na direção do mar. Os seixos. Todos empilhados. Eu nunca tinha nem ouvido falar da Ann Quin a essa altura, só ouviria depois de anos. Anos e anos até eu estar em pé na frente de um pub fumando um cigarro e o homem que o acende se apoiar na janela ao meu lado e me falar tudo sobre a Ann Quin e depois eu esquecer o nome dela e depois o nome aparecer de novo e dessa vez eu resolver anotá-lo e lógico que quando procurasse o nome dela pra descobrir os títulos dos livros que ela tinha escrito eu ia descobrir quase na mesma hora que ela tinha morrido aos trinta e sete anos no mar perto do Brighton Pier no feriado de August Bank de 1973. Um homem chamado Albert Fox a viu entrar na água e chamou a polícia. Seu corpo foi encontrado por um iatista no dia seguinte, perto de Shoreham Harbour, a mais de onze quilômetros dali. Eu me pergunto o que Albert Fox fez depois disso, provavelmente foi andando pra casa, passou um tempo parado diante da pia da cozinha e ficou de boca fechada — com certeza ele não ia dizer nada pra sua esposa, ia? Não. Não. Nem a pau. E aí o jornal ia dar a notícia. Corpo encontrado por iatista próximo a Shoreham Harbour mais tarde é atribuído a escritora Ann Quin, ou talvez nem houvesse nenhuma menção ao fato de ela ser escritora ou aos livros que tinha publicado. Provavelmente não. O legista deixou o veredito do caso aberto e eu levei essa declaração ao pé da letra mas depois li vários artigos e ensaios que afirmavam, sem qualquer margem de dúvida, que ela tinha se matado, que Ann Quin cometeu suicídio, e isso me deixou irritada, e eu não sabia direito por que quanto mais eu lia sobre isso mais isso me irritava, me parecia de um atrevimento absurdo, acho, e depois li algumas das obras dela e o mar aparece tantas vezes na sua escrita, o som do mar, o cheiro do mar, as ondas, as algas, as pedras, que não há dúvida de que ela tem uma relação com o mar, tanto que ela talvez pensasse que pertencia ao mar: "É o corpo dela que seguro nos braços, ou o mar?", pergunta uma personagem de *Passages*. Tantas e tantas vezes o mar é evocado como uma expressão majestosa de potente mutabilidade, ele flui, ele sobe — é fluido, sim, mas ao mesmo tempo conserva sua forma, suas correntes, sua integridade — "Ondas semicilíndricas se cruzavam, mas mantinham sua direção. Os movimentos das impressões da água penetravam uns nos outros sem alterar sua forma inicial." As águas dos oceanos em movimento dão palpabilidade à fantasia ontológica definitiva: aquela que diz que é possível não se limitar e ser permeável, mas sem precisar abrir mão da própria essência, da própria "forma inicial". Talvez, de acordo com sua maneira de ver e atuar no mundo, Ann Quin não estivesse exatamente se matando quando se lançou sobre as ondas, mas sim buscando o deleite dos seus contornos generativos primários — "A morte nos leva de volta a nós mesmos", disse Sartre, e ao que tudo indica Quin conhecia essa frase e concordava com ela. Por outro lado, talvez a cosmologia que era só dela tivesse cedido. Talvez ela só estivesse onde estava — de volta à Inglaterra, de volta a Brighton — de volta à sua cidade natal. Às vezes não há nada pior que isso — é impossível fugir disso, é impossível tirar isso de você. "Ah, aquela coisa rastejante cinza, tão cinza que vem do céu, fumaça, prédios, entrando nos poros da pele. Rostos cinza. Não, ela não podia voltar pra isso." Era no Novo México, com os poetas pós-beat, que ela se sentia em casa. Ela teve uma casa em Placitas por alguns anos, e viajou bastante, pra Nova York, pra Iowa, pro Maine, pras Bahamas, pra San Francisco. Numa festa em uma casa no campo em Connecticut ela conheceu Anaïs Nin — "que fica belíssima usando a moda de Dresden", ela escreveu numa carta aos amigos de Nova York em setembro de 1965: "Tem sessenta mas parece ter trinta" (o que só prova que a busca contínua de Nin pelo frescor existencial tinha uma eficácia tangível, não é?). Ela também conheceu Rothko; "que parece um corretor de Wall Street". Inglaterra? Não, ela não podia voltar pra lá! Mas acabou voltando. Era preciso ganhar dinheiro, sem dúvida, e Quin escreve sobre o terror do subemprego e o impacto que esse tipo de trabalho teve no seu estado mental — seu difícil relato de um trabalho num hotel em Mevagissey, na Cornualha, tem uma volatilidade especialmente gótica: "A equipe consistia em três outras moças, um chef galês com uma cara medieval e olhos redondos que me seguia nas minhas caminhadas solitárias pelos penhascos e saía pulando do meio dos arbustos pra me assustar. Os donos viviam brigando. Ela usava drogas. Ele bebia sem parar. O trabalho consistia em arrumar as camas, descascar batatas, limpar, aspirar e servir almoço, chá e jantar pra trinta/quarenta turistas britânicos". A situação piorou e certa manhã Quin desmoronou: "Cheguei a um ponto em que fugir na calada da noite parecia a única saída possível. Fui até a estação de trem morrendo de medo de que me pegassem e me obrigassem a voltar pro hotel. Cheguei em casa sem conseguir falar, com tontura, incapaz de suportar qualquer barulho. Fiquei de cama por dias, semanas, incapaz de sair no sol". Além do seu suicídio, outra coisa que sempre mencionam é que Ann Quin vinha da classe trabalhadora — e era uma escritora "vanguardista". Ser uma dessas coisas sendo mulher já seria bastante inconveniente, mas ser as duas coisas já era considerado um acinte, e alguns críticos da época a receberam com desconfiança e desprezo, afirmando que seus experimentos formais não passavam de uma imitação do trabalho de escritores do nouveau roman, como Nathalie Sarraute e Alain Robbe-Grillet. Essa recusa em dar o devido crédito ao seu talento inato pra escrita e pro seu estilo fragmentado que alterna registros com extrema facilidade escancara as limitações de uma crítica escrita quase sempre do ponto de vista arrogante de homens brancos e privilegiados que não têm a mínima noção de como era a vida de uma mulher da classe trabalhadora nos anos 1960. Quando leio Quin, vejo no seu estilo polifônico, argumentativo e inquieto uma manifestação poderosa e genuína de um paradoxo extremamente cruel, senão insuportável, que marca a vida cotidiana nos espaços da classe operária: por um lado se trata de um mundo cru e agressivo, mas, por outro, muito do que ocorre nele parece irrelevante e desinteressante. O indivíduo vive num estado permanente que é tanto de excesso quanto de falta de estímulo. Não é de admirar, portanto, que tal paradoxo possa engendrar uma sensibilidade estética aguçada que combina uma grande perspicácia com certo distanciamento. Quin menciona em algum dos seus textos mais curtos a "divisória ao lado da minha cama", como ela "balançava à noite com os movimentos e o ronco do meu vizinho anônimo". Quando seu entorno imediato deixa a desejar em termos de espaço pessoal, não é tão difícil entender, não é?, por que você vai acabar escrevendo uma prosa caleidoscópica que borra os limites entre objetos e seres, o eu e o outro, e imagina o mundo a partir da forma e da geometria, da textura e do tom. As paredes são finas. Você quase nunca tem privacidade. E também não tem as redes de apoio, nem as defesas, nem os filtros, nem as portas abertas que as pessoas de origens mais abastadas têm à disposição desde o primeiro instante. Quando você vive sem uma visão clara do futuro, a rotina se torna precária, desconexa e muitas vezes invasiva — e você não tem nenhum controle sobre os acontecimentos. Voilà. Em "One Day in the Life of a Writer", um texto vigoroso, Quin se recusa a nos oferecer a famosa e levemente desagradável cena da escritora de xale que vai até sua cabana repleta de glicínias no meio do jardim pra escrever em sagrada reclusão. A proprietária do imóvel não para de gritar, falando sobre arenque defumado e ensopado de cordeiro, no andar de cima, o homem que limpa a janela numa escada tenta te espiar dentro do quarto, há marcas de queimadura de cigarro no carpete, marcas de queimadura de cigarro no abajur, homens desempregados na orla, cuspindo e resmungando. Muito perto dali, na Regency Square, eu estava sentada sem saber de nada disso, mais ou menos vinte anos depois de Ann Quin ter entrado naquele mesmo mar e nunca mais ter saído. Fumando um cigarro a bolsa de viagem entre os pés. Imagine ser enganado por toda essa quinquilharia cafona da hotelaria, um monte de tralha velha, a coisa é muito mais sutil, sua caipira, e no fim o que acabou me conquistando foi um número três pintado numa coluna como um laço, exatamente como se fosse um laço e pudesse sair voando com qualquer ventinho, e eis que entrei e a mesma coisa, escadas e mais escadas mas não tantas quanto antes e o estilo do lugar não degringolava tanto à medida que íamos subindo, tudo continuava mais ou menos, até que tinha um padrão, e ela entrou e parou junto à janela e olhou pra fora, não é uma vista maravilhosa, mas é silencioso e bate sol de manhã.

Quando ela saiu eu fiquei onde ela tinha ficado e telhados e chaminés e mais chaminés imensas e tinha gaivotas lá em cima e pombos nos parapeitos e era isso que eu queria, ver telhados e chaminés. Eu sabia que o mar estava perto deu pra sentir quando deitei na cama não dá pra estar tão perto do mar e não sentir. Tinha um exaustor em algum lugar mas tirando isso era silencioso. Uma cama de solteiro um móvel de escritório ao lado da cama um abajur em cima. Um guarda-roupa num canto uma pia no outro e a janela no meio. Então tá. Tirei um cochilo e quando acordei fiquei muito contente mesmo em estar onde estava. Saí pra caminhar é claro pela orla e fiquei atenta ao mar. Vi uma cabine telefônica perto dos degraus e isso me fez pensar no Billy ultimamente eu não vinha pensando muito nele. Fui beber alguma coisa já quase no final, no final do píer, talvez, estava todo decorado com redes de pescaria e estrelas do mar e quando li *Um homem só* muitos anos depois uma lembrança embaçada daquele lugar me veio à cabeça durante aquela cena no final em que ele vai ao bar e encontra o aluno e eles tomam cerveja juntos. É estranho que esse tenha sido o bar que minha mente resolveu puxar porque minha lembrança dele àquela altura não era muito melhor que hoje em dia e com isso quero dizer que é tão pouco nítida que parece estar debaixo d'água. Mas a essa altura ele está debaixo d'água, imagino eu, inundado pela tristeza, o que ele diz no final?, algo extraordinário, a tristeza que ele sente a essa altura já passou por cima de tudo, eu preciso achar, o que eu fiz com ela? Você ligou pro Billy na volta estava escuro mas não era tarde você tinha tomado alguns gins-tônicas — o que eles tomaram o homem e o rapaz, deve ter sido uísque — deixa pra lá — "Por que você não vem amanhã?", você perguntou, o Billy disse "Tem uma coisa do trabalho e aquele babaca da Trowbridge vai estar e dessa vez ele vai se ver comigo". "É mesmo?", você disse, "se vingar de um bostinha do seu trabalho é mais importante" e o Billy deu risada e disse: "Porque só você pode, né, safada?". Nem me passou pela cabeça ligar pro Dale naquela época ninguém pensava em entrar em contato com ninguém como hoje em dia acontece a cada cinco minutos. Devo ter voltado pro meu hotel e subi a escada querendo descansar e deitei na cama com um cigarro depois daquele desentendimento com o Billy. E era só isso só eu na cama nada de mensagem de texto nada de e-mail ninguém sabia onde eu estava não era como se eu tivesse dito pros meus pais ou meus colegas de casa, talvez eu tivesse dito pro Dale. Provavelmente eu tinha dito mas acontecia muito de as pessoas não saberem onde você estava o que você estava fazendo nem o que você estava achando disso. Muitas vezes você só tinha que ficar deitada, era só isso que tinha pra fazer. E eu adorava essa sensação de saber que ninguém sabia. E continuei adorando. Valorizando. Eu valorizava mesmo. A privacidade. Os segredos. Mas foi ficando cada vez mais difícil ter esse não saber e o profundo glamour que vinha junto e agora isso não existe mais todos os minutos descartados do dia ficam te cutucando, vem cá, vem cá, e é mais difícil saber onde você está e o que está fazendo e o que está achando de verdade. A pessoa passa quase o tempo todo com o coração na mão e não tem glamour nenhum nisso.

Fui direto pra casa do Dale quando voltei pra Londres eu estava me sentindo muito bem e estava usando minha saia nova e estava com meus livros era na parte da tarde. Talvez eu tenha ligado pra avisar que eu estava chegando embora isso não fosse necessário — naquela época as pessoas não tinham tanto costume de telefonar antes de convidar alguém pra sua casa você podia só aparecer do nada que ninguém se incomodava e se você se incomodasse geralmente passava bem rápido. Dale estava bebendo uma garrafa de cerveja e uma garrafa de uísque na mesa dele. Ele tinha uma máquina de escrever. Ele me serviu um copo de cerveja e acendeu meu cigarro. Eu sentei no sofá com meu cigarro e meu copo de cerveja e me senti muito relaxada. Eu tinha ido viajar e tinha voltado. O Dale disse que eu estava parecendo uma sereia bonita e eu sorri como sempre sorria quando o Dale dizia a palavra bonita porque seu sotaque de Yorkshire ficava mais forte quando ele dizia essa palavra e também quando dizia a palavra música. Aí o Dale disse "Eu tô indo aí, mulher, eu tô indo aí e vou te comer". O Dale nunca tinha dito nada assim antes, eu não conseguia acreditar no que estava ouvindo. A voz dele estava muito mais grossa que o normal — imaginei que ele estivesse brincando imitando alguém — dava pra ver que ele tinha passado a noite toda na mesa fumando e enchendo a cara mandando ver entrando em contato com sua sagrada coleção de poetas descontrolados e alcoólatras, que merda que ele estava me falando? Eu olhei pra cima e pra trás, por cima do braço do sofá, e olhei pra ele e até de ponta-cabeça consegui ver que ele estava muito alterado e muito decidido, parecia um demônio, mas eu não era obrigada a concordar com nada, era? — eu não era obrigada a concordar com qualquer que fosse o enredo manjado que ele estava tentando emplacar nem com os papéis ingratos que esse drama pedia, quem é que ele pensava que era, um intelectual foda que defendia as minorias e que hoje mal conseguia parar em pé, mas que um dia ia fazer todo mundo se arrepender, quem ri por último ri melhor, era o que vivia falando, aquele malandro fumante e beberrão que conseguia conquistar qualquer mulher bonita com sua inteligência explosiva e sua lábia diabólica — e eu era quem, afinal, uma mulher sob influência, uma menor abandonada usuária de drogas que usava lamê prateado e tinha caído meio zonza naquele sofá todo rasgado naquele quarto escuro cheio de fumaça com as cortinas fechadas no meio da tarde, não, não, não, isso não tinha nada a ver comigo nem com minha situação — eu mal tinha tomado minha cerveja, eu estava tranquila e lúcida e inclusive bastante otimista — a gente não concordava nem um pouco — "Ai, Dale", eu disse, "agora não, agora não", e ele disse: "Agora sim, claro que vai ser agora". E foi isso que aconteceu.

Qualquer raio de sol que eu tinha conseguido pegar no rebote à beira-mar foi apagado sem nenhuma cerimônia pelo mundinho precário e insolente que o Dale estava fazendo questão de instalar. Dale apagou o cigarro e tomou um gole longo do seu milésimo copo de cerveja devolveu o copo à mesa e lá veio ele. "É que eu não quero mesmo, Dale", eu disse e não disse mais nada porque o Dale estava desafivelando o próprio cinto e eu ia me incomodar mais se falasse alguma outra coisa, ia ser uma cena terrível e eu não tinha vontade nenhuma de viver uma cena desse tipo naquele exato momento. Eu tinha acabado de voltar eu tinha viajado e agora tinha voltado e o Dale entrou em mim e fiquei de olhos abertos porque se fechasse os olhos o mundo externo ia sumir e aí minha única opção seria prestar atenção no meu interior e meu interior estava sendo invadido num movimento de entra e sai entra e sai e eu preferia prestar o mínimo de atenção possível nisso, então fiquei de olhos abertos e passei os olhos pelo ambiente com o tipo de indiferença que uma pessoa demonstra quando está deitada num sofá numa tarde de domingo fazendo um cigarro entrar e sair entrar e sair, indiferente, da própria boca. Eu conseguia observar coisas como as cortinas, as cortinas estavam atrás dele e estavam fechadas, estavam sempre fechadas, e conseguia ouvir as pombas na sacada, sempre tinha tantas pombas naquela sacada e estavam sempre arrulhando, todas juntas num canto, todas bem quentinhas e doentes, era merda pra todo lado e aquele monte de pena, merda, penas, cascas, tudo misturado. O Dale estava todo suado, eu não gostei disso não queria o suor pingando em mim — ele estava achando bom? — eu não sei eu não sei como deve ser a sensação de estar todo enfiado numa mulher que gosta muito de você mas não quer de jeito nenhum que você faça isso e disse que não queria e não está mexendo nem um músculo, só está deitada, talvez ele pensasse que é isso que as mulheres faziam, que elas falavam não no começo e depois ficavam assim deitadas, olhando pro nada às vezes se encolhendo quando sentiam uma gota de suor azedo de bebida cair na sua pele delicada de mulher, coitado do Dale. Coitado, coitado do Dale. Fui embora pouco depois disso, mas não antes de terminar minha cerveja e fumar um cigarro e mostrar meus livros pro Dale e ele dizer que minha saia era linda, aí depois disso eu fui embora. Dale disse: "Mulher, eu tô indo aí e vou te comer". "Ai, Dale", eu disse, "agora não, agora não, tô morrendo de sono." "Para com isso, mulher", ele disse, "você não precisa fazer nada" e eu pensei: talvez ele tenha razão, talvez eu não precise mesmo — agora não fala mais nada, não empurra ele e não tenta se soltar deslizando pelo sofá, se você começar a fazer isso, se começar a deslizar e tentar pedir pra parar isso vai virar uma cena horrorosa e você não quer que isso aconteça você não quer uma cena horrorosa, quer?, claro que não, então não faz nada, é o Dale te comendo e você está muito cansada, só isso, é só isso, o Dale, coitado do Dale, o que ele pensa que está acontecendo quando ele entra e sai de mim entra e sai e eu aqui sem fazer nada, o que é que ele pensa, ele pensa que eu não faço questão, que sou uma preguiçosa, que só estou cansada demais? Depois eu terminei a cerveja e fumei um cigarro e mostrei meus livros pro Dale querendo que as coisas fossem normais querendo muito que o dia que tinha acontecido antes e a sensação difusa de esperança que ele tinha despertado voltassem que a saia prateada continuasse brilhando que os livros na minha bolsa continuassem sendo cruciais e interessantes. Estava quase escurecendo quando fui embora e caminhei as poucas ruas que separavam a casa dele da minha. Estava tudo em silêncio quando cheguei lá não tinha mais ninguém. Vesti uma roupa larga devo ter tomado um banho bem rápido porque a água não devia estar quente e desci pra fazer um chá. O que eu queria era ficar parada na soleira da porta dos fundos com uma xícara de chá e um cigarro e ver tudo ficar escuro e o tempo esfriar. E esfriou. E eu fiquei ali. Com uma xícara de lapsang souchong e um Rothmans. E eu estava me apoiando um pouco no batente da porta porque de repente a parte interna das minhas coxas começou a tremer muito. Se você não faz muita coisa na hora tudo acontece depois. É claro que você participa, é claro que não existe não fazer nada, é impossível desligar o corpo — como era possível que eu não soubesse disso? Vou comer alguma coisa? Torrada com queijo, talvez? Você está se sentindo péssima? Essa situação é horrível? Você vai chorar? Vai chorar ou não? Ou vai se obrigar a chorar porque acha que tem que chorar? Foi horrível mesmo ou foi só desagradável? Decide agora e não muda de ideia: você vai dar chilique por causa disso ou não? E aí fiquei irritada por estar pensando nisso porque pensar nisso parecia invocar outra voz, uma voz implicante e intrometida, que pertencia justamente ao tipo de gente que eu mais criticava e evitava.

Comi uma torrada com queijo e depois já que não tinha ninguém em casa tomei um banho e fumei na banheira e li um dos livros que tinha trazido de Brighton acho que era *Vile Bodies* e depois fui dormir e depois era o dia seguinte e não muito depois chegou o fim do semestre e depois veio o Natal e voltei pra casa e pros dias de trabalho extremamente corridos no supermercado e depois disso mais um semestre e novos módulos um dos quais era "A Grande Guerra e Depois", no qual, ao que tudo indicava, segundo o professor, o Dale tinha se inscrito, mas não houve nenhum sinal dele na primeira semana, nem na segunda, não houve sinal dele em lugar nenhum porque ao que tudo indicava o Dale não ia mais voltar pro último semestre, ao que tudo indicava ele tinha ficado de DP e ia ficar em Yorkshire. Eu me mudei pra uma casa muito melhor perto de Clapham Common meu quarto era muito espaçoso tinha uma janela saliente com vista pra rua e pé-direito alto e eu não podia estar mais feliz. Eu passava muito tempo sentada, fumando e olhando os canos que corriam pelas paredes do meu quarto, acompanhavam as paredes e desapareciam, iam avançando pra um outro lugar que eu não via e onde não conseguia chegar. Eles apareciam e sumiam, subiam e desciam pelo edifício inteiro — não terminavam aqui nem começavam ali —, mostravam só uma parte do seu caminho. Às vezes eles pareciam tão importantes, e tão elegantes, a entidade mais elegante e sólida aqui, e chegavam tão alto e eram tão opacos que às vezes sua indiferença era insuportável, e de certa forma eu tinha vontade de ser uma aranha pra poder ver a poeira fantasmagórica que cobria a parte de trás dos canos e quem sabe construir algo que fosse só meu lá em cima. Ao lado do meu quarto ficava uma cozinha pequena com uma janela comprida e no fim do corredor um banheiro e o quarto da Bettina. A Bettina era da Polônia e nunca parava em casa. Às vezes quando eu estava no banho eu a ouvia de repente parada do outro lado da parede e uma imagem do quarto dela me vinha na mesma hora, escuro e abandonado e tudo embrulhado em lenços com brilhos metálicos, como um peixe tropical num tristíssimo aquário de casa noturna. No andar de cima moravam irmãs que eram quase gêmeas, elas tinham plantas suspensas e pôsteres de Hodgkin da Hayward Gallery e uma cozinha só delas que era lindamente decorada com cebolas e alho. No andar de baixo havia duas meninas da Irlanda que também tinham uma cozinha que inclusive era muito grande mas como ficava no térreo era a cozinha original, sem dúvida, enquanto as dos outros andares tinham sido feitas muito depois. Eu nunca me importei muito com o tamanho de um cômodo. O que eu gostava na cozinha que era minha e da Bettina era que ficava em cima do corredor e por isso eu podia abrir a janela e sentar no parapeito com os pés no telhado da varanda que era reto e cheio de pedrinhas e às vezes eu jogava essas pedrinhas no meio da rua enquanto fumava um cigarro e esperava o macarrão ficar pronto por exemplo. A Bettina nunca usava a cozinha mas de vez em quando uma linguiça defumada grande aparecia na geladeira e ficava ali largada por vários dias e depois desaparecia. Às vezes eu ficava preocupada com a Bettina, às vezes eu torcia pra ela estar bem. Às vezes eu a ouvia falando no telefone de madrugada no andar de baixo. Às vezes ela não parecia estar bem. Mas quem estava bem afinal? — eu quase nunca estava bem, não quando abria a boca, pelo menos. Eu acabava achando melhor ficar em casa. Havia um mercadinho na esquina que tinha quase tudo que eu podia querer. Vinho, biscoito salgado, pistache, sardinha, homus, flores, iogurte, maçãs, chocolate, queijo e cigarro, claro. Tudo, na verdade, mas era um mercadinho minúsculo e se você fosse até lá perto da hora do almoço o lugar estava sempre lotado de pedreiros com pães nas mãos e esperando o café sair, alguns eram muito bonitos. Mas eu nem imaginava de onde eles vinham porque nesse bairro tudo já tinha sido construído. Um dia comentei isso com um amigo meu e ele me chamou de tonta e disse que eles nem deviam ser pedreiros — "devem estar instalando cabos sua tonta" ele disse e eu disse que achava que não. Eu mudava o lugar das coisas do meu quarto, eu sempre faço isso, até em quartos de hotel só que isso já não é tão fácil porque agora os hotéis têm moveis que não saem do lugar. Eu lembro que sempre tinha muitos livros em cima da cama e no meio da cama. Muitos deles eram pesados e isso me dava a sensação de que meu corpo não tinha forma, ter tantos livros me empurrando, aqui e ali, por cima e por baixo. Eram quase todos livros da biblioteca e de vez em quando eu levantava pra lavar as mãos porque as páginas estavam cobertas do toque de tantas outras mãos e eu sentia que as minhas ficavam sujas. Uma vez comecei a me masturbar sem ter planejado e tinha passado a manhã inteira sem lavar a mão mas agora era tarde demais e foi como se estivessem passando centenas de dedos sórdidos na minha vulva e embora eu tenha feito questão de lavar as mãos depois a imagem de todas essas mãos imundas em mim passou a voltar muitas vezes ao meu pensamento quando eu me masturbava. Sempre havia muito que fazer na cama então o fato de eu passar dias inteiros deitada não é nenhuma surpresa. Não tinha muita coisa acontecendo fora dela pra me interromper — o último ano estava quase chegando ao fim, então havia os exames, mas eu não me importava porque eu só entrava e saía, não era preciso falar com ninguém, e quanto ao trabalho nessa época eu ainda fazia bicos servindo champanhe no Lord Mayor's Banquet Hall e no St James's Palace de vez em quando, e acho que vou me oferecer de novo no Lords porque pagavam muito bem, mas estavam me passando cada vez mais horas no Riverside Studios e eu gostava de trabalhar lá e tinha feito amizade com uma menina chamada Beth que escrevia peças feministas e morava num apartamento bonito que ficava quase em frente. O trabalho era fácil e interessante — eu passava quase o tempo todo sentada com os olhos arregalados no fundo de uma sala de cinema vendo filmes do mundo inteiro. Aí certa tarde o telefone que fica perto da porta do térreo vai começar a tocar. Ele vai tocar, tocar, tocar e depois vai parar. E aí vai começar a tocar de novo. Vai ficar tocando, tocando. Eu vou perceber que não tem ninguém em casa. Nem as irmãs, nem Bettina, nem as irlandesas estão lá e eu vou perceber que o telefone não vai parar, ele vai continuar tocando, tocando, até que eu o atenda — então lá vou eu, vou sair da cama, rápido demais, minha cabeça vai girar, voltar girando na direção da cama — o centro do universo — e o telefone vai continuar tocando, tocando e eu vou tombar pra frente, tirar meu robe do gancho que tinha pregado na lateral do armário e vou ficar um minuto parada quase caindo perto da pia. Oi, eu vou dizer pro canto do quarto. Oi, vou dizer de novo, com uma voz mais alta. Oi, vou dizer de novo, e lá estará — mais ou menos — minha voz. "Oi." Vou abrir a porta e sair no patamar da escada e é claro que o telefone de repente vai parecer muito mais alto absurdamente alto e eu vou descer as escadas voando querendo fazer o telefone parar. "Oi", eu vou dizer, mais ou menos com minha voz, e a voz que vou ouvir do outro lado será a do Dale e o Dale vai dizer sem nenhuma introdução: "Quando você voltou de Brighton no ano passado eu te estuprei, não estuprei?". E então haverá uma pausa e eu desconfiada vou ficar mudando umas letras de lugar no chão perto da porta de casa com o pé esquerdo e depois vou olhar pra cima e ver uma teia de aranha escura num canto da parede e vou ouvir minha voz dizer pro Dale: "Se você está me perguntando se você transou comigo quando eu não queria então sim a resposta é sim Dale", e o Dale vai começar a xingar, o Dale vai falar "caralho, caralho", e vou ouvi-lo dizer que eu já tinha sido tratada de um jeito tão horrível e que ele tinha ficado com tanta raiva e que ele não conseguia suportar que os homens mais nojentos e arrogantes tivessem me tratado tão mal mas no fim ele tinha conseguido ser pior, pior que todos eles juntos, e ele vai parecer muito emocionado e eu não vou ficar nem um pouco emocionada, eu vou ficar constrangida, e vou dizer "Talvez eu desperte o pior dos homens", e de fato vou estar brincando mas depois essa vai ser uma ideia que vai passar pela minha cabeça com frequência e que vai parecer muito convincente pelos próximos quinze anos mais ou menos e o Dale vai me dizer que está se sentindo muito mal, que aquilo foi horrível, e eu vou dizer, vou dizer pro coitado do Dale: "Olha, Dale, não fica pensando muito nisso, eu não penso, eu quase nunca penso nisso. Acho que tá tudo bem", e ele não vai falar nada e desde então eu me pergunto se em algum lugar ele sentiu raiva de mim por dizer isso porque se ele foi pior que aqueles homens que ele tinha punido e dos quais tinha tentado me afastar, se ele tinha feito a pior coisa possível mas mesmo assim não tinha conseguido me atingir, o que isso queria dizer?, que caralho isso queria dizer, afinal? Eu não tinha perdoado o Dale, eu tinha negado a existência dele. Talvez eu devesse ter chorado. Eu deveria ter chorado, na verdade. Ele já tinha me visto desabar por delitos e contravenções muito menos graves — não existe um sistema à prova de falhas pra essas coisas, né?, que nos dê instruções confiáveis e nos avise quando alguém vai nos apunhalar pelas costas ou quando uma coisa vai entrar por um ouvido e sair pelo outro. Eu devia ter chorado mas agora é tarde demais eu sou um monstro e o Dale está sem palavras. Eu vou segurar o telefone com tanta força. Vou segurá-lo firme encostado no meu ouvido como se estivesse tentando enfiar o aparelho grande e preto na minha cabeça como se o cérebro ali dentro fosse uma esponja imensa que vai absorver o silêncio escancarado do gesto humilhante do Dale. Vou apertar o telefone com força contra meu ouvido por muito tempo. Querendo que meu ouvido possa envolver e vencer o gesto humilhante do Dale. Querendo que meu cérebro absorva tudo até a última gota. E aí eu vou sentir, minha voz, aparecendo de novo, morna e redonda dentro da minha garganta e minha mão vai soltar um pouco o telefone e o silêncio negro e horrível vai descer escorregando e voltar pro cabo espiralado do telefone e eu vou abrir a porta da casa como muitas vezes faço quando estou falando no telefone e vou ficar parada no hall de robe segurando o telefone com a porta escancarada e vou olhar a luminária muito elegante da linda sala da linda casa que fica bem em frente à minha e vou perguntar pro Dale se ele continua em Yorkshire e ele vai dizer sim que continua, agora ele vai falar que não bebe nada com álcool há quase três meses, e vai me perguntar como eu estou e eu vou dizer não muito bem, ainda bebendo muito mas não toda hora — "Pelo jeito não vou conseguir ficar mais muito tempo em Londres", vou dizer, "meu aluguel está atrasado faz tempo, não sei o que vai acontecer", vou dizer, "talvez eu precise ir pra casa. Acho que eu devia viajar", vou dizer, "pra descansar um pouco a cabeça, faz séculos que não vou pra lugar nenhum", e o Dale vai dizer "Por que você não vem pra cá amanhã? Depois de amanhã eu viajo", ele disse. "Tenho que ir pra Londres resolver umas coisas, e meus pais vão passar uns dias em Nottingham — você vai ficar sozinha na casa", ele vai dizer, e eu vou dizer: "Então eu vou, legal, obrigada, Dale, obrigada, até amanhã", e vou desligar o telefone e ficar parada de robe no hall no meio da tarde com a porta escancarada e vou continuar olhando aquela luminária linda que parece uma coroa de lírios até sentir um arrepio no corpo, como se eu não conseguisse entender por que não é naquela sala linda naquela casa linda, é sempre aqui, olhando pra lá.

O Dale e a mãe dele vão me buscar na estação de trem e na mesma hora vamos até o supermercado. Estou com os óculos de sol na cabeça e o Dale não pode falar nada porque a mãe dele está junto. Talvez ele já não fosse dizer nada de qualquer forma. É difícil dizer se o Dale ainda está se sentindo péssimo ou se está se comportando melhor que nunca porque a mãe dele está junto. Eu me lembro das faixas brancas no estacionamento, eram extremamente claras, quase se mexiam, e fui andando pelas faixas com os braços abertos e isso também deve ter deixado o Dale muito irritado mas ele também não falou nada. Talvez ele não fosse mais conseguir me dizer nada sobre coisa nenhuma. Talvez eu estivesse sendo uma vaca de propósito. Uma vez no supermercado ficou claro que estávamos ali por minha causa. "A gente não deve ter as coisas que você come", disse a mãe do Dale, e eu me perguntei o que o Dale tinha dito a ela sobre mim. Fiquei constrangida com a ideia de ela estar comprando coisas especialmente pra mim, mas ela insistiu com um tom tão animado que logo comecei a jogar um sem-número de coisas no carrinho que o Dale estava empurrando pra lá e pra cá e contornando as gôndolas pra não ser um estraga-prazeres. Chá Earl Grey — não tinham lapsang souchong —, morango, suco de abacaxi, toranja, chocolate com menta, biscoitos salgados, iogurte, sardinha, avocado, pão doce, homus, cheddar, queijo azul, camembert, uvas, picles, biscoito de figo, bolo de especiarias, tomate, pistache, feijão assado, pão integral, sorvete de baunilha. "Você não come carne?", ela perguntou, "como, sim", respondi, "eu não resisto a uma linguicinha". Quando chegamos à casa do Dale o pai dele estava sentado numa poltrona na sala lendo um jornal e nem sequer se mexeu, sequer olhou. Isso não me incomodou porque já tinha acontecido muita coisa e eu precisava de um chá antes de começar a próxima rodada de apresentações, mas cheguei a pensar que a mãe do Dale ia gostar se o pai dele tivesse dito alguma coisa quando cheguei. A mãe do Dale estava fazendo mil coisas na cozinha, queria me mostrar onde tudo ficava e onde tudo ia. Era uma cozinha pequena e muito organizada e percebi que o Dale e seu pai não faziam quase nada ali. A cozinha não tinha porta então eu conseguia ver a sala e o pai dele sentado numa poltrona de frente pra janela lendo seu jornal. Depois de um tempo ele dobrou o jornal, colocou-o sobre o braço da poltrona, tirou os óculos e passou a mão no rosto antes de se debruçar ligeiramente pra olhar na direção da cozinha e me procurar com os olhos.

"E aí, tudo bem?"

"Tudo bem, obrigada."

"Foi boa a viagem de trem?"

"Foi."

"Maravilha, né? A gente vai amanhã, o Dale deve ter te contado."

"É, ele comentou... Vão pra algum lugar legal?"

A mãe do Dale me disse que eu podia dormir no quarto de hóspedes da frente, ou no quarto do Dale nos fundos e o Dale ficaria com o quarto de hóspedes, e ficou decepcionada quando escolhi o quarto de hóspedes que era minúsculo e não o da frente, que era bem grande e estranhamente luxuoso. Ela devia ter se esforçado muito pra deixar aquele quarto bonito e feminino — eu adoraria descobrir o que o Dale tinha falado sobre mim —, havia muitas almofadas duras e brilhantes, e uma caixa de lenços e coisas, coisas, tanta bugiganga, um guarda-roupa com portas de correr com espelho e uma cama de casal. Talvez tenha sido isso que me repeliu. Na ocasião nem me passou pela cabeça que ela devia ter perdido algum tempo deixando o quarto bonito pra mim. Ou talvez não — talvez o quarto fosse sempre daquele jeito e ela tivesse orgulho dele. Era o melhor quarto e eu não o quis, e o que isso queria dizer, afinal? O quarto do Dale tinha o teto inclinado e uma cama de solteiro. Havia uma colcha cinza e vermelha sobre a cama e ao lado dela um aparelho de som gigantesco cheio de adesivos que imagino que não devia funcionar mais. Quando depois perguntei pro Dale ele disse que o CD player tinha pifado mas o toca-discos e o toca-fitas direito funcionavam perfeitamente. "Pra você ver, né?", ele disse. Ele e os pais dele se foram na manhã seguinte. Provavelmente ao mesmo tempo. Provavelmente iam pegar o mesmo trem. Eu me senti abandonada quando todos eles foram embora. Londres de repente me pareceu muito interessante e tive que me esforçar pra ficar em silêncio quando os três saíram e foram pra estação. Eu podia fazer o que quisesse mas na verdade não podia. Estavam me fazendo um favor. Eles eram boas pessoas. Eu tinha tudo o que precisava. O Dale tinha sido meio desagradável na noite anterior. Tinha voltado ao seu papel de meu salvador. Eu me lembro de uma ocasião em que fomos a um show e alguém ficou puxando meu cabelo. "Dale" eu disse, depois que uma música terminou, "tem alguém puxando meu cabelo." Ele arregalou os olhos com aparente surpresa, olhou ao redor sem se concentrar em ninguém e disse bem alto: "Quem puxou o cabelo dela? Quem puxou o cabelo dela? Quem?! Quem puxou o cabelo da moça?". Começou outra música, uma das nossas preferidas, mas depois, mais ou menos na metade, começaram a puxar meu cabelo de novo e dessa vez eu virei pro Dale na mesma hora e disse: "Puxaram de novo!" — "Quem puxou o cabelo dela?", Dale gritou, "Que absurdo! Eu exijo saber quem tem coragem de puxar o cabelo lindo dessa moça". Da terceira vez minha ficha caiu, e não consegui acreditar que eu tinha sido tão idiota — virei mais uma vez pro Dale e dessa vez agarrei a gola da camisa dele, e disse "Vai, faz de novo, quero ver se você tem coragem". Tem uma foto linda de nós dois em algum lugar. Deve ter ficado com ele depois de passar de um pro outro muitas vezes. Se estivesse comigo ele pedia e se estivesse com ele ele queria que ficasse comigo porque os dois estamos sorrindo na foto, talvez estejamos rindo, e isso mostrava, não mostrava?, que a gente se dava muitíssimo bem, que a gente sempre se divertia muito juntos, que estar com ele me fazia feliz. Aí você se apega a essa foto. Foi tirada no The Bread and Roses. O Dale está olhando pra câmera. Eu estou olhando pro chão. Os dois estamos sorrindo. Talvez estejamos rindo. Sim, estamos rindo muito. Estou usando uma blusa lilás e ele está usando um blazer com uma camiseta cinza do Joy Division por baixo. Há maços de cigarro sobre a mesa e um cinzeiro e gins-tônicas. Naquela época eu tomava muito gim. Um domingo eu me tranquei no meu quarto e bebi uma garrafa inteira até o gim começar a voltar pra boca. Isso me deixou impressionada. Parecia mesmo que eu estava transbordando. Eu engolia e o gim voltava de novo e caía no copo com um barulho engraçado. Então é isso. Eu estava recortando fotos superexpostas e fazendo uma colagem. Era bem geométrica. E depois pintei por cima em algumas partes. Círculos vermelhos grandes e linhas pretas caligráficas. Achei que ficou parecendo japonês. Sentada no chão do meu quarto. Eu tinha as tintas fazia séculos a mãe da minha mãe tinha comprado pra mim na loja de 1,99. Tubos e mais tubos. Por que cargas-d'água eu tinha achado que era uma boa ideia ficar naquela casa em Yorkshire eu não sei. O bairro era um tédio — não tinha nada de bonito ou interessante. Até as montanhas eram desagradáveis e ressentidas. Elas não eram altas. Elas não queriam nem saber do céu. Não, elas estavam ocupadas com as idas e vindas daquela estrada curta lá embaixo. Amontoadas como agiotas tapando o sol. Fui até lá mesmo assim. Não tinha mais nada pra fazer. O pai do Dale tinha me explicado. Vai na direção da estação, atravessa a ponte etc. E no começo deu tudo certo, mais ou menos pela primeira meia hora. Havia árvores, muitas árvores. Vi uma mulher com um cachorro branco. Fui subindo e as árvores sumiram e o clima mudou. Era tudo muito triste e frio, meio que abandonado. Uma ruína. Uma ruína natural de algo que nunca tinha sequer chegado a ser muita coisa. Aqui não havia estações. Nem hora do dia. Só isso, e noite. A luz estava acesa. A luz estava apagada. Acesa e apagada. E assim por diante. Escrevi sobre o que aconteceu depois muitas vezes — mas não nos últimos anos. Eu desisti. Toda vez que tentava escrever sobre o que aconteceu depois acabava ficando forçado, porque o que aconteceu depois foi um choque, e por ter sido um choque minha cognição se fragmentou na hora, e como esse efeito fragmentado era parte tão central da experiência eu me esforçava demais pra recriá-lo toda vez que escrevia sobre o que aconteceu depois. Pois é, uma parte de mim registrou o que tinha acontecido na mesma hora, mas a outra parte, sem conseguir processar o que aconteceu, ficou indo e voltando, indo e voltando, dominada pela dúvida e pela preocupação com detalhes irrelevantes. Pelo amor de deus, desembucha.

Um tronco de árvore é um bom lugar pra sentar. Parece o lugar correto pra sentar. Como se não houvesse nenhum outro lugar pra sentar. Mesmo que tudo o que aconteceu até agora tenha dado errado, sentar aqui nesse tronco parecia significar que tudo estava como deveria estar. Pouco a pouco senti que o tronco era um bom lugar pra sentar.

Eu estava usando um coturno de lona com cadarço.

A grama estava crescida e ainda encharcada de um orvalho que molhou meus sapatos à medida que andei na direção do balanço. O chão era irregular então eu tropecei numa parte, a cabeça jogada pra trás. Pegar e largar o mundo, pegar e largar. Nada me escapava.

Eu vinha lendo o mundo por todo esse tempo.

Tendo visto o tronco por entre as árvores, até então nada tinha parecido convidativo, não, nada era belo. Tanta pressão pra pensar direito nas coisas, mas em vez de fazer isso pensei quem mora aqui?, quem mora naquele vale? Pra quem esse vale serve de casa todo dia, todo dia? Sentei no balanço, é pegar e largar o mundo, pegar e largar.

Vi um moço enforcado numa árvore.

Chegar tão alto que as correntes se afrouxam e o momento perfeito se perde. Chegar tão alto que as correntes se afrouxam e o momento perfeito se perde. Chegar tão alto que as correntes se afrouxam e o momento perfeito se perde.

Vi um moço enforcado numa árvore. Seu cabelo escuro estava preso num rabo de cavalo.

Depois de olhar o vale de cima e pensar naquilo tudo, saí do tronco sentei no balanço. Balancei pra lá e pra cá. O que vem fácil vai fácil. Joguei a cabeça pra trás, pra trás, pra trás. Vi o mundo de ponta-cabeça. A coisa toda. Cheguei tão alto que as correntes dos dois lados chacoalharam. As árvores, o céu. Pra trás, pra trás. Eu o vi de ponta-cabeça. Uma vez. Duas. Três. Saí do balanço e pisei na grama. Grama crescida e molhada. Orvalho. Minhas mãos. Minhas mãos bem abertas na grama crescida e molhada. Não sabia direito o que tinha visto mas não tive coragem de olhar pra trás. Fiquei deitada na grama. Tremendo na grama. Agarrada à grama.

As crianças estavam na escola, senão podiam estar aqui, ainda mais tendo um balanço, e um tronco, elas iam saber que essas coisas estavam aqui, talvez este seja um lugar que elas frequentam, depois da escola, e isso não pode mudar, elas vão ver mais rápido o que está claro, não deixar isso acontecer, em pé ao lado do balanço olhando pra trás agora por cima da grama crescida e molhada, agora sim, está na hora de acreditar, é preciso acreditar em alguém.

Em pé no corredor de robe no telefone no meio da tarde com a porta escancarada olhando a luminária elegante na sala linda na casa linda bem em frente.

Arrepiada.

Era um estacionamento então o chão era liso e uniforme e dividido em espaços iguais com linhas brancas brilhantes, foram pintadas, se por algum motivo você pisar errado, não precisa se desesperar, você não vai cair e uma vez dentro do supermercado você pode ficar andando pelos corredores num carrinho até recuperar o fôlego.

Porque só você pode, né, safada?

Ele vai levantar a cabeça e vai olhar. Vai me olhar. Olhando pra ele. Eu tinha que olhar. Ele tinha que ser visto e eu tinha que vê-lo. Mas não cheguei mais perto. Era algo íntimo. Ele estava morto. Ele tinha feito. Não cheguei mais perto. Ele vai levantar a cabeça. Espera.

Seu cabelo escuro estava amarrado num rabo de cavalo.

O que vem fácil vai fácil.

Ele vai levantar a cabeça.

Espera

Espera

Nossa, mulher, o Dale podia muito bem ter dito, você passou cinco minutos lá. Ele tinha vivido lá a vida inteira e nunca tinha visto uma coisa dessas. Ele estava com inveja, eu percebi. Com inveja, irritado, ressentido, com medo. Com medo de mim. Alguma coisa mórbida que eu tinha dentro de mim me fazia atrair coisas terríveis, uma atrás da outra — eu não tinha conserto. Calma, ninguém morreu, o Dale podia muito bem ter dito. Ficamos parados ao lado da estrada principal que ficava na esquina da minha casa em Londres. Não, não tinha rio nem cartões-postais, não estávamos em Florença, não pude apoiar os cotovelos no parapeito. Mas mesmo assim algo tinha acontecido. Eu tinha estado de robe no corredor a muitos quilômetros dali e depois eu tinha trocado de roupa e feito a mala e depois tinha pegado um trem e depois outro trem e outro trem depois pra ir a um lugar ao qual eu nunca tinha ido e então de manhã eu tinha saído pra caminhar, saído de uma casa vazia em que outra pessoa tinha crescido, andado por uma rua pela qual eu nunca tinha andado antes, passando por casas habitadas por pessoas que eu não conhecia e nunca ia conhecer, atravessando uma ponte que eu não sabia que existia até o dia anterior, passando por um cachorro branco que passeava com uma mulher que eu não conhecia, subindo uma trilha que eu também desconhecia por completo, até chegar a uma montanha nefasta e imutável que não significava nada pra mim e descer pelo outro lado onde mais uma vez tudo que eu via eu via pela primeira vez, chegando mais perto, mais perto, todo movimento me fazendo chegar mais perto, desse homem, desse moço, que vivia no vale, tinha crescido no vale, no vale no qual sua família morava, toda a sua família, havia gerações e gerações, muitas gerações, dessa casa no vale o moço saiu e andou pela rua, passando pelas casas dos vizinhos, sabendo quem morava em todas, sem exceção, e seguiu em frente, atravessando a ponte e subindo por uma trilha que ele tinha subido e descido milhares de vezes, chegando mais perto, mais perto, de onde o tronco está, de onde os balanços estão, de onde a árvore está, o tronco no qual ele sentava quando era adolescente com outros adolescentes tomando cerveja e passando um baseado pra lá e pra cá, os balanços em que ele brincou quando era criança, a árvore, a árvore em que ele subia, todos eles subiam, crianças, adolescentes, tem galhos bem fortes, galhos bem fortes, que aguentava o peso deles sem nem ranger e agora vai aguentar o peso dele, um moço, agora um moço, seu cabelo castanho-escuro preso num rabo de cavalo, subindo pela trilha na direção do tronco e dos balanços e da árvore, chegando mais perto, chegando mais perto, segurando uma corda azul comprida, e ali estava eu, não muito atrás dele, chegando mais perto, chegando mais perto, do tronco, dos balanços, da árvore, a árvore, e de repente eu estava ali e ele também estava. Um. Dois. Três. Saí do balanço num pulo. Levantei da grama, me virei e vi o moço, fui eu que o vi mas ele não me viu. Agora não ia ver mais nada. Fui eu que andei quase três quilômetros até a polícia e fui eu que andei os quase três quilômetros de volta com dois policiais atrás de mim porque a delegacia só tinha um carro que estava sendo usado em outro caso a muitos quilômetros dali. Fui eu que mostrei pra eles onde você estava, fui eu que fiquei em pé de novo na grama crescida e molhada e foi meu dedo que apontou na direção da árvore, e não sei por que fui eu, não sei por que foi assim, será que você tinha chegado lá muito antes de mim?, eu não ousei encostar em você, não parecia correto me aproximar muito, eu não te conhecia, eu não teria chegado e te dado um susto se você estivesse vivo, teria?, então por que faria isso agora?, eu quis te dar espaço, privacidade, a posição da sua cabeça, você parecia Jesus, e na verdade quando tento me lembrar de você agora é ele que vejo, a cabeça dele, naquela posição tão triste, por causa dos pecados do mundo, os pecados do mundo, e o mundo tinha falhado com você, tinha te desperdiçado, eu sinto muito e fico com tanta vergonha, vergonha porque o mundo em que a gente vive é um mundo em que a única coisa que a sociedade conseguiu fazer por você foi te enforcar numa árvore, não que alguém vá assumir qualquer responsabilidade pela sua morte, é claro, as autoridades vão fazer questão de explicar que você vinha usando heroína, vão se referir a você muitas e muitas vezes como "usuário de heroína", e é só isso que você vai ser, só isso que você sempre foi, só isso que você poderia ter sido, e o que mais um usuário de heroína pode querer além de acabar enforcado numa árvore? Fiquei apoiada na estrutura do balanço enquanto um policial cortou a corda e o outro jogou o corpo agora desatado do moço por cima do ombro. Quando a faca enfim rasgou a corda eu vomitei nas pequenas pegadas todas misturadas na lama logo em frente ao banco do balanço, que continuava balançando.

A gente estudava literatura mas não lia pra ficar mais inteligente e passar nas provas com as melhores notas — a gente lia pra sentir que existia. A gente era mestre na detecção de metáforas, sinais, analogias, presságios — nos livros e na nossa realidade imediata. A gente confundia a vida com a literatura e cometia o erro de acreditar que tudo o que acontecia ao nosso redor queria dizer alguma coisa, alguma coisa sobre nossa existência mesquinha, nosso coração imaturo, e, acima de tudo, sobre o que estava por vir. O que estava por vir? O que estava por vir? A gente queria saber, a gente queria muito, muito saber o que nos aguardava, a gente só conseguia pensar nisso e era tão incerto — mas ao mesmo tempo não era nem um pouco, nada incerto. Ele era do vale, eu era da cidade que crescia mais rápido na Europa. A gente vinha de um lugar onde as pessoas saíam da escola e começavam a trabalhar, muitas vezes no mesmo ramo ou empresa em que ao menos um parente próximo já trabalhava, e então, pouco depois, você se casava e ia morar numa casa pequena e tinha dois ou três filhos, e começava a fazer hora extra e depois de um tempo reformava a casa pra construir mais quartos ou se mudava pra uma casa maior, e apareciam coisas boas, tvs e churrasqueiras, e quinze dias de férias no exterior uma vez por ano, e não é ruim, não é nada ruim, só que a gente não sabia dizer por que afinal nem eu nem o Dale servíamos pra essa vida. A gente percebia, a gente sempre soube — a inevitabilidade desse caminho foi se impondo e tinha sido uma fonte de ansiedade pra ambos desde que tínhamos aproximadamente onze anos. Tentávamos controlar essa ansiedade com a leitura, com a escrita, com o álcool, com as fantasias, com toda a força e imaginação que essas coisas nos davam, e estávamos sempre atentos a sinais, provas, sugestões, qualquer mínima pista de que tínhamos potencial, de que éramos especiais, de que nossa vida ia tomar um rumo diferente. E poucos dias antes do fim do último ano da universidade o Dale tinha estendido a mão e eu tinha pegado vários trens e ido até a cidade dele no vale e lá encontrado um moço enforcado numa árvore. O que isso queria dizer? O que isso queria dizer, afinal? O Dale não me disse o nome do moço. Suponho que tinham dito a ele. Então não me diga o nome dele. Não deixe que ele seja um ser humano. Que ele tenha uma vida. Assim ele nunca vai deixar de ser um símbolo. Nunca vai deixar de ser um homem morto. O Enforcado. Visto pela primeira vez de ponta-cabeça. Igualzinho à carta de tarô. Um. Dois. Três. O que aquilo queria dizer? Queria dizer alguma coisa? Como podíamos encarar a morte de um homem como um elemento sombrio das nossas histórias, mas, ao mesmo tempo, como não o faríamos? Trocamos poucas palavras um com o outro. Eu lhe devolvi a chave da casa e ele foi andando na frente na direção da estrada principal e entrou na lojinha pra comprar cigarro e uma garrafa de vinho e quando cheguei à estrada vi o Dale esperando numa parada de ônibus fumando um cigarro e eu acenei e ele acenou de volta e nesse momento virei a esquina e voltei pro meu quarto pra fazer a mala porque eu ia voltar pra cidade que crescia mais rápido na Europa, um lugar efervescente mas ignorante, e o Dale ia voltar para aquele cafundó no meio do vale, e eu nunca mais ia vê-lo na minha frente de novo. Nossa história tinha chegado ao fim, pelo menos pra ele, não havia mais páginas a virar — e quem era eu pra discordar? — afinal de contas ele sempre teve mais domínio narrativo que eu.

vii. Mulher do nada

Eu sou o fantasma dela, eu habito seu ser que desapareceu.
A *Girl's Story*, Annie Ernaux

Havia um tapete muito grande naquele quarto, e ripas aparentes. Vigas, provavelmente. Vigas, pois é, e uma mesa. Uma mesa novinha com tampo branco que ela tinha comprado especialmente pra gente. A gente falou sobre isso por telefone. Nunca tínhamos falado com ela antes. Não a conhecíamos. Não, não a conhecíamos. Uma pessoa que conhecíamos um pouco a conhecia muito bem e foi assim que tudo aconteceu. A gente perguntou no telefone, não foi?, se havia uma mesa porque era importante ter certeza. Sim, a gente perguntou, a gente estava pensando nisso e era importante ter certeza. E ela disse que ia comprar uma porque a gente disse que ia precisar trabalhar muito. Vamos precisar trabalhar muito, dissemos. Vou dar um jeito, não se preocupa, ela disse. Agradecemos, dissemos "ótimo", que agradecíamos muito. Até daqui a algumas semanas, então, dissemos.

A gente ia pra Londres.

A gente ia.

Passar mais ou menos um mês.

Talvez mais.

Talvez mais.

Sim.

Depois desses anos todos.

E a gente estava muito feliz e com muita vontade de mudar de ares.

A gente já tinha ido muitas vezes, é claro.

Pois é, nos mais ou menos vinte anos desde que se mudou a gente tinha visitado Londres de vez em quando.

A gente tinha ficado aqui e ali.

Sim.

Nesse quarto de hóspedes, naquele sofá-cama etc.

Até em hotéis.

Verdade seja dita: a gente não se mudou vinte anos atrás.

Não.

Não.

Não, a gente não se mudou.

A gente não queria.

Não, a gente não se mudou.

Então a gente os deixou onde estavam.

Pois é.

A gente sentou no chão no meio do nosso quarto com uma garrafa de vinho e todas as nossas coisas estavam nos seus lugares à nossa volta. Exatamente onde sempre estavam. O robe e o cabideiro. Queríamos mais que tudo que nossas coisas continuassem onde estavam. Isso mesmo. Queríamos continuar onde estávamos. Pois é, não queríamos ir embora, né? Não, claro que não. Queríamos tirar o robe do cabideiro que tínhamos pregado na lateral do armário e descer pro corredor e tomar um banho quente bem demorado no banheiro ao lado do quarto da Bettina. A gente ainda estava se acostumando à vida em Londres. Pois é. Agora que a gente não era mais estudante, agora que essa parte da nossa vida em Londres tinha acabado, a gente gostava muito mais de estar lá. Sim, agora que essa imensa decepção tinha acabado de vez a gente estava bastante otimista. Estava. Estava mesmo. A gente se sentia leve e até que bastante animada. Mas a gente não tinha dinheiro. Não tinha, não — a gente estava devendo dinheiro. Pois é. Por isso o que a gente sentia e queria não tinha nenhuma importância. A gente tinha que cair na real. Pois é, a gente tinha que encarar a realidade. Cair na real. Cair na real. A gente não queria. Não. Não. A gente não queria.

Quando nosso pai chegou, ele ficou furioso porque não tínhamos encaixotado nada. Ele achava que a gente já ia estar pronta. Mas a gente não estava. Não estava, não. A gente estava ali tomando vinho no meio do quarto. Ele tinha vindo com uma van. Pois é. Uma van grande e branca que era do pai da namorada dele. Estava estacionada bem na frente. A gente foi até a janela e olhou a van lá embaixo. Ele foi até o mercadinho da esquina pra comprar uns sacos pretos bem grandes. Pois é. O mercadinho que vendia tudo o que nosso coraçãozinho desejava. Vinho, pistache, cigarro. E agora nosso pai estava lá procurando impaciente um rolo de sacos pretos bem grandes naquelas prateleiras lotadas. E quando ele voltou a gente pegou os sacos da mão dele e começou a revirar o quarto. Pois é. A colocar tudo o que estava nas gavetas e em cima da lareira nos sacos pretos bem grandes. Moedas, cartões-postais, adesivo Blu-Tack, selos. Calcinhas, colares, conchas, batons, meias-calças, bolinhas de gude. Fitas, cremes, bloquinhos de notas, tesouras, anticoncepcional. Fotografias, velas perfumadas, pinhas, livros, incenso, ossos, sapatos, chapéus, absorventes internos, óculo de sol. Cachecóis, canetas, Bobagens, lapsang souchong. Câmera. Calças jeans, lápis de olho, colagens, blusas, diários, algodão. Isqueiros, castanhas, saias, toalhas, faca, cristais, esmalte de unha. Brincos, broches, lâminas, castiçais. Sais de banho, discos, grampos de cabelo, tintas. E quando os sacos estavam cheios a gente jogou os sacos pela janela. Pois é, a gente abriu a janela de guilhotina o máximo que deu e arremessou os sacos pretos com todos os nossos pertences na rua onde nosso pai estava parado com as mãos na cintura. Nosso pai pegou os sacos e os colocou na van branca. Não demorou muito pra tirar tudo do quarto. Não, não demorou. A gente estava triste e tinha bebido e fez tudo num ritmo frenético. Jogando nossas coisas em sacos de lixo. Jogando nossas coisas pela janela. Jogando nossas coisas na rua. A rua cheia de casas lindas. Uma atrás da outra. Ruas e mais ruas. De casas de estilo vitoriano lindas e absolutamente imóveis. Uma atrás da outra. Nada se movia. E assim por diante. E quando terminou a gente bateu a janela com força e levou o vinho. Pois é. A gente precisava do vinho. A gente sentou na van e ficou tomando vinho enquanto nosso pai pegou a M4 a toda velocidade. A M4. A M4. Com tudo que era nosso amontoado nos sacos pretos atrás da gente. E foi isso.

Rumo

Rumo

À infâmia.

À infâmia.

E se depois de chegar a Londres, depois de tantos anos, a gente só resolver nunca mais sair do nosso quarto no sótão, e ficar tomando duas garrafas de cerveja do mercado da esquina e comendo queijo e cream cracker noite após noite? E depois a gente se perguntou, né, se isso seria tão ruim assim e concluiu que não seria tão ruim se a gente tivesse vinte ou até dez anos a menos. Mas agora não. Não, agora não. Dez ou vinte anos atrás era muito provável que a gente fizesse exatamente isso noite após noite e isso não ia ser nem um pouco ruim e inclusive não teria muito problema, mas nesse momento da nossa vida continuar fazendo isso seria completamente descabido.

Abjeto.

Deprimente.

Bizarro.

A gente não conseguia não pensar nas duas filhas pequenas e não gostava nem um pouco dessa ideia de passar noite após noite naquele sótão com duas garrafas de cerveja e um pedaço de cheddar e biscoitos cream cracker escorregando do prato e caindo no tapete tão bonito enquanto as duas filhas estavam nas suas lindas camas de solteiro logo ali no andar de baixo. E elas com certeza iam começar a se perguntar por que uma mulher da nossa idade tinha aparecido do nada e se instalado em cima da casa delas e quase não saía pra lugar nenhum e ficava fazendo barulho tarde da noite. Talvez elas a vissem, essa mulher do nada, agora na escada, com o olhar vazio e uma leve tontura. E a caixa de lixo reciclado lá embaixo na despensa de repente cheia de garrafas marrons. Logo elas iam começar a ligar os pontos. E por que essa mulher tinha vindo do nada pra ficar sentada no sótão da casa delas, tomando cerveja noite após noite e derrubando biscoitos nos seus lindos tapetes em tons pastel?

A gente achava tudo isso muito triste. Pois é. Então ainda que na primeira noite comprar duas garrafas de cerveja e um pedaço de queijo e um pacote de cream cracker Jacob's do mercado da esquina tenha sido exatamente o que a gente fez a gente não fez isso de novo, fez?, ou chegou a fazer mas só uma ou duas vezes e a gente passou quanto tempo lá?, cinco semanas, não foi?, de forma que no fim nem deu pras duas filhas pensarem na gente como uma mulher descabida abjeta deprimente bizarra que tinha vindo do nada só pra ficar sentada no sótão da casa delas tomando duas garrafas de cerveja e se empanturrando de pedaços enormes de cheddar da marca mais barata sem sentir prazer nenhum noite após noite, provavelmente sem nunca usar uma faca.

A mesa era muito grande e a gente a mudou de lugar pra que não ficasse encostada na parede. A gente queria que ficasse de frente pra janela. A gente via um edifício residencial de tijolos vermelhos por entre as árvores nuas e brancas que ficavam no final do jardim dos fundos, que era muito comprido. Uma mulher saía do seu apartamento várias vezes numa mesma tarde e fumava no escuro com os braços cruzados. A gente meio que não fuma mais, né. Não. Não. Quase nunca. Um ou dois. Sim, um ou dois. Um ou dois, quase nunca. A gente ficou em pé e fumou um ou dois cigarros antes de dormir uma ou duas vezes no final do jardim muito comprido. No meio das árvores nuas e brancas. Olhos amarelos. Olhos amarelos. Piscando. Piscando. E sumindo. No fim das contas a gente saiu nove noites seguidas. Pois é. A gente andou pela cidade inteira. Pela cidade inteira. E em todo lugar que a gente ia as pessoas achavam não achavam? que a gente morava em Londres. Na falta de informação melhor elas tinham que imaginar, pois é, que a gente morava em Londres, e foi isso que aconteceu. E é compreensível. Sim. A gente levou isso como elogio — era um elogio que elas pensassem que a gente conseguiria morar lá. Ou que tivesse os recursos. Sim, os recursos e os meios. Os meios. É engraçado que no lugar em que a gente está só de passagem pensam que a gente está morando, e no lugar onde a gente mora muitas vezes pensam que estamos de passagem. A gente não pertence a nenhum dos dois lugares, né? Não, na verdade não, e talvez isso combine com a gente. Você não perdeu o sotaque, as pessoas vivem falando. Elas vivem fazendo esse comentário e é verdade, né, que a gente ainda fala com sotaque de West Country. Sim. Sim. Sim, sem dúvida. Mesmo depois de tanto tempo. Se tivesse ficado na Inglaterra a gente provavelmente teria perdido o sotaque, e isso é o mais engraçado. Se a gente tivesse ficado é muito provável, sim, que a gente tivesse mudado um pouco o sotaque. Tem muita gente que muda, não tem? É, pois é, muita gente muda. Nosso irmão, por exemplo, disse que sentia que tinha que mudar um pouco o sotaque dele quando foi morar em Londres mais ou menos seis anos atrás. Pois é, ele estava trabalhado em Mayfair e não queria parecer o maior caipira nas reuniões, segundo ele. Um caipira. Um caipira. Um caipira em Mayfair. Grande coisa! Pelo amor de deus! Um cara que chega no escritório montado num jumento. Num carrinho de mão. Com espigas de cevada saindo dos sapatos e do bolso da camisa. Um dia ele levou a gente pra almoçar no Little Square. Pois é, a gente o encontrou na frente da estação Green Park. Aqui é a A4, ele disse, apontando por toda a Piccadilly com seu guarda-chuva grande de trabalhador. Vai até Marlborough. Então na verdade nosso sotaque de West Country é mais forte que o dele, embora a gente tenha saído da Inglaterra mais de vinte anos atrás. A gente não sente que precisa mudar nosso sotaque na Irlanda. Não. Não. No começo a gente tentou uma ou duas vezes mas por um motivo bem diferente do dos ingleses que tentam mudar o sotaque deles na Inglaterra. No começo uma ou duas pessoas estranharam nosso sotaque, mas nunca mais aconteceu. Nunca mais. Por muito tempo. Mas nunca diga nunca. Não. A gente ainda tem sotaque e é engraçado conjecturar que muita gente que saiu da Inglaterra na verdade está salvando os sotaques regionais. Eles estão deixando de existir no seu próprio território. Pois é. E isso não é nenhuma surpresa, é?, já que as pessoas que não têm sotaque costumam fazer todo tipo de julgamentos desagradáveis sobre a origem e a inteligência e as ambições e o senso estético de uma pessoa que tem sotaque. Talvez elas nem tenham consciência do que estão fazendo. Talvez essas não — mas há outras que têm plena consciência do que estão fazendo e parecem pensar que têm todo o direito de se comportar assim. Ontem mesmo a gente leu uma notícia de jornal falando que estudantes são vítimas de bullying nas universidades da Inglaterra só pela forma como falam. Você não vai chegar a lugar nenhum falando assim — foi isso que um professor disse pra uma aluna que tinha sotaque da Nortúmbria, por exemplo. Te faz parecer burra. Burra, foi isso que o professor disse. Eu disfarcei meu sotaque, a moça disse ao jornal. Disfarçou, pois é, todos os dias por quatro anos, e não é só ela, é? É claro que não. Milhares e milhares de jovens brilhantes de toda a Inglaterra estão preferindo mutilar as palavras ousadas, inteligentes, criativas que saem da sua boca pra conseguir se encaixar, ser ouvidos, ser levados a sério. Ou só estão parando de falar de uma vez. Uma estudante de Durham por exemplo disse que não falava nada durante seminários por medo de ser ridicularizada por outros alunos. Nem uma palavra. Quando falava era recebida com olhares e sorrisos sarcásticos, ela dizia. Nosso sangue subiu lendo isso. Nosso sangue subiu. Imagine uma pessoa te fazendo sentir vergonha do som da sua própria voz todo santo dia. Imagine como isso ia minar sua confiança. Como você ia acreditar que alguém um dia poderia se interessar pelo que você tem a dizer? Como você ia acreditar que algum pensamento seu tinha alguma relevância, algum valor? Como você ia conseguir escrever de maneira livre, expressiva, destemida? Quanto estamos deixando de ouvir? Quantas palavras simplesmente não estão sendo transmitidas? Às vezes nos perguntam, não perguntam?, o que a gente acha que teria acontecido se tivéssemos ficado na Inglaterra e o mais provável é que nossa revolta só fosse piorar. A gente tinha essa impressão naquela época, não tinha?, quando a gente ainda morava lá. Tinha, sim. Tinha, sim. A gente já estava com raiva. Pois é. E a gente não queria passar a vida inteira com raiva, né.

Não. Não. Exige muito da gente. Exige, sim. Muito, demais. Mas é bom visitar a Inglaterra, de vez em quando. Sim. Sim. Ser visitante. Sim. A gente se divertiu muito em Londres, não foi? Com certeza. Nove noites seguidas. Nove saídas! A gente saiu pra se divertir. Pois é. E depois veio a exaustão. Completa exaustão. Mas a gente não conseguia dormir. Não, não conseguia. Inacreditável. Era, sim. Nossos olhos ficaram muito inchados. A gente comprou um creme iluminador pra área dos olhos na Boots da Holloway Road. Isso mesmo. E pro nosso desgosto não aceitavam nosso cartão de fidelidade irlandês, né? Não. Não. Que provincianos.

A cama era boa. A cama era boa. O quarto era bom. O teto era inclinado e tinha vigas. O quarto era bem espaçoso. Era mesmo. Era espaçoso e aconchegante ao mesmo tempo. A gente tinha muitas leituras. Claro que tinha. Levamos livros na mala. E é claro que compramos muitos outros muito rápido. Em todo lugar a que a gente ia nos davam livros, não davam? Davam. Todo mundo dava. Em todo lugar. Não demorou pra gente juntar pilhas de livros. Pilhas. A gente não gosta muito de pilhas de livros, né? Não. Não. Não muito. A gente gostava de um livro naquela época e gosta de um livro agora. Pois é. A gente ficava acordada a noite inteira com um livro na colcha ao nosso lado. Bem acordada. Sim. A gente não conseguia dormir, né? Não, e nossos olhos estavam cada vez mais inchados. Um livro. Isso mesmo. Aberto e virado pra baixo sobre a colcha. A casa não era nossa, era? Não. Não, não era. Certa noite a mulher que era dona da casa disse que se sentia um pouco culpada por ter uma casa tão grande. A gente disse que ela era muito generosa e fazia muitas coisas boas e não tinha que se sentir culpada de jeito nenhum. Aproveita. Pois é, aproveita, a gente disse. Todos eles foram dormir cedo pra ir à aula no dia seguinte e a casa ficou muito silenciosa. A casa ficou silenciosa a noite inteira. A gente não conseguia dormir, né?

Não. Não. E de certa a forma a gente não se importava. Não, na verdade não. A gente se lembrava de muita coisa sem nem tentar e as coisas de que a gente se lembrava não nos incomodavam, né? Não, não muito. A gente estava muito relaxada. A gente sentia que não tinha mais idade. Na verdade a gente sentia que tinha todas as idades que já tinha tido ao mesmo tempo. Pois é, ao mesmo tempo. Todas as idades que a gente já tinha tido ao mesmo tempo. Sim. De vez em quando a gente pegava o livro que estava ao nosso lado e lia por um tempo. Isso mesmo. Talking to women. Esse é o título do livro. Na verdade é *Talking to Women*. Pois é. A Nell Dunn conversou com as amigas dela, não foi?, e falou com elas sobre amor e sexo e filhos e dinheiro e tudo isso em Londres em 1964. A Ann Quin aparece no livro. Pois é. Ela ainda não tinha morrido então ela aparece no livro. Ela aparece mas a gente não leu a entrevista dela, né, a gente só leu depois, muito depois de ter voltado pra Irlanda. Pois é, a gente leu a entrevista da Ann Quin depois de ter voltado pra casa. A Sylvia Plath tinha morrido então não aparece no livro. Não aparece, não. E ela podia ter aparecido, não podia? Sim. Sim. Ela morava em Londres. Morava. Ela morreu em Londres. Pois é. Um ano antes. Ela morreu em 1963, pois é. Um ano antes. A Janet Malcolm dizia que ficava decepcionada com todas as fotos da Sylvia Plath. Ela parece uma pessoa sem graça, ela diz. Pois é, de acordo com a Janet Malcolm, a Sylvia Plath parece sem graça e depois parece uma dona de casa. É isto que deixa a Janet Malcolm decepcionada: "Não há nenhum traço da persona de *Ariel* — rainha, sacerdotisa, assistente de mágico, ruiva que devora homens como se respirasse, mulher de branco, mulher apaixonada, mãe terra, deusa da lua — nas fotografias". O que a Janet Malcolm está dizendo aqui é que olhando pra ela você não imagina nada disso. A gente adora, não adora?, quando uma mulher se expressa e se comporta de um jeito que não tem nenhuma conexão óbvia com sua aparência externa. A gente adora. E por que não? Pois é, por que não? Tem que deixar todo mundo curioso. Pois é, é melhor. Não é justamente por isso que os surrealistas gostavam tanto da Alice — porque apesar da aparência de mocinha comportada com uma faixa no cabelo, que não é muito diferente, é claro, da faixa que Sylvia Plath usava, ela era teimosa e intrépida e ia aonde não devia ir. E seguia adiante. E seguia adiante. Os surrealistas amavam contradições. Sim. É uma espécie de ruptura com a realidade, né?, e não há nada de que os surrealistas gostem mais, né?, do que uma ruptura com a realidade. Nada. A Edna O'Brien também aparece. Pois é, bem no meio, inclusive. É improvável que uma pessoa se decepcione olhando um arquivo fotográfico de Edna O'Brien. É verdade. Ela foi uma ótima companhia naquelas noites insones e silenciosas. Foi mesmo. A gente não teve coragem de ouvir música baixinho nem de ligar pra ninguém, né? Não, não teve. A gente não quis nem mandar mensagem pra ninguém. Não. A Edna e a Nell estão falando de amor e sexo e dinheiro e filhos e tudo o mais — é uma conversa que parece muito sincera, não parece? — e quase no fim da entrevista a Nell pergunta o que faz a Edna querer continuar vivendo, e a Edna diz: "Bom, isso vai mudando de um dia pro outro. Às vezes estou esperando um telefonema ou a próxima refeição, ou a hora de ir buscar meus filhos, mas quando penso nisso e me faço essa pergunta eu imagino que em algum momento vou me tornar uma pessoa diferente e o mundo ao meu redor também vai mudar. Existe um desejo constante de romper com a própria condição e chegar a outra realidade. Às vezes você vê pinturas de rochas ou do mar, ou da floresta, e você pensa não só 'eu vou lá?', mas também 'vou vivenciar uma experiência completamente diferente'. 'Vou nascer de novo por meio daquelas rochas ou daquele mar e o eu que agora sofre e ri o fará de uma forma diferente e provavelmente mais interessante'".

Muitas vezes a gente continuava acordada quando as duas filhas se levantavam pra ir à escola. Elas corriam pela casa, não era?, subindo e descendo a escada. Sim, elas subiam e desciam. Cadê isso, cadê aquilo. E a mãe delas gritando com as duas do corredor. Vamos. Vamos. Pegaram isso, pegaram aquilo? Pois é. Era bom. De verdade. Não era nossa casa, era? Não. Elas não eram nossas filhas. Não. Mas não importava, né. Não. A gente gostava de ficar na cama depois de passar a noite em claro, escutando as duas filhas correndo pela casa, subindo e descendo a escada, perguntando disso, daquilo e daquilo outro, e a mãe delas falando com elas do corredor. A gente tinha descoberto, não tinha?, que essa ou aquela coisa não tem que pertencer a nós pra que a gente goste dela. Pois é, não importa, né?, se uma coisa, qualquer coisa, não é nossa. Uma postura aparentemente tolerante e incomum que certa vez nos deu dor de cabeça. Uma vez. Sim. E só uma. "Você não acredita em estantes, né?" Não. Não. E por acaso acreditar em estantes te levava a algum lugar? Quando elas iam pra aula a casa voltava a ficar em silêncio e a gente continuava na cama, pensando na cozinha lá embaixo e em fazer café e depois de um tempo a gente levantava e descia todos aqueles degraus da escada e ia até a cozinha e fazia um café pra gente. É, a gente ia, a gente ia até a cozinha que não era nossa e fazia um bule de café, depois voltava pro sótão com o café numa bandeja que era nossa. Era nossa, mesmo. A gente tinha levado. A gente tinha colocado uma bandeja na mala. Aquela do museu de Amsterdam com uma gravura de garças brancas na neve. Como nosso quarto ficava no sótão a gente achou que seria muito útil ter uma bandeja. Nisso a gente tinha razão, era muito útil. Pra subir e descer a escada. Subir e descer a escada.

De manhã batia sol naquele quarto e por volta das dez da manhã o sol batia direto na mesa e o tampo da mesa era branco. Muito branco. Ela praticamente brilhava, né. Brilhava. Brilhava. E a gente ficava lá, não ficava?, a gente sentava diante daquela mesa branca brilhante logo que acordava. A gente ficava, a gente ficava lá com olhinhos inchados e um segundo bule de café. Escrevendo. Pois é. Escrevendo alguma coisa em plena luz do dia. Em plena luz do dia, pois é. Cheia de noite em plena luz do dia. A gente estava escrevendo sobre como tudo começou. Sim. Sim. Os pacotes de sulfite A4 que nosso pai trazia do trabalho e os armários de madeira proibidos e o cheiro da caminhonete que nosso avô quase nunca usava. Corretivo. Sim. E nunca arrancar nenhuma página. Jamais. E desenhar um rosto no final do nosso caderno que logo virou uma bola horrível de fios embaraçados que se alisaram e depois graças a algum impulso oculto tomaram a forma de palavras que vinham uma depois da outra. E as palavras ditaram uma história. Como se ela estivesse ali desde sempre. De uma menina sentada sozinha num porão que conserta sob a luz flutuante de uma única vela o tecido cintilante dos vestidos fúteis das suas irmãs. E a menina não suspira nem faz careta nem canta nem chora. Ela continua do mesmo jeito. Por horas e horas. Ela não parece nem um pouco incomodada então por mais estranho que pareça é uma cena bastante plácida. Mas ainda assim é uma cena que não pode se sustentar. Alguma coisa precisa mudar e alguma coisa de fato muda. Muito rápido. Não há fada-madrinha. Não. Nem príncipe encantado. Não. Não há castelo. Nem cavalo branco. Não é isso. Não. Não. Ninguém vai salvar nada. Não, claro que não. É alguma coisa dentro dela. Os dedos da menina ficam muito finos muito rápido. Seus dedos se alongam e perdem a rigidez. Eles viram linhas. A agulha que seguravam com tanta disciplina, com tanta devoção, cai de repente. É devorada pela escuridão escabrosa que sobe voraz pelos tornozelos azulados da menina. Ela se levanta. Num pulo. Os longos fios que brotam das suas mãos rodopiam pelo ambiente com a energia elétrica de um laço de vaqueiro. Ficam rodopiando. Não conseguem segurar nada. Nada. Ficam balançando. E é questão de tempo é claro até que entrem em contato com a chama da vela. Que até agora vem sendo mansa e mesquinha mas neste momento salta altiva e brilhante como uma trombeta. Uma trombeta. E os fios se deliciam com essa chamazinha atrevida e atiçam mais ainda sua vontade. A chama cria coragem e se divide. Junta os dez fios como se fossem esquilos vermelhos que saltam contentes pelos galhos cheios de brotos de uma árvore antes de pular no peito da menina. O peito da menina explode. Pega fogo imediatamente. Chamas intensas e brilhantes. Sim. Sim. As chamas saem do corpo da menina como se estivessem ali desde sempre. Desde sempre. Ganhando tempo. Esperando a hora certa. Ela queima. Ela arde. Uma conflagração magnífica. Um disco claro de fogo branco. Salta mergulha se lança no cesto de vestidos ridículos. Em êxtase. Sim. Tudo pega fogo. Chamas. Intensas. Sim. Tudo queima tão rápido. Cada pedacinho dela inclusive. Sim. Deixando só uma pilha iridescente da mais macia cinza. O tipo de cinza que dá vontade de pôr a mão. Mais macia que plumas. Você passa os dedos. Você passa os dedos. Arde um pouco, não arde? Sim. Sim. Arde, sim. A gente sente. Nossos dedos. Nossos dedos estão ardendo demais, não estão? Estão, sim, estão ardendo. Ardendo. A gente sente. Ardendo demais. Nossos dedos estão ardendo, demais, sim, e é como se passassem a existir.